L'AFFAIRE D'AVIGNON

LES ARCHIVES SECRÈTES DU VATICAN
TOME QUATRE

GARY MCAVOY

AVEC
RONALD L. MOORE

TRADUCTION PAR
SARAH CHANTEAU

LITERATI
EDITIONS

ISBN livre électronique: 978-1-954123-74-8
ISBN Livre de poche: 978-1-954123-75-5

Publié par: Literati Editions
PO Box 5987 Bremerton Washington 98312 USA
Email: info@LiteratiEditions.com
Visitez le site de l'auteur: www.garymcavoy.com/fr/

AUTRES LIVRES DE GARY MCAVOY

LIVRES EN FRANÇAIS

L'affaire d'Avignon

La prophétie de Petrus

L'Opus Dictum

Le mystère de Vivaldi

Le voile de Madeleine

Le reliquaire de Madeleine

Le secret Madeleine

LIVRES EN ANGLAIS

The Voynich Codex

The Devil's Symphony

The Hildegard Seeds

Covenant of the Iron Cross

The Apostle Conspiracy

The Celestial Guardian

The Confessions of Pope Joan

The Galileo Gambit

The Jerusalem Scrolls

The Avignon Affair

The Petrus Prophecy

The Opus Dictum

The Vivaldi Cipher

ŒUVRE DE FICTION

Ceci est une œuvre de fiction. Les noms, personnages, entreprises, lieux, institutions séculaires, agences, bureaux publics, évènements, cadres et incidents sont le fruit de l'imagination de l'auteur ou ont été utilisés de façon fictive. En dehors de certaines références historiques, toute ressemblance avec des personnes réelles, vivantes ou mortes, ou à des évènements réels, est purement accidentelle.

Toutes les marques sont la propriété de leurs propriétaires respectifs. Ni Gary McAvoy ni les Éditions Literati ne sont associés avec un quelconque produit ou vendeur mentionnés dans ce livre.

PROLOGUE

En avril 1314 à Avignon, récemment devenu le siège de la Sainte Église romaine, le pape Clément V, que l'on croyait atteint d'un lupus en phase terminale, reposait sur son lit de mort.

Raymond Bertrand de Got, l'archevêque français de Bordeaux, qui avait pris Clément V comme nom de règne lors de sa nomination en juin 1305, avait accédé à la chaire de saint Pierre en grande partie grâce à l'influence du roi de France, Philippe IV, avec qui il avait noué des liens avant son élévation au rang de vicaire du Christ sur terre. Soutenu par Philippe dans son entreprise, le pape Clément, peu enclin à affronter le chaos qui faisait rage à Rome suite à son élection, avait insisté pour que la papauté soit transférée à Avignon, qui faisait alors partie du Saint-Empire romain. Ainsi fut établi le premier pontife à Avignon plutôt qu'à Rome, au cours de ce que l'on nommerait plus tard la captivité babylonienne de l'Église.

1

Le corps gonflé d'agonie, conscient que la fin était proche, Clément fit quérir son frère, le cardinal Florian de Got, pour lui confier une ultime mission d'une importance capitale. À son chevet reposaient deux rouleaux de parchemin liés par une fine corde de chanvre.

— Florian, murmura le pape d'une voix rauque, je n'en ai plus pour longtemps. Que Dieu me pardonne, mais je dois vous confesser que j'ai amassé une grande fortune au cours de mon pontificat, et je vous la lègue entièrement. Le trésor est caché en lieu sûr, et je vous révélerai son emplacement quand vous aurez fini de gérer un dernier fardeau que je dois vous confier.

« Les parchemins que vous voyez sur la table sont très précieux, et terriblement dangereux s'ils venaient à tomber entre de mauvaises mains. Je veux que vous les emmeniez à Notre-Dame de Paris au plus vite. Remettez-les à l'archevêque de la cathédrale qui saura quoi en faire. Ils ne sont pas en sécurité ici, à Avignon, surtout si Philippe doit nommer mon successeur, quelqu'un que je n'aurai pas choisi. Si le roi venait à lire les confessions présentes dans ces rouleaux, il aurait bien du mal à contenir sa colère.

Le jeune monarque français dirigeait son royaume avec une langue d'argent et une main de fer. Surnommé Philippe le Bel pour ses traits harmonieux, il était bien moins agréable dans sa manière de gouverner son empire, un fait que Clément ne connaissait que trop bien.

Philippe n'avait que dix-sept ans lorsque la couronne lui était revenue à la mort de son père. Accablé par les déficits chroniques causés par de trop nombreuses guerres – certaines dont il avait hérité, d'autres qu'il avait déclenchées –, notamment contre le royaume d'Aragon, l'Angleterre et le comté de Flandre, Philippe était profondément endetté envers les marchands juifs de

Lombardie d'une part et l'ordre des Templiers d'autre part, ce dernier ayant établi un système bancaire international proche de celui que nous connaissons aujourd'hui.

Dans une habile manœuvre destinée à reprendre la main sur ses finances, Philippe expulsa tous les Juifs de France et confisqua leurs biens, dont plusieurs ateliers monétaires, s'enrichissant ainsi considérablement, tout en échappant à ses obligations de remboursement.

Non content de sa prouesse, il convainquit également le pape Clément V de l'exonérer de sa dette envers l'ordre monastique des Templiers, en déclarant que ce groupe constituait un État dans l'État, avant de le faire dissoudre.

Le contenu des parchemins que Sa Sainteté tendit à son frère sur son lit de mort était susceptible de déclencher l'ire du monarque à l'encontre de Clément et de toute sa famille.

— Hâtez-vous, mon cher, car, une fois dans l'autre monde, je ne pourrai plus garantir votre sécurité. Vous voyagerez incognito, vêtu d'une tenue d'évêque et avec une escorte officielle, pour échapper aux troupes de Philippe qui surveillent les déplacements des émissaires papaux. Maintenant, partez, et que la grâce de Dieu vous accompagne.

Le cardinal Florian de Got quitta Avignon peu après, non pas en tant que prince de l'Église ni frère du pape, mais sous l'identité d'un simple évêque. Malheureusement, il périt au cours du périlleux voyage de huit cents kilomètres qui devait le mener à Paris, les parchemins soigneusement cachés dans la manche droite.

Incertains de la marche à suivre, les membres de sa garde rapprochée, qui eux-mêmes ignoraient la véritable identité de leur maître, poursuivirent fidèlement leur route jusqu'à Paris avec le corps du présumé évêque, pour que les recteurs de Notre-Dame puissent s'occuper de lui.

LA GRANDE CATHÉDRALE de Notre-Dame arrivait alors dans la dernière phase de sa construction, quelque cent dix ans après le début des travaux, et Jérôme Baudette, le très estimé évêque de Bordeaux ayant succédé à Raymond Bertrand de Got, avait payé une somme rondelette pour être inhumé dans les fondations du majestueux monument, le moment venu. Ce privilège n'était accordé qu'à de rares élus, qui usaient de leur influence au sein de l'Église, sans parler de la dîme qu'ils s'engageaient à verser, afin de sécuriser leur sépulture.

Or, il s'avéra que Baudette assistait à une conférence des évêques européens à Lisbonne, quand il mourut des suites d'une maladie. Il fut décidé que sa dépouille serait rapatriée du Portugal au port français du Havre, puis acheminée sur la Seine jusqu'à Paris, où il trouverait le repos au sein de Notre-Dame, conformément à ses dernières volontés.

Mais celles-ci ne se réalisèrent jamais. Le navire anglais qui transportait Baudette, le *Shoreham*, sombra lors d'une violente tempête qui secoua la mer Celtique au large des côtes françaises. Il n'y eut aucun survivant, et le cercueil de Baudette disparut dans les abysses.

Par un pur hasard, le corps de Florian de Got arriva à Notre-Dame de Paris au moment où l'on attendait celui de l'évêque Baudette. Et comme nul n'était encore au courant du naufrage, et que cet homme était vêtu comme tel, les recteurs supposèrent qu'il s'agissait du vénérable évêque de Bordeaux. Ils l'inhumèrent donc dans la crypte préparée pour Jérôme Baudette, sous la cathédrale, avec les habits qu'il portait à son arrivée, les parchemins secrets toujours soigneusement dissimulés à l'intérieur de sa manche.

LE PAPE CLÉMENT V mourut quelques jours plus tard, suivi, huit mois après, par le roi Philippe, décédé dans un accident de chasse à l'âge de quarante-six ans. Ses trois fils lui succédèrent chacun leur tour, mais aucun d'eux ne resta longtemps au pouvoir, et tous perdirent la vie relativement jeunes. Finalement, le trône revint à son neveu, Philippe, comte de Valois, chef de la maison capétienne de Valois.

AVIGNON SERVIT de siège à la Sainte Église romaine durant les soixante-sept années qui suivirent, et la ville accueillit sept souverains pontifes, tous français.

❧

DE NOS JOURS

Cathédrale Notre-Dame de Paris, France

UN ENCHEVÊTREMENT de poutres carbonisées de dix mètres de long en bois de chêne, grossièrement taillées lors de leur construction initiale entre les années 1163 et 1260, s'était effondré sur le sol de la grande cathédrale pendant l'incendie accidentel d'avril 2019, vraisemblablement lié aux travaux de restauration qui avaient lieu dans la flèche à ce moment-là.

Trois ans plus tard, les poutres en chêne gisaient

toujours à l'endroit où elles étaient tombées, et une équipe d'archéologues et de scientifiques passaient les débris au peigne fin pour tenter de récupérer ce qui pouvait encore l'être, dans le cadre du grand nettoyage lancé à l'intérieur du monument.

À la surprise générale, un sarcophage en plomb du XIVe siècle fut mis au jour dans une crypte excavée sous la cathédrale. Et un géoradar, utilisé pour évaluer la stabilité du sol sous-jacent, révéla une fosse encore plus ancienne, probablement creusée vers 1230, date de la construction originelle de l'édifice.

Mais quand les excavateurs eurent débarrassé cette fosse intérieure des débris séculaires qui s'y trouvaient, ils firent une autre découverte surprenante : sous d'épaisses couches de poussière et de résidus accumulés au fil du temps se trouvait un ancien caveau, enseveli sous les constructions successives érigées au fil des siècles. De toute évidence, il contenait une personne de haut rang, car il était richement orné, mais étrangement, aucune indication ne permettait d'identifier celui ou celle qui reposait à l'intérieur.

Lorsque la crypte fut ouverte et le cercueil solidement scellé exhumé, les spécialistes déclarèrent que le défunt avait été une figure religieuse éminente et notèrent que les vêtements recouvrant la dépouille étaient étonnamment bien conservés, étant donné leur ancienneté présumée.

Les experts remarquèrent également, à travers le tissu aminci de la manche, des rouleaux de papier visiblement cousus au moyen de fils d'or et retenus par un cordon de chanvre, dont le matériau avait fusionné avec le papier. Il allait falloir faire preuve d'une extrême prudence en retirant la cordelette pour analyser les parchemins.

Le cardinal Anton Gauthier, archevêque de Paris, fut

consulté à ce sujet afin de décider de ce qu'il convenait de faire. Étant donné la fragilité des documents et leur provenance vraisemblablement prestigieuse, le cardinal décida qu'il était préférable de confier cette affaire aux archivistes du Vatican. Il convoqua le père Michael Dominic, préfet des Archives secrètes du Vatican, pour superviser l'extraction et l'analyse des rouleaux.

Et comme le hasard fait bien les choses, le père Dominic avait déjà reçu une invitation officielle l'intimant de se rendre à Paris au même moment.

CHAPITRE
UN

L a Première dame de France, Jacqueline Valois, s'était éteinte à l'âge de quatre-vingt-neuf ans. Son corbillard, une Citroën noire vintage des années soixante, prit la tête du lent cortège funéraire depuis le palais de l'Élysée vers l'hôtel des Invalides, à une vingtaine de minutes de route.

Une messe réservée à quelque deux cents personnes, parmi lesquelles des membres de la famille, amis proches et hauts dignitaires triés sur le volet, était prévue au dôme des Invalides, l'ancienne chapelle militaire royale au cœur de ce complexe respecté qui honorait l'histoire de France. De son vivant, Jacqueline Valois avait défendu avec une ferveur remarquable le sort des invalides de guerre, ce qui avait conduit son époux, lui-même héros maintes fois décoré, à faire pression sur le Parlement pour que ce dernier adopte une loi visant à étendre les avantages sociaux des vétérans de la République française et à développer les maisons de retraite qui leur étaient réservées.

Entouré d'un bataillon de membres des forces de sécurité, alignés de part et d'autre des rues barricadées – vides de circulation, mais noires de citoyens en deuil venus assister à la procession – celui qui avait épousé Jacqueline, cinquante-sept ans plus tôt, le Président de la République française, Pierre Valois, marchait derrière le corbillard en compagnie de ses deux fils, Philippe et Laurent. De grosses larmes coulaient sur les joues de Laurent et de son père chaque fois qu'ils levaient les yeux vers le cercueil recouvert du drapeau tricolore, pendant que Philippe, impassible, jetait des coups d'œil à sa montre en remontant lentement les Champs-Élysées.

La nomination des deux jeunes hommes au gouvernement de leur père avait fait l'objet d'une polémique, et la presse et l'opposition avaient émis de modestes accusations de favoritisme contre les deux fils, estimant que ces derniers profitaient du statut de leur père. Désormais dans son deuxième mandat – et probablement son dernier à l'âge de quatre-vingt-douze ans, même s'il demeurait alerte et énergique – Pierre Valois avait su gérer avec habileté les critiques internes à son parti, et rares étaient ceux qui avaient osé contester ses décisions, tant il restait l'un des enfants préférés de la France.

Le fait que ses deux fils se soient acquittés de leurs fonctions respectives avec sérieux, voire brio, jouait certainement en leur faveur, du moins aux yeux des partisans. En tant que ministre de l'Intérieur, Philippe supervisait les affaires relatives aux forces de l'ordre et aux agences de sécurité publique du pays, un poste extrêmement puissant, semblable à ceux du *Home Secretary* britannique et de l'*Attorney General* des États-Unis combinés. Il était également officiellement impliqué dans la nomination des évêques diocésains catholiques sur l'ensemble du territoire français, rôle qui lui conférait une influence considérable dans les relations de la France avec le Vatican.

En tant que ministre de la Culture, son frère cadet, Laurent, veillait sur le patrimoine culturel du pays, qui regroupait les monuments historiques, musées, galeries et parcs nationaux. Bien que ce poste ne soit pas aussi stratégique que celui de son aîné, Laurent s'y épanouissait pleinement, évoluant avec aisance parmi les riches et les puissants, dont la générosité philanthropique pouvait considérablement servir ses ambitions politiques. Dans un pays où les arts faisaient depuis longtemps partie intégrante de l'identité nationale, Laurent prenait constamment le pouls du pays et n'avait aucun mal à déterminer dans quelle direction soufflait l'opinion publique. Et il n'hésitait pas à ajuster sa trajectoire pour avoir le vent en poupe.

Les deux frères étaient fréquemment en désaccord et rivalisaient pour capter l'attention de leur paternel. Bon nombre d'initiatives prises par Laurent avaient échappé à Pierre, qui voyait en lui un précieux haut en couleur, chéri des milieux artistiques. Laurent tenait davantage de sa mère à cet égard, grande mécène des arts, l'une des nombreuses qualités qui avaient fait d'elle un trésor national dans le cœur des Français.

Si Pierre Valois aimait ses deux fils, il était évident aux yeux de Laurent que son père avait un favori en la personne de Philippe, et ce, dans la quasi-totalité des domaines. Pour Laurent, la disparition de sa mère signifiait la perte d'un point d'ancrage. Pour Philippe, c'était un simple contretemps.

Pour Pierre, en revanche, le décès de son épouse s'accompagnait d'un incommensurable chagrin et marquait un tournant dans sa longue existence qui, il le savait, prendrait bientôt fin. Ces derniers temps, il passait ses journées à l'hôpital, en proie à une série de maux qu'il avait cachés au public.

Seuls ses médecins étaient au courant qu'il se mourait.

Lors de la réception qui se tint au palais de l'Élysée, Pierre et ses fils accueillirent les amis et dignitaires venus rendre un dernier hommage à la défunte. Outre les ministres et autres figures politiques cherchant à se faire bien voir, on notait la présence du baron Armand de Saint-Clair, l'un des plus proches amis de Pierre, qui avait servi à ses côtés pendant la Seconde Guerre mondiale, et de la petite-fille de ce dernier et filleule du Président, Hana Sinclair, escortée par Marco Picard, Béret vert décoré qui avait revêtu son uniforme officiel.

Derrière eux, dans la file des invités, se trouvait le représentant personnel du pape, le père Michael Dominic, qui avait fait la connaissance des Valois par le biais d'Enrico Petrini, désormais connu comme le pape Ignace, un autre ami très proche de Pierre. Bien qu'il aurait aimé être là, le Saint-Père savait que sa présence viendrait perturber la solennité de l'événement. Il s'était néanmoins longuement entretenu avec le veuf par téléphone pour le consoler à l'annonce de la triste nouvelle.

Le cortège funèbre et la réception furent toutefois

troublés par un important rassemblement de manifestants, qui furent maintenus à distance par la Police nationale, placée sous l'autorité du ministère de l'Intérieur. Accablées par les politiques fiscales contraignantes et l'afflux de réfugiés en provenance du Moyen-Orient et de l'Europe de l'Est, des bandes de jeunes Français en colère – au chômage, affamés et habitués à errer dans les rues de Paris à la recherche d'un exutoire, a fortiori pendant un événement officiel – avaient dû se replier à plusieurs rues du palais de l'Élysée pour protester.

Conscient des tensions politiques, le pape Ignace avait insisté pour que le père Dominic soit escorté de Karl Dengler, l'un de ses gardes suisses les plus fidèles. Les deux hommes étant amis, Michael ne voyait pas d'inconvénient à ce que Karl l'accompagne, même si l'idée de devoir voyager avec un garde du corps lui déplaisait, lui qui était souvent venu à Paris dans le cadre de ses missions ecclésiastiques ou pour rendre visite à son amie de toujours, Hana Sinclair.

Vêtu d'un costume sombre, Karl Dengler se mêlait aisément aux autres agents de sécurité alignés le long de la grande salle des fêtes, dans l'aile ouest du palais de l'Élysée. Par la fenêtre, il aperçut au loin les manifestants rassemblés autour du grand obélisque égyptien de la place de la Concorde, au bout des Champs-Élysées. La foule agitée grossissait à vue d'œil à mesure que de nouvelles têtes – principalement des jeunes masqués – rejoignaient la mêlée. Le garde suisse ne s'en inquiéta pas outre mesure – il savait que d'imposants barrages policiers protégeaient l'édifice – mais il ajusta néanmoins d'un haussement d'épaule discret le SIG Sauer rangé dans un étui qu'il gardait à portée de main contre sa hanche.

Reportant son attention sur le salon bondé, il vit Marco

Picard qui se frayait un passage dans sa direction à travers la foule élégamment vêtue. Engagé quelques années auparavant par le grand-père d'Hana pour veiller sur sa petite-fille après que l'on eut attenté à sa vie, Marco avait depuis longtemps dépassé le rôle de simple garde du corps.

— Salut, lança Marco en lui serrant la main.

Les deux hommes avaient passé de nombreuses heures à travailler et à se battre côte à côte, l'un protégeant Hana, l'autre Michael.

— Content de te revoir, Karl. J'imagine que tu es là avec le père Michael.

— C'est cela. Le pape m'a personnellement demandé d'assurer sa sécurité, et ce n'est pas le genre d'homme à qui l'on refuse une faveur. Et puis, même si j'adore le Vatican, ça fait du bien de sortir un peu. La vie là-bas est un brin confinée, si tu vois ce que je veux dire.

Tous deux se tournèrent vers les grandes fenêtres voûtées pour observer l'agitation au bout du boulevard.

SENTANT le malaise de son ami, Marco esquissa un sourire :

— Ne t'en fais pas trop pour ces fauteurs de troubles. La police contrôle la situation. En France, on a toujours eu notre lot d'anarchistes, surtout les black blocs qui refusent toute forme d'autorité ou de capitalisme. Après tout, la révolution, c'est dans nos gènes.

Il rit à sa propre remarque qu'il trouva visiblement drôle, mais Karl resta de marbre, le regard fixé de l'autre côté des vitres.

Quand il reporta son attention sur la salle, il remarqua un couple singulier, en grande conversation avec le père Dominic : un homme grand, à l'allure aristocratique, une écharpe de satin bleu sur le torse et un bouquet de décorations militaires épinglées sur le cœur, et à son bras, une femme superbe, à la silhouette impériale, vêtue d'un tailleur noir signé Dior et d'un chapeau à bords larges assorti, un collier de perles et de diamants scintillant au cou – le fameux Jardin Mystérieux – mettant en valeur sa poitrine généreuse.

— Il parle à qui, Michael ? demanda Karl. On dirait la royauté.

Marco suivit son regard.

— Tu as l'œil. Ils font partie de la noblesse. C'est le duc d'Avignon, Jean-Louis Micheaux, et son épouse, Sabine. Il paraît que lui convoite la présidence, à la fin du mandat de Valois, ce qui, d'après les rumeurs, serait pour bientôt. Mais il devra affronter un adversaire coriace en la personne du ministre de la Défense, André Bélanger. Si tu veux mon avis, Bélanger à la tête du pays serait une catastrophe : c'est un indécrottable conservateur, qui prône un retour aux valeurs traditionnelles, et, surtout, un nationaliste xénophobe aux idées répugnantes. Et il ne porte pas les gens comme toi dans son cœur, ajouta-t-il à voix basse.

— Un politicien homophobe ? murmura Karl. Espérons qu'il se prenne une raclée monumentale.

— Le duc, lui, est un fervent défenseur des idées progressistes, et davantage enclin à donner aux gens ce qu'ils souhaitent : il promet plus d'aides publiques, la réduction du temps de travail, de meilleurs salaires, plus de libertés sexuelles et une main tendue pour ceux qui cherchent refuge en France, autant de positions que certains jugent extrêmes. Ces deux hommes symbolisent parfaitement les deux visions qui déchirent la France en ce moment. L'élection s'annonce animée.

« Mais celui qu'il faut avoir à l'œil, poursuivit Marco, c'est Philippe Valois, le fils aîné du Président. Lui aussi, c'est un radical, et un proche de Bélanger. Regarde-les, là-bas, qui complotent en douce. Combien tu paries qu'ils se demandent quand le vieux va casser sa pipe pour prendre le pouvoir ? Quelle crapule ! Je ne lui fais pas confiance pour deux sous.

À cet instant, Michael et Hana les rejoignirent près de la fenêtre.

— Coucou, lança Hana en prenant Marco par la main, un grand sourire sur le visage. Vous m'avez l'air bien sérieux, tous les deux. De quoi vous parlez ?

Marco lui déposa un baiser sur le front.

— Des penchants politiques des uns et des autres, ma chérie. Rien de bien passionnant.

— Je viens d'avoir une conversation fascinante avec le duc et la duchesse d'Avignon, dit Michael. Des gens charmants, mais elle… quelle femme ! On devine tout de suite qui porte la culotte chez les Micheaux. Je n'aimerais pas me retrouver en travers de sa route. Mais j'ai beaucoup aimé discuter avec Jean-Louis. Tu les connais, Marco ?

Celui-ci mit un instant à formuler sa réponse.

— Qui ne les connaît pas ? Ils sont célèbres dans tout le pays. Mais pas personnellement, non. Et pour être honnête, je ne partage pas ses idées. Il a l'air de vouloir s'acheter la sympathie du peuple à coups de subventions et d'aides sociales. Parfois j'ai l'impression de travailler pour subvenir à mes besoins et à ceux d'un paquet d'inconnus et d'étrangers, et la France en compte déjà plus qu'elle ne peut se le permettre, mais le duc, lui, voudrait ouvrir les vannes encore plus grand.

« Et oui, je te rejoins totalement sur la duchesse. Méfie-toi d'elle. C'est l'une des plus grosses influenceuses de

France. Elle a des tonnes d'abonnés. Toujours vêtue de noir, elle est persuadée d'incarner la quintessence de la mode et de la culture française. Sa tête est partout : sur les affiches, dans les magazines, sur les réseaux. Elle se fait même appeler la Reine noire.

DEUX

L es grandes rues de Paris, qui s'étendaient du sud du palais de l'Élysée au cimetière du Montparnasse, avaient été dégagées afin de laisser progresser le cortège funèbre de Jacqueline Valois jusqu'à son lieu de repos éternel.

Le convoi avait fait un détour pour éviter les manifestants rassemblés sur la place de la Concorde, mais la mobilisation grossissant à vue d'œil, l'attroupement commençait même à déborder sur le 14e arrondissement, où se trouvait le vieux cimetière. Apparemment, la médiatisation des deux événements avait incité des fauteurs de troubles à se joindre à la foule, et nombre d'entre eux se mêlaient aux endeuillés bordant le parcours.

L'enceinte avait été barricadée par la Police nationale avec l'assistance de la Gendarmerie, et le ministère de l'Intérieur avait déployé les forces de réaction rapide qui se tenaient prêtes à intervenir en cas de besoin pour protéger les dignitaires présents. La sécurité était maximale.

Guidé et escorté par des motards de la police, le

cortège de limousines et de berlines noires longeait les étroites ruelles pavées en direction du caveau de la famille Valois, où le cercueil de la Première dame avait déjà trouvé sa place pour son inhumation, recouvert du drapeau tricolore de la France et flanqué d'un détachement d'honneur composé de six soldats au garde-à-vous.

Pendant qu'un petit groupe restreint d'une centaine de proches et d'invités triés sur le volet prenait place pour la cérémonie, Marco et Karl restèrent à l'écart, aux côtés des membres de la sécurité, qui surveillaient tous attentivement le périmètre. Malgré les barricades et la présence des forces de l'ordre, quelque trois cents contestataires avaient encerclé les lieux, et d'autres arrivaient déjà.

Marco s'approcha de l'un des agents postés près de la limousine de Philippe Valois.

— Bonjour, Bruno. Que sait-on des manifestants ? Leur nombre croît rapidement. Vous pensez qu'il y a lieu de s'inquiéter ?

Bruno, un colosse de près de deux mètres, chauffeur et garde du corps du ministre de l'Intérieur, baissa un regard dédaigneux sur Marco. Il marqua une pause avant de répondre, la main pressée contre son oreillette pour écouter les échanges de ses collègues.

— Le ministère m'informe que ces connards à l'origine des perturbations sont sur toutes les lèvres sur les réseaux sociaux, mais rien qu'on ne puisse gérer par nous-mêmes. Contentez-vous de garder un œil sur votre homme, Picard.

C'est quoi son problème ? songea Marco, en lui tournant le dos avec froideur. *Quel malpoli !*

Il chercha du regard Armand, Hana et Michael, qui étaient assis parmi les endeuillés, prit note de leur emplacement sous le grand auvent blanc dressé pour la cérémonie, puis se tourna vers Karl.

— J'aimerais bien que tu restes près de la voiture, avec le moteur allumé par précaution. On ne sait jamais. Espérons que l'office sera bref.

Malgré ses lunettes d'aviateur, il dut lever une main pour se protéger du soleil lorsqu'il passa une nouvelle fois en revue les manifestants amassés autour du cimetière. Plusieurs d'entre eux portaient des gilets réfléchissants jaunes, ceux-là mêmes que les conducteurs français étaient obligés de revêtir en cas d'urgence sur la route, des tenues popularisées par les militants du mouvement des « Gilets jaunes », un groupe de provocateurs plus ou moins hostiles. D'où il se tenait, Marco entendait distinctement leurs cris et injures, bien trop proches à son goût. Même une foule pacifique pouvait se révéler dangereuse, et, dès lors qu'elle était prise de frénésie politique, comme c'était présentement le cas, le seuil de dangerosité grimpait en flèche.

Le cardinal Anton Gauthier, archevêque de Paris, lisait des versets aux invités réunis, et la cérémonie semblait suivre son cours sans heurts, lorsque Marco vit Sabine Micheaux jeter un coup d'œil à sa montre et prendre son mari par la main. Les deux époux se levèrent et se dirigèrent discrètement, mais résolument, vers leur limousine Peugeot 607 Paladine. À croire qu'il avait été prévenu, le chauffeur avait déjà sorti le véhicule du cortège et patientait dans la voie d'accès, le moteur allumé, en attendant que le duc et la duchesse montent à bord. Il descendit de la voiture pour leur ouvrir la portière, puis reprit sa place derrière le volant et roula vers le sud, dans la direction opposée aux manifestants, avant de se fondre dans la circulation parisienne de la rue Froidevaux.

Soudain, une forte détonation retentit au loin, faisant sursauter les personnes réunies sous l'auvent. L'explosion fut suivie par d'autres bruits assourdissants, et un brouillard de gaz lacrymogène s'abattit sur la foule de militants.

Désormais en état d'alerte maximale, Marco concentra son attention sur l'agitation, là où la tension montait en flèche, non loin des funérailles. La foule de protestataires avait considérablement augmenté, submergeant les forces de l'ordre, qui combattaient, armées de matraques et de boucliers, contre une nuée d'individus vêtus de jeans foncés et de sweats à capuche, chaussés de rangers et équipés de coudières, genouillères et gants en cuir épais. Beaucoup portaient un casque de vélo noir, des lunettes de soleil réfléchissantes et un masque à gaz. De toute évidence, la horde s'était préparée à l'usage de balles en caoutchouc, de gazeuses et de bombes lacrymogènes.

L'instant d'après, les manifestants brisaient le cordon de police et sautaient par-dessus les barricades, puis fonçaient sur le groupe de dignitaires, prêt à en découdre.

Instinctivement, Marco et la plupart des agents de sécurité dégainèrent leur arme et zigzaguèrent à toute vitesse entre les pierres tombales pour atteindre leurs protégés, assis sous le grand auvent blanc. Karl avait déjà engagé leur Range Rover de location sur la chaussée et se tenait prêt à partir dès lors que Marco reviendrait avec les autres et lui donnerait le feu vert.

Une nuée de Gilets jaunes et de black blocs avaient déjà atteint la tonnelle sous laquelle les invités demeuraient figés, choqués par la tournure des événements. Un assaillant sortit un grand poignard et coupa l'une des cordes qui retenaient la tente, causant sa chute partielle sur les endeuillés qui observaient la scène, ébahis. Le chaos éclata et les gens se mirent à hurler.

Michael Dominic eut le réflexe de tirer Hana près de lui, la protégeant du mieux possible tout en agrippant son grand-père de l'autre main, en cherchant tant bien que mal de trouver une échappatoire de sous la bâche en nylon, qui s'était désormais entièrement effondrée sur les invités, après que les autres cordes eurent été sectionnées à leur tour.

— Je te tiens, ne t'inquiète pas, dit-il à Hana d'un ton confiant. On sera bientôt sortis de là.

Elle se blottit contre lui sans hésitation, acceptant ses directives et son aura protectrice.

Pendant ce temps, Marco avait atteint l'auvent écroulé et la foule horrifiée. Soulevant l'un des pans du côté où ses amis étaient assis, il vit Michael qui s'occupait d'Hana et enroula les bras autour d'Armand pour le protéger.

— Michael ! cria-t-il. Suis-moi !

Le prêtre entraîna Hana avec lui tout en hissant la bâche d'une main, dans le sillage de Marco et d'Armand, dans l'espoir d'atteindre le bord de la tente et d'échapper enfin à tout ce nylon blanc étouffant. Des coups de feu leur parvinrent aux oreilles, que Marco supposa, ou du moins espéra, provenir des forces de l'ordre chargées de la protection du Président et de sa famille.

Après s'être extirpés du piège de l'auvent, tous les quatre prirent la fuite par le cimetière en zigzaguant entre les pierres tombales, jusqu'à la Range Rover qui les attendait. Ils se précipitèrent à l'intérieur.

— Démarre ! Dépêche-toi ! lança Marco à Karl, et le SUV démarra en trombe, fuyant la scène désormais enveloppée de nuages de gaz.

— Ça va ? demanda Michael à Hana alors qu'elle

prenait place sur la banquette arrière, les bras toujours fermement enroulés autour des épaules de la jeune femme.

— Oui, mais je suis encore sous le choc. C'est quand même pas croyable ! Qu'est-ce qu'ils voulaient, ces gens ? Une idée, pépé ? Et ça va, rien de cassé ?

Malgré ses quatre-vingt-douze ans, Armand était étonnamment calme.

— Oui, ma chérie, ça va. Juste un peu abattu de voir ce grand pays plongé dans un tel chaos.

Marco, toujours sous l'effet de l'adrénaline, bondit sur l'occasion et répondit avec colère :

— J'ai dû gérer mon lot de manifestations, au fil des ans, mais jamais je n'ai été confronté à une situation aussi scandaleuse. Je suis estomaqué qu'ils aient pu s'approcher aussi près du chef de l'État. Une tête ne manquera pas de tomber pour ce désastre, et ce sera très certainement celle de Philippe Valois, responsable de la Police nationale, qui, semblerait-il, n'était pas préparé à une émeute aussi excessive. Ces gens savaient pertinemment ce qu'ils faisaient. Et ils étaient très bien organisés. Ce n'était pas un acte spontané.

Il y eut un moment de silence avant que Karl ne prenne la parole.

— Quelqu'un d'autre a remarqué que le duc et la duchesse ont quitté la cérémonie en plein milieu du sermon, et ce, seulement quelques minutes avant que ça ne dégénère ? Vous ne trouvez pas ça curieux ?

— Je ne les ai pas vus partir, mais ils étaient installés derrière nous, donc ce n'est pas étonnant, relata Hana. Peut-être qu'ils avaient d'autres priorités.

— Oui, leur départ ne m'a pas échappé, répondit Marco, pensif. C'est une entorse au règlement plutôt inhabituelle, sans parler d'un cruel manque de courtoisie, surtout pour les funérailles de la Première dame en présence du Président. Cela dit, comme Pierre Valois était assis au premier rang, il est peu probable qu'il s'en soit aperçu. Mais bon, la noblesse... Ils ont leurs codes à eux.

La montée d'adrénaline de Michael le tenait encore à fleur de peau.

— Après toute cette agitation, j'ai bien besoin d'un footing pour décompresser avant le dîner. Karl, ça te dirait de m'accompagner ?

— Bien sûr. Moi aussi, ça va me faire du bien de prendre l'air.

— Bon, demanda Michael au groupe, on loge où, ce soir ?

— Je vous ai réservé des chambres au Park Hyatt Paris Vendôme, bien loin des manifestations, répondit Armand. À mes frais, bien évidemment, j'y tiens. Que diriez-vous de dîner ensemble ? Disons, à vingt heures ? Je suggère que nous festoyons au Pur' - Jean-François Rouquette, qui se trouve justement dans l'enceinte de l'hôtel. C'est un restaurant superbe, et je vous invite.

— Parfait ! J'y ai déjà séjourné pour un colloque, il y a quelques années, commenta Michael. Monsieur le baron, vous êtes bien trop généreux avec nous.

— Allons donc, mon garçon. Vous avez veillé sur ma petite-fille pendant l'incident. C'est le moins que je puisse faire.

Marco se tortilla sur le siège passager, mal à l'aise, mais il resta silencieux, les yeux rivés sur la route.

TROIS

Après leur enregistrement au Park Hyatt, Michael et Karl étaient montés dans leur chambre pour enfiler leur tenue de jogging. Avant de quitter les lieux, le prêtre avait demandé à la réception un plan de Paris et un itinéraire lui permettant de contourner les manifestations. Au fait du chahut qui avait cours en ville, l'employée s'était fait un plaisir de lui conseiller un parcours de cinq kilomètres sans danger.

Lorsqu'ils sortirent de l'hôtel sous la lumière du soleil couchant qui dessinait de longues ombres sur le sol, les deux hommes se félicitèrent d'avoir emporté leur coupe-vent, car l'air automnal était frisquet, mais revigorant. Ils descendirent d'abord la rue Danielle Casanova, qui, après avoir débouché sur l'avenue de l'Opéra, les conduisit sur les berges de la Seine, qu'ils longèrent au petit trot.

Michael avait l'esprit occupé. Depuis qu'il avait confessé à son mentor de toujours – qui s'avérait être le pape Ignace – être amoureux d'Hana, il ne cessait de penser aux différentes voies qui se présentaient à lui et savait qu'il lui faudrait tôt ou tard prendre une décision.

Bien sûr, cette décision ne dépendait pas que de lui. Quitter la prêtrise pour une femme qui ne partageait pas ses sentiments n'aurait eu aucun sens. Il allait devoir lui en parler, mais cette perspective le terrifiait. Quelle que soit la réponse d'Hana, elle entraînerait des conséquences non négligeables sur son avenir et il n'était pas certain d'être prêt à les affronter. Si son amour était réciproque, était-il seulement prêt à renoncer à la vie ecclésiastique ? Et si elle ne partageait pas ses sentiments, que ferait-il alors ? D'une certaine manière, l'incertitude était rassurante. Il pouvait continuer, laisser la situation en l'état, et éviter de se confronter à un choix susceptible de bouleverser le reste de son existence. Il n'était pas assez sûr de lui pour faire un choix d'une telle envergure.

Mais d'un autre côté, il savait que les choses ne pouvaient pas durer ainsi éternellement. Refuser de prendre une décision était une décision en soi, et la plus lâche de toutes. Non, il allait devoir affronter la réalité, et le plus tôt serait le mieux. Hana le méritait. Mais avant de lui parler, il fallait qu'il soit certain de ce que son cœur lui disait, et pour l'instant, il n'en était pas bien sûr. Sa profession de prêtre le comblait pleinement et il occupait un poste privilégié au sein de l'Église. Ses travaux aux Archives apostoliques du Vatican lui donnaient accès à des trésors insoupçonnés et des connaissances inestimables, qui lui avaient déjà valu plusieurs aventures. Quels autres secrets l'attendaient encore dans les profondeurs des Archives ?

Et pourtant, par moments, lorsque les couloirs silencieux et les pièces reculées de son lieu de travail devenaient lourds de solitude, son imagination s'évadait vers ces rares instants d'intimité partagés avec Hana. Ils ne s'étaient embrassés qu'une seule fois, mais le souvenir de ce baiser était gravé au fer rouge dans son esprit. Le contact de sa peau avait été électrique. Il rêvait de la prendre dans ses bras. De la protéger. D'être avec elle. Ces sentiments étaient indéniables, mais cela signifiait-il pour autant qu'il doive y céder ? Ou bien, comme tant d'autres prêtres avant lui, devait-il apprendre à les contenir et les faire taire, non seulement pour lui-même, mais aussi pour le bien de celles et ceux qu'il servait, et pour l'Église ?

Oserait-il en parler à Karl et partager ce fardeau dans l'espoir que son ami lui offre un nouvel éclairage sur la situation ? Tout en courant en silence à ses côtés, au rythme de leur souffle et du bruit des pas réguliers qui les faisaient avancer, il décida de tenter sa chance. Après tout, Karl lui avait confié son homosexualité la toute première fois qu'ils étaient sortis courir ensemble, deux ans plus tôt, et le lien d'amitié qui les liait n'avait fait que se renforcer depuis.

— J'aime ta cousine, lâcha-t-il soudain, les yeux tournés vers les bateaux qui remontaient le fleuve.

— Ouais, moi aussi, répondit le jeune garde suisse en riant. C'est une femme géniale.

— Non, mais pas de cette manière. Je veux dire… Je l'aime vraiment, Karl.

À ces mots, Michael fut soudain pris de vertige et de nausée. Il ralentit le pas, puis se mit à marcher en rond, les mains posées sur les hanches, le souffle court. Il se tourna vers son ami, les larmes aux yeux.

— Et je ne sais pas quoi faire…

Karl s'était arrêté et observait Michael d'un œil différent.

— C'est pas des blagues, hein ?

Michael détourna le regard pour contenir ses émotions

et prit deux grandes inspirations. Une fois prêt, il fit face à Karl et lui avoua la vérité sur ce désir qui le hantait depuis longtemps, y compris le baiser interdit échangé dans la pénombre souterraine des Archives, plusieurs mois plus tôt, et le dilemme évident auquel il était désormais confronté.

— C'est de la folie d'en parler comme ça, non ? Je ne voyais pas à qui d'autre me confier. Qu'est-ce que je fais, dis-moi ?

— Tu sais si elle ressent la même chose ?

— C'est bien là le problème : j'en sais rien ! Et même si je le savais et que le sentiment était réciproque, qu'est-ce que je fais, après ? Je ne vais quand même pas raccrocher ma soutane... mais je ne peux pas avoir le beurre et l'argent du beurre.

— Si seulement l'Église était un peu plus avancée sur le sujet. Sans parler des situations comme la mienne avec Lukas, que je suis obligé de cacher. Ce n'est pas juste, et les règles sont dépassées, mais ce sont les règles, Michael. On choisit de s'y plier ou de s'en affranchir.

— Si seulement je savais ce qu'elle ressent... Ce serait plus facile de prendre une décision. Est-ce qu'elle t'a déjà parlé de moi ?

Karl leva les yeux au ciel et posa une main sur l'épaule de Michael.

— Elle n'est pas bête. Je sais qu'elle tient à toi, comme nous tous, d'ailleurs, mais elle n'irait jamais avouer ses sentiments à voix haute, surtout pour un prêtre ! C'est à peine si elle mentionne ce qu'elle ressent pour Marco.

— Ah oui, il y a Marco, aussi. Je n'ai pas envie de leur mettre des bâtons dans les roues, s'il y a vraiment quelque chose entre eux, ce qui, pour être honnête, n'a pas l'air d'être le cas. C'est juste une impression, cela dit, et je ne pense pas pouvoir me fier à mon jugement en la matière. Que Dieu me vienne en aide…

— Pourquoi tu ne lui poses pas la question ? Ce serait le moyen le plus facile de savoir avec certitude où elle se positionne, non ?

Michael se figea.

— C'est cela, je n'ai qu'à lui demander directement. Comment ai-je pu ne pas y penser plus tôt ? lança-t-il d'un ton pince-sans-rire.

— Allez, viens. Autant brûler toute cette énergie en courant. C'est l'occasion de faire quelques kilomètres supplémentaires.

Karl rit à sa propre blague en repartant au petit trot, suivi bientôt de Michael.

— Ça ne va pas résoudre mon problème, tu sais.

— Je sais. Mais tu finiras bien par trouver ta voie.

QUATRE

A u cœur du Palais-Royal donnant sur la rue de Valois, juste en face du musée du Louvre, se trouvait le ministère de la Culture. Depuis la Renaissance, période à laquelle Louis XIV, le Roi-Soleil, s'imposa comme le plus grand mécène des arts, bien que sa générosité ait en grande partie eu pour but de glorifier son image à travers la sculpture, la peinture et la dance, la culture – qu'elle soit architecturale, artistique, musicale ou théâtrale – était devenue un pilier fondamental de l'identité française. Louis avait même été formé au ballet, qui devint son passe-temps le plus cher, et il interpréta quelque quatre-vingts rôles dans une quarantaine de représentations, à l'époque où il régnait déjà en monarque absolu.

Cette obsession du culte de sa personne lui permit d'échapper à l'influence délétère de ses ministres et de sa cohorte de maîtresses, bien que sa passion ait attiré les moqueries de ses sujets, qui s'attendaient, et à raison, à davantage de gouvernance responsable et moins d'autovénération de la part de leur souverain. Et pourtant, le culte de la culture que Louis inculqua aux Français prit ainsi son essor et, au fil des siècles, la France devint un symbole de raffinement et une source de convoitise aux yeux du monde.

Et le ministre de la Culture, Laurent Valois, le savait mieux que quiconque, lui dont la passion pour les arts était connue et saluée de tous, sauf de son père et de son frère. Pierre Valois, en sa qualité de Président, avait toutefois bien compris que confier les affaires culturelles à son fils figurait parmi les meilleures décisions de son mandat. Le peuple, lui, adorait Laurent.

Lorsqu'il eut vent de la découverte d'un corps et de parchemins dans le sous-sol de Notre-Dame, Laurent sut immédiatement à qui faire appel : le père Michael Dominic, préfet des Archives apostoliques du Vatican et éminent spécialiste des manuscrits anciens.

Qui plus était, les documents en question allaient apparemment nécessiter l'usage d'une technologie spécialisée pour extraire les rouleaux du vêtement auquel ils avaient collé. Il allait aussi falloir réfléchir à un moyen d'accéder à leur contenu, compte tenu de leur fragilité manifeste, que même l'équipe d'excavation, qui n'était pourtant pas formée en la matière, avait remarquée.

Et Laurent savait que le Vatican faisait partie des rares institutions au monde à posséder une telle technologie. Il était donc tout naturel qu'il fasse appel à l'expertise de Michael Dominic.

DE RETOUR à l'hôtel après leur jogging, Michael et Karl se

rendirent à la réception pour récupérer leurs cartes magnétiques.

— Ah, bonjour, père Dominic, dit la réceptionniste en reconnaissant le prêtre. Vous avez un message.

Elle tendit à Michael une petite enveloppe qu'il ouvrit tout en se dirigeant vers l'ascenseur avec Karl.

— Ça vient du ministère de la Culture, dit-il après avoir lu le contenu de la carte estampée d'or. De Laurent Valois en personne, pour être exact. Il souhaite s'entretenir avec moi au sujet d'une affaire en lien avec la cathédrale de Notre-Dame. Je me demande de quoi il s'agit.

Une fois dans sa chambre, Michael appela le bureau du ministre de la Culture. Au bout de quelques instants, la secrétaire transféra son appel.

— Père Dominic ? fit la voix de Laurent Valois à l'autre bout du fil.

— Oui, Monsieur le Ministre. C'est bien moi.

— Appelez-moi Laurent, je vous en prie. Seriez-vous disponible demain pour venir à Notre-Dame, par le plus grand des hasards ? C'est important.

— Puis-je savoir de quoi il s'agit ?

— Bien sûr, mais je dois vous demander de garder le secret. C'est confidentiel, pour le moment. Figurez-vous que, pendant l'excavation du sous-sol de Notre-Dame en vue d'installer un échafaudage de trente mètres de haut pour reconstruire la flèche de la cathédrale, les archéologues ont découvert une espèce de crypte, sous le sol de marbre. Ils y ont trouvé non seulement un sarcophage en plomb, dont vous avez probablement entendu parler dans la presse, mais aussi autre chose qui n'a pas été dévoilé au public : un second cercueil, scellé et non identifié. Les spécialistes de l'Institut national de recherches archéologiques préventives, que vous connaissez probablement mieux sous le nom de l'Inrap, sont parvenus à l'ouvrir, mais ils n'ont pas encore réussi à déterminer l'identité de son occupant.

« Notre seule certitude à ce stade, c'est que le défunt portait des habits d'évêque. Cousus à l'intérieur de sa manche, se trouvaient de vieux parchemins qui, pour une raison que nous ignorons, semblent avoir été dissimulés à dessein. Ils ont l'air remarquablement bien conservés, si l'on fait exception du fait qu'ils ont partiellement fusionné au tissu du vêtement avec le temps.

« Ces manuscrits sont enroulés de manière tout ce qu'il y a de plus classique, mais les rouleaux sont très aplatis, et les ouvrir risquerait de les détériorer irrémédiablement, étant donné leur ancienneté et leur fragilité. Je crois savoir que vous disposez de matériel spécialisé au Vatican permettant d'analyser ce genre de parchemin sans les dérouler. Je me trompe ?

— C'est exact, Monsieur le Ministre. On utilise effectivement des techniques de microtomographie pour détecter la présence de fer dans certaines encres, notamment celles qui étaient utilisées entre le XIIe et le XIXe siècle, et cela, sans avoir besoin de dérouler quoi que ce soit. C'est une méthode très efficace que l'on utilise régulièrement pour nos travaux aux Archives. Et vous avez raison, elle pourrait probablement convenir à l'analyse de votre trouvaille, qui s'annonce des plus passionnantes.

— Parfait. Vous rencontrerez donc l'équipe de l'Inrap demain, si cela vous convient. Vous pourrez accéder à tout ce qui se trouve dans la zone d'excavation sans restriction et vous arranger avec le recteur pour faire transférer les manuscrits à Rome, si nécessaire. Comme vous l'imaginez, rares sont les gens qui sont autorisés à pénétrer à l'intérieur de Notre-Dame à l'heure actuelle, a fortiori dans ses sous-sols. J'ose espérer que vous trouverez l'expérience intéressante. Et n'hésitez pas à me contacter à tout moment. Nous tenons à savoir ce que contiennent ces documents, Michael, et en quoi ils pourraient éclairer notre histoire.

— Naturellement, Monsieur le Ministre. Je suis disponible demain. Vous serez sur place ?

— Malheureusement, non. J'ai d'autres obligations. Mais à votre arrivée, demandez à voir le père Pascal Roche, recteur de Notre-Dame. Il vous présentera le personnel sur place.

Le baron Armand de Saint-Clair avait réservé une table pour cinq au Pur', le restaurant étoilé du chef Jean-François Rouquette, situé dans le Park Hyatt Vendôme. Lorsque le groupe arriva à vingt heures pile, le maître d'hôtel les installa à sa meilleure table, le baron étant non seulement un habitué de longue date, mais aussi – et le responsable le savait – actuellement à Paris pour les funérailles de la Première dame de France, ce qui faisait de lui un client important.

— Puis-je vous servir du vin ou du champagne pour accompagner le dîner, Monsieur le baron ?

— Oui, je vous remercie, Sébastien. Nous prendrons deux bouteilles de Krug Grande Cuvée, 168e édition, s'il vous plaît. Et demandez au chef de nous préparer cinq entrées spéciales de son choix, je vous prie.

— Très bien, Monsieur. Le chef Rouquette se fera un plaisir de vous surprendre avec ses suggestions. Je vais faire venir le champagne.

Le maître d'hôtel s'éloigna et Armand balaya la table du regard.

— Quel triste jour ! Jacqueline était l'une de mes plus vieilles amies, et sa disparition nous rappelle à tous combien notre temps ici-bas est compté. En tout cas, c'est l'effet que ça me fait.

— Oh, pépé… Je suis sûre que tu vivras plus longtemps que nous tous, le rassura Hana. Tu es toujours aussi vif et fougueux que dans mes souvenirs d'enfance. Mais ne laissons pas les idées noires nous abattre. Comment s'est passé votre jogging, Karl et Michael ?

Le prêtre rougit aussitôt, pris de court par la question et peu désireux de parler des mots qui avaient été échangés à cette occasion. Sentant son malaise, Karl s'empressa d'intervenir.

— C'était super ! On a couru le long de la Seine jusqu'au Louvre, puis vers la tour Eiffel, avant de revenir à l'hôtel. Ce n'était pas très long, mais ça m'a fait du bien de prendre l'air après les funérailles. Et vous ? Qu'est-ce que vous avez fait de beau, cet après-midi ? demanda-t-il à l'intention de Marco et Hana pour laisser à Michael le temps de se ressaisir.

— Hana avait un article à écrire, répondit Marco, alors j'ai regardé le match de foot à l'appart' pendant qu'elle bossait. La France a battu le Portugal trois-zéro. Ça mérite de porter un toast.

— Et toi, Michael ? insista Hana. Quoi de neuf ?

Ayant recouvré son sang-froid, Michael répondit :

— Figure-toi que j'ai reçu une invitation de la part de Laurent Valois. Il aimerait que j'aille rencontrer certaines personnes à Notre-Dame, demain. Il s'avère qu'outre les travaux de restauration qui y sont en cours, il a besoin de mon aide pour un projet un peu spécial. Je ne peux pas en dire plus pour le moment, mais avec un peu de chance, je pourrai vous en parler bientôt.

— Que de mystère ! le taquina Hana sans le lâcher du regard. Tu ne peux pas nous donner un petit indice ?

— Impossible, répondit-il en lui rendant son sourire. Mais tu peux m'y rejoindre, si ça te dit. On pourrait déjeuner ensemble quand j'aurai terminé.

— Avec plaisir ! Ça fait longtemps qu'on n'est pas sortis ens… au restau, dit-elle en se reprenant.

Les joues en feu, elle s'empressa de changer de sujet.

— Au fait, j'ai oublié de vous dire, mais ma rédactrice a laissé entendre qu'elle pourrait m'affecter à Rome. Il s'y passe beaucoup de choses, ces derniers temps, et ces événements ont un impact direct sur la population traditionnellement catholique de France. Et puis, notre plus gros concurrent, *Le Figaro*, a déjà commencé à y faire son trou. Il se pourrait donc que je passe plus de temps dans la Ville éternelle.

Marco releva brusquement la tête.

— Tu ne m'avais pas dit ! Mais… la France, c'est chez nous. Tu es sûre que c'est ce que tu veux ?

Il jeta un regard légèrement amer à Michael.

— Rien n'est encore sûr, dit Hana en se penchant vers lui. Elle a dit qu'elle y réfléchissait. Et puis je viens de te le dire, non ? Tu sais bien que je dois aller là où les histoires se passent. N'en fais pas tout un plat, s'il te plaît.

Marco se renfonça dans son siège, contrarié à l'idée de devoir quitter la France. Michael, lui, gardait les yeux baissés.

Après quelques échanges de banalités ponctués de gorgées de champagne, une troupe de serveurs s'approcha de la table, chacun portant une assiette recouverte d'une cloche argentée. Ils vinrent se placer sur la gauche des convives, puis, dans une chorégraphie de service parfaitement orchestrée, tous posèrent leur plat sur la table et soulevèrent les cloches en même temps, révélant de superbes mets colorés. Sébastien présenta une à une les créations du chef.

— Pour mademoiselle Sinclair, le chef a préparé des morilles cueillies ce matin même dans la forêt de Fontainebleau, farcies de sabayon aux noix, de poireaux et de fèves en vinaigrette. Monsieur le baron, étant donné votre appétence pour les belles pièces de viande, le chef vous a grillé une bavette de bœuf wagyu japonais sur un lit de sarments de vigne, accompagnée d'une salsa verde et de brocolettis. Et permettez-moi de préciser que ce morceau d'exception nous est arrivé tout droit de Kobe pas plus tard qu'hier soir. Pour monsieur Picard, un plat de crabe et de seiche, accompagné de fenouil et d'une émulsion de corail au lait de coco. Pour le père Dominic, de la lotte aux graines de paradis pêchée ce matin, avec du chou-rave et de l'ail des ours. Et enfin, pour monsieur Dengler, des ormeaux poêlés habillés de haricots noirs, avec un chutney de poivrons rouges et de la mélasse de grenade. Puis-je vous apporter autre chose, messieurs-dames ? Un peu plus de champagne, peut-être ?

— Non merci, Sébastien, pas de champagne, répondit le baron en consultant la carte des vins. Mais mettez-nous un Château Latour de 98. Et pour ceux qui mangent du poisson, le Chassagne-Montrachet Maltroie Premier Cru 2019 de chez Remoissenet, je vous prie.

— Excellent choix, Monsieur le baron. Bon appétit !

Pendant que chacun s'extasiait devant la présentation de son plat, Karl s'interrogea :

— Comment il connaît nos noms ?

Armand sourit.

— Le maître d'hôtel d'un restaurant gastronomique se doit de connaître le nom de ses habitués, et Frédéric, mon assistant, lui a fourni la liste de vos noms quand il a réservé.

Karl lança un regard admiratif au baron, impressionné par l'importance qui était accordée aux détails dans cet établissement.

— Marco, poursuivit Armand d'un air grave en se tournant vers le Français. Je ne veux pas que vous lâchiez Hana des yeux dans les jours à venir. J'ai l'impression que les manifestations se font de plus en plus violentes et je refuse de prendre le moindre risque pouvant la mettre en danger.

Il se tourna vers sa petite-fille.

— Pardonne l'excès de zèle du vieil homme que je suis, ma chérie, mais je crains sincèrement pour la sécurité de tous, en ce moment. Ces anarchistes sont dangereux et imprévisibles : ce dont nous avons été témoins ce matin en est la preuve. Ne t'approche pas des zones à risque et ne t'éloigne pas de Marco.

— C'est promis, pépé.

Elle prit la main de Marco, puis jeta un coup d'œil à Michael, qui semblait abattu, avant de détourner le regard sans un mot.

QUAND LE DÎNER toucha à sa fin et que le petit groupe se leva de table, Marco prit Michael à part.

— Michael, tu pourrais m'accompagner aux chiottes, vite fait ?

Michael décocha un regard intrigué à son ami.

— Mon mascara a coulé ?

Sans prendre la peine de répondre, Marco le tira

gentiment par le coude jusqu'aux toilettes des hommes. Une fois à l'intérieur, il se tourna vers le prêtre avec le plus grand sérieux.

— Écoute, Michael, je vais aller droit au but. J'aime Hana. Je pense qu'il y a quelque chose de spécial entre nous, mais j'ai le sentiment qu'au fond d'elle, elle nourrit l'espoir que tu quittes la prêtrise pour l'épouser. J'ai l'impression de me battre contre un fantôme. Je t'aime bien, tu es un chic type. Je t'ai même sauvé la vie deux ou trois fois. Alors tu me dois bien ça, nom d'un chien ! Tout ce que je te demande, c'est de dire à Hana que tu comptes prendre tes distances. Je suis persuadé que, si elle n'était plus secrètement attachée à toi, on pourrait vraiment être heureux, elle et moi. Mais j'ai besoin que tu me laisses une chance. Tu peux faire ça pour moi ?

— Tu sais quoi, Marco, j'y ai beaucoup réfléchi dernièrement et j'ai prié dans l'espoir de recevoir un signe me disant quoi faire. Je crois bien que je l'ai devant les yeux. Et oui, tu m'as sauvé la vie, et je veux voir Hana heureuse, et toi aussi, mais j'ai horreur de lui mentir.

— Tu n'as qu'à prétendre que ta charge de travail au Vatican va augmenter, que tu dois aider ton père sur un projet confidentiel ou un truc du genre. Tu te retrouves toujours dans des affaires pas possibles, de toute façon. Elle ne se doutera de rien. Dis-lui juste que tu dois prendre un peu de recul. S'il te plaît.

Michael fixa son ami d'un air pensif, conscient du dilemme dans lequel ils se trouvaient tous les deux.

— D'accord, Marco. Je te dois bien ça. Mais promets-moi de la rendre heureuse. Je t'interdis de lui faire du mal.

— Tu n'as pas à t'inquiéter pour ça, mon pote. Merci.

CHAPITRE

CINQ

Considérée comme l'un des plus beaux chefs-d'œuvre de l'architecture gothique française, Notre-Dame de Paris surplombait, de toute la hauteur des soixante-dix mètres de ses deux tours de pierre, le père Dominic qui traversait le parvis.

Un taxi l'avait conduit jusqu'à l'île de la Cité, au milieu de la Seine, où la cathédrale avait été érigée au XIIIe siècle, et Pascal Roche, le recteur de Notre-Dame, l'avait accueilli.

— Au fait, lança Michael en se dirigeant vers l'entrée en compagnie du père Roche, une amie à moi va passer un peu plus tard. Elle s'appelle Hana Sinclair. Serait-il possible de la laisser entrer à son arrivée ?

— Mais oui, aucun problème. Je vais demander au contremaître de l'escorter.

Il en toucha un mot à un ouvrier posté à proximité, puis rejoignit son invité.

De l'autre côté des grandes portes de la cathédrale, Michael découvrit des dizaines d'hommes et de femmes à l'œuvre, visiblement experts dans leur domaine : tailleurs de pierre, restaurateurs de sculptures et d'œuvres d'art, charpentiers, ferronniers et bien d'autres encore, éparpillés un peu partout, étaient occupés à nettoyer l'immense espace de six mille mètres carrés. Entourés de grues, d'échelles et d'échafaudages, ils s'activaient, frottant et astiquant murs, sols et plafonds avec minutie, sans oublier les voûtes et les grandes rosaces en vitrail. Les travaux de restauration avaient commencé dans les hauteurs de la cathédrale et progressé vers les étages inférieurs, afin de préserver les zones déjà nettoyées. Une fine couche de poussière et de cendre contenant des particules de plomb recouvrait l'intérieur de l'édifice depuis l'incendie. Armés de pinceaux fins à poils doux, les ouvriers époussetaient les moindres fissures des statues, colonnes et murs sculptés. Les résidus de suie et de poussière étaient ensuite retirés à l'aide d'aspirateurs dorsaux, puis l'équipe passait à la zone suivante.

Une fois que Michael et le père Roche eurent rejoint, au moyen d'une échelle, la voûte inférieure dans laquelle se trouvait le sarcophage, le recteur lui expliqua les difficultés qu'il rencontrait.

— Le problème, c'est que les archéologues sont soumis à certaines obligations en cas de découverte, et elles sont nombreuses. Sous l'égide du ministère de la Culture, ils ont pour mission de mettre au jour, d'identifier et de protéger tout élément ayant une valeur patrimoniale pour la France, et ils prennent leur rôle très au sérieux.

« Par ailleurs, nous devons aussi respecter la loi française en matière de dignité et de respect des dépouilles, un domaine qui relève de la compétence de la police et du ministère de l'Intérieur. Et comme si ce n'était pas assez compliqué, ces deux camps sont souvent en désaccord au sujet de ce genre de trouvaille, qu'il s'agisse du tombeau ou du corps de l'évêque inconnu. Et comme vous le savez sans doute, à la tête de chacun de ces deux ministères se trouve l'un des frères Valois, des rivaux notoires, ce qui ne facilite pas vraiment ma tâche. Au terme d'intenses manœuvres politiques, il a finalement été décidé que l'on pouvait ouvrir le cercueil, avant de le réinhumer une fois le caveau restauré.

— D'ailleurs, à ce propos, Pascal, j'aimerais beaucoup voir les parchemins dont m'a parlé le ministre. Ceux pour lesquels l'Inrap a besoin de mon expertise.

— Bien sûr. Le cercueil est là-bas. Faites attention, le sol est plein de gravats et de dalles instables.

Équipés de casques à lampe frontale, les deux hommes se frayèrent un chemin jusqu'à l'endroit où reposait l'évêque, fendant l'obscurité de la salle souterraine de leurs faisceaux jaunes qui illuminaient les particules de poussière flottant dans l'air humide.

— On ne devrait pas porter des masques ? s'inquiéta Michael.

— Non, il n'y a aucun danger. On respire le même air un peu partout. C'est juste qu'on voit rarement les particules aussi clairement qu'ici, dans cet espace sombre et confiné, où elles sont mises en lumière.

Michael leva les yeux vers l'ouverture au-dessus d'eux et aperçut les échafaudages et les ouvriers qui s'activaient sous les voûtes de la cathédrale. Le vacarme des perceuses, marteaux, aspirateurs et autres machines en tous genres restait assourdissant, même dans les profondeurs de la crypte.

Après avoir enjambé les débris accumulés au fil des siècles, le père Roche s'arrêta devant un cercueil de bois fermé, placé dans un coin de la chambre. Son design élaboré indiquait clairement la présence en son sein d'un personnage de haut rang. L'objet était remarquablement bien conservé pour son âge et orné de scènes bibliques sculptées en bas-relief. Les deux prêtres se signèrent en silence devant lui et prononcèrent une prière intérieure, ponctuée par les sons sourds du chantier au-dessus de leur tête.

— Michael, si vous voulez bien m'aider à retirer le couvercle… Prenez ce côté-là. Je m'occupe de l'autre. Il n'y a pas de charnières, il suffit de le soulever.

Ensemble, ils ôtèrent le panneau de bois avec précaution et le posèrent délicatement sur sa tranche contre un mur.

À l'intérieur reposait un squelette vêtu d'habits liturgiques raffinés en relativement bon état. Le crâne du défunt était ceint d'une couronne et posé sur un coussin de feuilles de buis, une pratique autrefois utilisée pour conserver le corps des élites religieuses ou sociales.

Les couleurs de la tenue étaient encore vives, et les ornements confirmèrent, à l'œil exercé de Michael, qu'il pouvait effectivement s'agir d'un évêque du XIVe siècle, notamment par la présence d'une mitre ornée de pierres précieuses, au-dessus du crâne. La chasuble et l'aube étaient confectionnées en laine blanche et en soie – des matériaux qui, à l'époque, n'étaient accessibles qu'aux classes les plus aisées – et une ceinture incrustée de joyaux enserrait la taille du défunt. Sur sa poitrine, une étole pourpre bordée d'or complétait l'ensemble.

Michael se pencha, intrigué par un détail que peu auraient remarqué au premier coup d'œil : l'inconnu portait à son doigt un anneau ecclésiastique qui détonait.

— À première vue, il y a contradiction, Pascal. Regardez : c'est une bague de cardinal, dit-il avec certitude. À l'époque, elles étaient généralement serties d'un saphir, et le chaton portait les armoiries du pape. Vous permettez que je la lui retire ?

— Bien sûr ! Même si je dois admettre que ce que vous dites me surprend.

Michael tendit la main et fit lentement glisser l'anneau du doigt osseux du squelette. Il sortit une loupe de son sac à dos et braqua le faisceau de sa lampe sur le saphir scintillant d'un bleu profond. Puis, il tourna le bijou sur le côté pour voir l'inscription gravée à l'intérieur.

— « Clément V PP », lut-il à voix haute. Elle vient du pape Clément V ! « PP », ce sont les initiales de *Pontifex Pontificum*, soit le pontife des pontifes, le nom de règne du Saint-Père. C'est incroyable ! Jamais un évêque n'aurait osé porter un anneau de cardinal. Pascal... Il y a de fortes chances que votre évêque n'en soit pas un. Cet homme occupait un poste bien plus important que ne le laissent transparaître ses habits. Mais c'est un mystère qu'il nous faudra éclaircir plus tard. Vous disiez avoir trouvé des parchemins ? Ils sont où ?

— Ici, cousus à l'intérieur de la manche droite, répondit le recteur en retroussant avec précaution l'ourlet rigide du vêtement, dévoilant les bords enroulés de deux vieux rouleaux, aplanis par le temps. Comme vous le voyez, ils ont collé au tissu au fil des ans. On n'a pas osé tenter de les extraire. C'est vous l'expert : je vous laisse juger par vous-même.

Michael braqua sa lampe sur les documents pour les inspecter de plus près et remonta la manche avec une extrême délicatesse pour ne pas risquer de déchirer les parchemins. Le tissu, devenu raide, rendait la manœuvre lente et fastidieuse.

Alors qu'il s'apprêtait à toucher le papier pour en

évaluer la souplesse, il entendit une voix féminine appeler son nom au-dessus de lui.

Il interrompit son geste et se dirigea vers l'ouverture dans le sol de la cathédrale, d'où il pouvait apercevoir les ouvriers au rez-de-chaussée. Accompagnée du contremaître, Hana se tenait debout près d'une rambarde de fortune, à l'entrée de la fosse. Le vacarme était tel qu'il l'avait à peine entendue le héler.

Il grimaça ; il avait encore beaucoup à faire, et elle était arrivée plus tôt que prévu. Bien qu'il ait redouté ce moment, il s'était promis de lui parler dès qu'il se retrouverait face à elle. Puisqu'elle était en avance, il allait devoir faire avec.

— Hana, je ne peux pas continuer à te voir ! cria-t-il, mal à l'aise.

Elle tourna l'oreille vers lui.

— Tu ne peux pas quoi ? hurla-t-elle en retour.

À cet instant, le téléphone de la jeune femme sonna et Michael la vit décrocher. Probablement Marco.

— J'ai dit que je ne pouvais pas continuer à te voir ! répéta Michael plus fort avec agacement.

Instantanément, l'expression d'Hana changea. Était-ce de l'incompréhension, du désarroi, voire du regret ? Avait-elle réagi à ce qu'il venait de dire ou bien à l'appel de Marco ? À huit mètres de distance, difficile de le savoir.

— Tu ne peux pas continuer à me voir ? cria-t-elle.

— Faut que je prenne mes distances, se hâta-t-il de répondre.

— Qu'est-ce qu'il y a, Marco ? lâcha-t-elle d'un ton sec, le téléphone serré contre son oreille.

— Tu es où ? l'interrogea Marco d'un ton pressant. Tu sais bien que tu ne peux pas te promener sans escorte. Dis-moi où tu es ; j'arrive.

— D'accord, viens me chercher à Notre-Dame, se contenta-t-elle de répondre, troublée par ce que Michael venait de lui annoncer, avant de raccrocher brusquement.

Elle se tourna vers Michael dans la fosse.

— Bon bah… Je vais voir Marco, cria-t-elle. À plus tard.

Et elle fit volte-face, le visage bouleversé par l'émotion.

Michael resta figé. Marco lui avait-il parlé, lui aussi ? Cela voulait-il dire qu'une page se tournait ?

Abattu, il retourna auprès du cercueil et du père Roche en priant pour avoir fait le bon choix…

SIX

Une fois auprès du tombeau du mystérieux évêque-cardinal, Michael se recentra sur la tâche à accomplir. Ce fut alors qu'il remarqua une inscription sur la tranche du couvercle, posé contre le mur, à peine visible dans l'obscurité. Il se pencha pour l'éclairer. C'était du français.

— Ici repose Son Excellence, Monseigneur Jérôme Baudette, lut-il à voix haute.

Il se tourna vers Pascal, perplexe.

— Je reste convaincu qu'il y a erreur sur la personne. Il va falloir que j'effectue quelques recherches, une fois de retour à Rome, mais je pencherais plutôt pour l'option du cardinal. Et si c'est le cas, pourquoi se faire passer pour un évêque ? Bref, cela ne nous dit pas ce que l'on va bien pouvoir faire de ces parchemins.

Il examina la manche, puis leva les yeux vers le père Roche.

— Pascal, j'ai bien peur qu'il ne faille pratiquer une petite intervention chirurgicale. Ce serait idiot de faire transférer la dépouille tout entière à Rome juste pour récupérer les rouleaux. Je vais devoir détacher la manche du vêtement. Elle pourra toujours être rattachée plus tard, si vous estimez que c'est préférable. Mais si vous voulez mon avis, je ne pense pas qu'il soit nécessaire de reconstituer la tenue dans son intégralité avant la réinhumation. Ce qui nous importe ici, ce sont les documents. M'autorisez-vous à retirer la manche ?

— Oui, bien sûr, allez-y. Ces parchemins sont capitaux si l'on veut comprendre qui était cet homme et pourquoi il repose ici.

Michael ouvrit son sac à dos et en sortit une paire de gants blancs en tissu, ainsi qu'un couteau suisse dont Karl lui avait fait cadeau. Il déplia la petite lame et entailla délicatement les coutures du vêtement au niveau de l'épaule. Les fils, vieux de plusieurs siècles, n'opposèrent aucune résistance et cédèrent sans difficulté sous la lame.

— Vous savez, le parchemin est un matériau composé de peaux de bêtes d'une impressionnante longévité, murmura Michael d'un ton absent à l'intention de Pascal, tout en poursuivant son travail. On a retrouvé des exemplaires datant de 2500 av. J.-C., alors je ne suis pas étonné que ceux-ci soient encore en bon état. Je dois dire que je suis très curieux de découvrir leur contenu. L'analyse tomographique devrait nous permettre de les déchiffrer assez facilement.

— Pardonnez mon insistance, Michael, souffla le père Roche en se tordant nerveusement les mains, mais il faut absolument que ces parchemins soient renvoyés à Paris dès que possible. Ils seront conservés au Louvre en attendant la réouverture de Notre-Dame.

Michael leva les yeux vers le prêtre avec un petit sourire teinté d'une pointe d'indignation.

— Rassurez-vous, mon cher. Le Vatican possède déjà bien plus de manuscrits qu'il n'est capable de traiter. Loin de nous l'idée d'en ajouter de nouveaux à notre collection ; nous ne saurions qu'en faire. Vous récupérerez ceux-ci dès qu'on aura terminé l'analyse commanditée par votre gouvernement.

Michael s'en retourna à sa tâche et coupa les derniers fils de la couture, puis tira doucement la manche pour la détacher de l'épaule.

Il la fit lentement glisser le long du bras squelettique et examina les parchemins à la lumière de sa lampe frontale. Aplatis par le temps et cousus dans le tissu depuis des siècles, ils ne pouvaient être déroulés au risque de tomber en poussière ou de se fissurer. Ils allaient devoir être passés aux rayons X. Toutefois, les fils d'or tissés dans la manche perturberaient probablement le rendu des images. Tout résidu métallique devrait donc être retiré avant de procéder à l'analyse.

— J'ignore combien de temps durera le processus, mais une chose est sûre : je ne prendrai pas le risque de les dérouler. Nous disposons de machines capables de lire l'encre à travers le papier, même en la présence de plusieurs couches.

— Je vous laisse carte blanche, à vous et à votre équipe. Un grand merci pour votre aide, Michael. J'ai hâte de découvrir les résultats de votre analyse. Est-ce qu'il vous fallait autre chose ?

Michael balaya les environs du regard, à la recherche d'un éventuel détail qu'il aurait pu manquer.

— Non, je crois que c'est tout, Pascal.

Il sortit de son sac un grand étui de conservation en calicot sans acide, y glissa délicatement la manche et les parchemins, puis referma soigneusement le tout qu'il rangea dans son sac.

— Je trouverai une boîte adaptée une fois de retour à l'hôtel. Remontons.

Michael et le père Roche gravirent l'échelle conduisant au rez-de-chaussée de la cathédrale, où le vacarme était devenu encore plus assourdissant qu'avant : des scies découpaient des poutres, des aspirateurs avalaient la sciure et la limaille de fer, et des ouvriers criaient pour se faire entendre de tous côtés.

Une fois devant la sortie, Michael remercia son hôte de lui avoir permis de participer à cette découverte exceptionnelle et lui résuma les prochaines étapes de l'opération.

Un ouvrier posté à proximité s'approcha discrètement en prétendant ramasser des débris. Du coin de l'œil, il vit les deux hommes se serrer la main et le prêtre s'éloigner vers la file d'attente des taxis.

Quand Michael fut parti, il sortit de la cathédrale et passa un coup de fil sur son téléphone portable.

APRÈS AVOIR FRANCHI la façade arquée recouverte de vitres bleues translucides du nouveau siège du *Monde*, non loin de la gare d'Austerlitz, Hana emprunta l'ascenseur pour monter à son bureau, au quatrième étage, impatiente de se renseigner sur l'évolution de la situation dans la capitale. Avec un peu de chance, les manifestations qui avaient éclaté la veille, au cimetière, s'étaient éteintes dans la nuit. Espérant voir Michael aujourd'hui, elle s'était rendue un peu en avance à Notre-Dame, pour finalement repartir le cœur brisé lorsqu'il lui avait déclaré avoir besoin de prendre ses distances. Et l'insistance de Marco au téléphone, qui lui avait reproché de faire cavalier seul, n'avait fait que l'agacer encore plus.

À son arrivée dans la salle de rédaction, journalistes et membres de l'équipe éditoriale étaient scotchés devant les écrans de télévision suspendus un peu partout dans la vaste pièce, choqués par les images montrant leur ville bien-aimée en proie au chaos.

— Qu'est-ce qu'il se passe, Martine ? demanda-t-elle à sa rédactrice.

Martine Deschanel se tourna vers elle, le visage grave.

— C'est horrible, Hana. Les émeutes ont repris ce matin. On compte déjà plus de deux cents arrestations, et un Gilet jaune a été tué par balle, même si les circonstances du décès restent encore floues. Plusieurs dizaines de personnes ont été admises à l'hôpital pour fractures et irritations oculaires dues à l'usage de matraques et de gaz lacrymogènes. Beaucoup souffrent aussi de graves contusions à cause des balles en caoutchouc tirées par les CRS qui patrouillent dans les rues à bord de véhicules blindés, et il y a des feux de poubelles à tous les coins de rue.

« Le duc d'Avignon a même réclamé l'ouverture d'une enquête pour faire la lumière sur le manque de préparation manifeste en amont des manifestations et l'excès de zèle des forces de l'ordre face aux contestataires, qui étaient pour la plupart pacifiques, mais ont été traités comme une bande d'anarchistes violents. Certes, il y a des casseurs dans le lot, mais ils sont minoritaires.

« Il a aussi laissé entendre qu'il pourrait demander une réunion de la Haute Cour pour destituer le Président. Visiblement, il a senti que le vent pouvait tourner à son avantage. D'ailleurs, tu étais où pendant tout ce temps ? Tu as raté toute l'action.

— Oh, j'avais une affaire de famille à régler, répondit Hana, évasive. Mais franchement, rien que de traverser la rue, c'était déjà assez d'action pour moi.

— Je sais que ce n'est pas ton domaine, Hana, mais j'aimerais que tu couvres le sujet pour la une. Tu as vingt-quatre heures pour me pondre mille mots, et n'oublie pas de mentionner la manœuvre du duc.

— Entendu, accepta Hana en prenant place dans son box.

Elle venait à peine de s'asseoir quand la sonnerie de son téléphone retentit au fond de son sac. Elle sortit l'appareil et vit le nom de Michael s'afficher à l'écran.

— Salut, dit-elle simplement, encore blessée par leur échange de plus tôt.

— Hana, je voulais juste te dire que… euh, je suis désolé qu'on n'ait pas pu se parler, tout à l'heure. Je suis avec Karl ; on retourne à Rome. Laurent Valois m'a confié une mission importante et j'ai besoin pour cela d'accéder au laboratoire du Vatican. Tu comptes passer en Italie, prochainement ?

— Non, répondit-elle platement. Je ne vois vraiment aucune raison d'y aller en ce moment. Je dois rédiger un article sur les émeutes pour la une. Cela va m'occuper pendant les prochaines vingt-quatre heures et il y aura sûrement d'autres textes à écrire par la suite.

Un silence gênant s'installa pendant quelques secondes.

— Euh, d'accord. On se voit plus tard, alors, conclut Michael. Fais attention à toi, Hana. Et ne t'éloigne pas trop de Marco ; Paris est encore en ébullition.

— Merci, Michael. Toi aussi, prends soin de toi.

Elle raccrocha et fixa le curseur clignotant sur la page blanche de son traitement de texte. Elle avait espéré retrouver Michael autour d'un déjeuner et avoir une conversation avec lui, une discussion qui aurait apporté des réponses aux questions qu'elle se posait sur l'avenir. Mais son futur lui semblait aussi vide que l'écran devant elle.

SEPT

L e hall principal du terminal 2F de l'aéroport Roissy-Charles de Gaulle était un véritable capharnaüm. Des ouvriers étaient en train d'installer des kiosques entre la boutique hors taxes et les portes d'embarquement, créant une aire de travaux interdite d'accès délimitée par des barrières, mais les travailleurs étaient néanmoins obligés de slalomer au milieu du flot incessant de passagers afin de poursuivre leur labeur.

Michael et Karl venaient de passer le contrôle de sécurité et se dirigeaient vers la porte d'embarquement de la compagnie Alitalia pour prendre leur vol en direction de Rome. Ayant dû laisser son arme dans ses bagages qui voyageaient en soute, Karl se sentait désarmé à plus d'un titre, en particulier puisqu'il était responsable de la sécurité de Michael, sans parler du paquet de grande valeur que Michael tenait dans les bras : la manche et les parchemins du religieux non identifié, désormais rangés en sécurité dans une boîte acrylique sans acide qu'ils s'étaient procurée dans un magasin de fournitures d'art sur le chemin de l'aéroport.

Tout en surveillant les environs, Karl remarqua que Michael semblait perdu dans ses pensées et marchait, les yeux dans le vide. Pensait-il à Hana ? Depuis son passage à Notre-Dame, la veille, il s'est montré plus discret que d'habitude, moins enthousiaste. Le garde suisse n'enviait pas le dilemme de son ami. La situation devait être pesante, mais si Michael décidait de se confier, ce serait à son rythme. En attendant, il serait là pour lui.

Karl était sur le point de demander à Michael s'il voulait s'arrêter au Starbucks pour prendre un café quand il aperçut un ouvrier qui s'approchait d'eux : un gars costaud portant un gilet de sécurité, un casque de chantier, des gants en cuir, des lunettes de protection teintées et un masque anti-poussière, une longue planche de bois deux-par-quatre sur l'épaule. Le jeune garde n'était pas certain de comprendre pourquoi son instinct s'était soudainement mis en alerte, mais il choisit de s'y fier.

Par excès de prudence, il se positionna entre Michael et l'ouvrier, totalement méconnaissable sous son équipement, qui continuait son avancée vers la porte d'embarquement. Il ne voyait même pas les yeux de cet homme. Et comment se faisait-il qu'il portait un masque anti-poussière ? Personne d'autre n'en avait.

Subitement, l'homme pivota, et la planche de bois tourna avec lui, fonçant droit sur la tête de Michael. En une fraction de seconde, Karl agrippa Michael par les épaules et lui envoya son pied à l'arrière des genoux, tout en le tirant brusquement vers le sol, l'entraînant dans sa chute. La planche passa à quelques centimètres au-dessus d'eux.

L'ouvrier lâcha son fardeau, qui s'écrasa par terre avec fracas, et se précipita pour s'emparer de la boîte que

Michael tenait à la main. Peinant à recouvrer l'équilibre, le prêtre serra le paquet contre sa poitrine pour empêcher l'ouvrier de la lui dérober, sans vraiment comprendre ce qu'il se passait. Karl venait de se remettre sur pied lorsque l'inconnu tenta de nouveau de s'emparer des parchemins.

Le garde agrippa la main gauche de l'individu et lui tira le bras vers le haut, forçant l'assaillant à pivoter et à se détourner de Michael. Puis, de ses deux mains, il accentua la torsion et fit tomber l'agresseur sur le dos. L'ouvrier effectua une culbute en arrière et se propulsa dans les airs en arquant le dos pour atterrir en position accroupie, les poings serrés devant son visage.

Visiblement, ce n'était pas qu'un simple ouvrier du bâtiment. Karl se campa sur ses pieds, dressé entre Michael et leur agresseur, prêt à se battre, quand le bruit strident d'un sifflet de police fendit l'air. Deux agents de sécurité de l'aéroport couraient vers eux, à une cinquantaine de mètres, en leur ordonnant de cesser leur bagarre et de ne pas bouger. Après un coup d'œil dans leur direction, l'homme suspect tourna les talons et se précipita vers la sortie. Il franchit les portes automatiques ouvertes, écartant brusquement les voyageurs sur son chemin pour se frayer un passage, puis s'engouffra, du côté passager, dans un petit pick-up Toyota blanc stationné au bord du trottoir, dont le moteur ronflait déjà. Le véhicule démarra en trombe et s'éloigna à toute vitesse avant même que l'attaquant n'ait eu le temps de refermer la portière.

— C'était qui ce type ? s'exclama Michael d'un ton furieux, tout en époussetant son pantalon. Je ne m'attendais pas à ça.

— Une chose est sûre : ce n'était pas un accident. Il nous attendait, c'est certain, et la voiture dans laquelle il s'est enfui le prouve. Tu as remarqué à quel point il était camouflé pour éviter d'être reconnu ? Apparemment, il était prêt à tout pour récupérer ta boîte Michael. D'ailleurs, qui, à part moi, est au courant qu'elle se trouve en ta possession ?

Le prêtre s'apprêtait à répondre lorsque les gendarmes revinrent de leur course poursuite non fructueuse avec le fuyard.

— Messieurs, veuillez nous suivre.

Les officiers prirent les deux hommes par le bras et les conduisirent jusqu'au bout d'un long couloir où se trouvait le bureau de la sécurité.

— Mais nous allons rater notre vol ! protesta Karl. Et nous sommes les victimes dans cette histoire, je vous signale. Cet homme a essayé de nous voler quelque chose ! Quels genres d'ouvriers vous embauchez, ici ?

— C'est bon, Karl, ils font juste leur boulot, tempéra Michael d'un ton aimable, avant de se tourner vers les gendarmes. On ne dérangeait personne quand il nous a attaqués sans prévenir. En quoi pouvons-nous vous être utiles ?

L'un des officiers, désireux d'asseoir son autorité, prit les commandes.

— Montrez-moi vos pièces d'identité, ordonna-t-il d'un ton sec.

Michael et Karl présentèrent leur passeport et leur accréditation du Vatican, ce qui n'impressionna pas le gendarme, qui numérisa les documents dans son ordinateur, puis se mit à les questionner au sujet de leur altercation avec l'ouvrier, tout en tapant sur son clavier pour retranscrire leurs dires.

— Et qu'y a-t-il dans votre boîte qui intéresse autant cet homme ?

— Puisqu'elle a passé le contrôle de sécurité sans

problème, je ne vois pas en quoi cela vous concerne, répondit Michael poliment, mais fermement, en serrant son paquet un peu plus fort. Nous sommes en mission officielle pour le Vatican à la demande du gouvernement français. Du ministre de la Culture, plus exactement. Je peux appeler son bureau sur le champ, si vous le souhaitez. Je suis persuadé qu'il serait ravi de discuter de ce différend avec vos supérieurs.

Comprenant parfaitement l'enjeu de la situation, l'adjudant-chef se renfrogna face à la menace. Alors qu'il était sur le point de prendre des mesures plus radicales, un officier supérieur qui avait entendu le tumulte depuis son bureau entra dans la pièce. Les deux gendarmes se dressèrent immédiatement au garde-à-vous.

— Qu'est-ce qu'il se passe, ici ? interrogea-t-il en remarquant que Michael était vêtu d'un habit ecclésiastique. Pourquoi vous retenez un prêtre ?

— Mon commandant, on…

Michael saisit cette opportunité pour reprendre l'ascendant.

— Comme je l'expliquais à vos très chers collègues, nous sommes mandatés par le Vatican, à la demande personnelle du ministre de la Culture, Laurent Valois. On s'est fait attaquer par l'un de vos ouvriers alors qu'on rejoignait notre porte d'embarquement. Puisqu'il a tenté de nous subtiliser notre paquet destiné au Vatican, mon collègue, qui fait partie de la Garde suisse du pape, a pris les mesures nécessaires pour nous sortir de cette situation délicate, ce qui était manifestement nécessaire. On n'a rien fait de mal. Tout ce que l'on souhaite, c'est de ne pas rater notre vol.

Il jeta un coup d'œil à sa montre. Il ne leur restait plus que quelques minutes pour embarquer.

Le commandant, probablement de confession catholique au vu du haussement de sourcils qu'il avait laissé transparaître à la mention du pape, régla l'affaire sans délai.

— Libérez ces hommes sur-le-champ, ordonna-t-il à ses subordonnés. Et veillez, à l'avenir, à faire preuve de respect envers le Vatican et les gardes suisses en service. Messieurs, permettez-moi de vous escorter. Par ici, je vous prie.

Il entraîna Michael et Karl hors de la pièce, puis jusqu'au bout du couloir, et leur fraya à la hâte un passage jusqu'à la porte d'embarquement d'Alitalia, que l'agent de l'aéroport s'apprêtait à fermer.

— Toutes mes excuses, messieurs. Bon voyage.

Les trois hommes se serrèrent la main et Michael remercia le gendarme, puis se hâta de franchir la passerelle avec Karl. Ils prirent place dans l'avion juste au moment où l'hôtesse de l'air verrouillait la porte de l'appareil.

BIEN QUE CONTRARIÉ de s'être fait réprimander, l'adjudant-chef, toujours assis dans le bureau de la sécurité, rédigea son rapport d'incident comme il se devait, notant les noms des victimes et précisant que, malheureusement, le coupable s'était échappé.

À son insu, une sous-routine dissimulée dans le code de la base de données identifia dans le rapport le nom d'une personne sous surveillance confidentielle : Michael Dominic. Le programme produisit automatiquement deux copies du rapport et les envoya via un mail crypté à quelqu'un au ministère de l'Intérieur, ainsi qu'à une autre personne du gouvernement. Toutes traces de cette action furent instantanément supprimées.

Dans son bureau du ministère de l'Intérieur, l'ordinateur de Philippe Valois émit un signal sonore, lui indiquant qu'un courriel venait d'arriver dans une boîte de réception spéciale. Assis à son bureau, il accéda au message décrypté. Une fois sa lecture terminée, il s'avança dans son fauteuil, les doigts entrelacés en un geste méditatif. Voilà qui était intéressant…

Même s'il était à l'origine de l'ajout de cette sous-routine confidentielle à l'ensemble des bases de données des forces de l'ordre françaises, Valois ignorait l'existence d'une seconde adresse e-mail ajoutée au programme chargé de scanner tous les rapports de police à la recherche de noms et mots-clés spécifiques. Cette configuration avait été mise en place par le technicien informatique, conformément à des ordres venus de bien plus haut. Ce dernier obéissait, en toute discrétion, à des directives claires : ce type de requête devait être redirigé vers un bureau parallèle, un bureau, inconnu de tous, que le Président Pierre Valois avait établi afin de garder un œil sur les affaires intérieures, car il savait qu'il était toujours utile de savoir qui observait qui, et dans quel but.

À BORD du pick-up Toyota blanc qui s'éloignait à vive allure de l'aéroport, le passager ouvrit la boîte à gants et saisit un téléphone jetable. Il composa un numéro de tête.

Une voix masculine lui répondit.

— Allô ?

— La mission à l'aéroport a échoué.

— Un imprévu ?

— Une intervention extérieure. Le projet était sécurisé.

— Statut de l'équipe ?

— Opérationnelle, aucun dégât à signaler.

— D'accord, retournez à l'entrepôt. Je vais en informer le responsable.

— Bien reçu, répondit le passager en brisant le mobile en deux avant de le jeter par la fenêtre. Direction l'entrepôt.

Le conducteur acquiesça et appuya un peu plus sur l'accélérateur.

HUIT

Debout sous la chaleur du soleil méridional parisien, une centaine de jeunes hommes – pour la plupart immigrés – faisaient la queue devant le Pôle emploi de Pigalle. Attroupés en petits groupes, ils bavardaient dans la file d'attente, qui serpentait de l'entrée du bâtiment jusqu'à la rue des Martyrs, en attendant que l'agence rouvre après la longue pause déjeuner. Contrairement aux commerces et bureaux, qui profitaient traditionnellement de deux bonnes heures de pause à midi, ces gens ne pouvaient se permettre un tel luxe. La plupart étaient démunis et cherchaient désespérément un travail pour se nourrir et subvenir aux besoins de leur famille.

De l'autre côté de la rue, un pick-up Toyota blanc transportant des caisses de matériel se gara en double file, ses feux de détresse allumés. Deux hommes en sortirent, vêtus chacun d'un jean, de bottes et d'une chemise en flanelle sous le gilet de sécurité réfléchissant orange des employés de la ville. Leur visage était dissimulé sous un casque de chantier, un cache-oreilles, des lunettes de protection et un masque anti-poussière.

Après avoir disposé des cônes de signalisation autour du véhicule, ils déchargèrent plusieurs planches de bois, deux perceuses électriques, des embouts de tournevis et de longues vis, puis entreprirent de dresser un échafaudage de fortune sur le trottoir, le long de la façade en parpaings du bâtiment. Une fois leur tâche terminée, les deux hommes hissèrent un fût de bière de trente litres sur l'échafaudage, qu'ils entourèrent de deux douzaines de boîtes de clous, vis et boulons, disposées en demi-cercle face à la rue.

L'un des hommes retourna à son véhicule pour récupérer une boîte en plastique noire de la taille d'un paquet de cigarettes. Il grimpa ensuite en haut de l'échafaudage et glissa, via un trou dans le couvercle du fût de bière, un cylindre métallique de huit centimètres duquel sortait un câble. Puis, il connecta ce câble au fil électrique qui dépassait de la boîte noire et plaça le tout sur le tonneau.

Lui et son compère installèrent alors un lecteur DVD portable avec écran de télévision intégré sur l'échafaudage, insérèrent un disque dans l'appareil et réglèrent le volume au maximum, avant d'appuyer sur le bouton lecture.

Leur tâche accomplie, les deux hommes récupérèrent leurs cônes de signalisation et remontèrent à bord du pick-up qui s'éloigna.

Une minute plus tard, le titre et le générique du film terminés, les cris de plaisir d'une femme parvinrent aux oreilles des hommes dans la file d'attente de France Travail. Plusieurs têtes se tournèrent en entendant les bruits caractéristiques, et il ne leur fallut pas longtemps pour comprendre qu'un film pornographique se jouait, ses images explicites bien en vue sur le petit écran relié à la boîte noire.

Plusieurs individus s'approchèrent avec enthousiasme et se régalèrent la vue quelques secondes, un grand sourire béat sur le visage, avant de faire signe à leurs amis de les rejoindre pour profiter du spectacle. Voyant l'attroupement autour de l'échafaudage, d'autres se joignirent à eux, curieux de voir de quoi il s'agissait.

UN PEU PLUS LOIN DANS la rue, un type, debout au balcon d'un appartement à louer au sixième étage, observait la rue des Martyrs, le visage dissimulé par le béret qu'il portait sur la tête et l'écharpe enroulée autour de son cou. L'agent immobilier qui venait de lui lister tous les avantages du bien rentra à l'intérieur lorsque son téléphone sonna pour prendre l'appel, laissant le loueur potentiel sur le balcon.

Ce dernier sortit des jumelles de la poche de sa veste et les braqua sur l'attroupement qui s'était formé devant l'échafaudage.

Il attendit quelques minutes que la foule de spectateurs ait grossi, puis rangea ses jumelles et sortit une radio portative bidirectionnelle conçue pour le marché américain : un modèle modifié pour émettre sur la fréquence grand public FRS, juste en dessous des 440 mégahertz dédiés à un usage non professionnel. Il appuya sur le bouton « Talk », puis saisit une suite de six chiffres sur le pavé numérique.

Sur l'échafaudage, le circuit de squelch du talkie-walkie FRS bon marché s'ouvrit et l'appareil transmit la séquence de tonalités via un adaptateur pour oreillette jusqu'à la carte son d'un micro-ordinateur Arduino, lequel, ayant reçu la série de signaux sonores attendue, déclencha l'électroaimant alimenté par les huit piles AA qui faisaient fonctionner le tout. Une fois activé, celui-ci redirigea la charge accumulée dans les condensateurs vers le détonateur inséré dans le fût rempli de nitrate d'ammonium et de carburant.

La bombe ANFO explosa avec violence, projetant clous, vis et écrous brûlants mortels sur la foule rassemblée devant la télévision.

Le carnage fut immédiat et dévastateur.

Sur le balcon de l'immeuble au bout de la rue, l'homme tourna les talons, rentra dans l'appartement et referma les portes-fenêtres. Toujours au téléphone, l'agent immobilier se tourna vers lui.

— C'était quoi, ce bruit ?

L'inconnu haussa les épaules.

— Bonne question. Je n'ai rien vu de spécial. Je vous remercie, mais je ne pense pas que cet appartement va me convenir. Je vous souhaite une bonne journée.

Il sortit du logement, descendit les six étages à pied par l'escalier et déboucha sur la rue par l'arrière du bâtiment, loin de la file de véhicules des urgences qui remontaient maintenant la rue des Martyrs en direction du lieu de l'attentat. Sa voiture l'attendait, garée dans l'allée derrière le bâtiment. Il s'installa au volant et s'éloigna par les petites ruelles sans se presser, évitant ainsi les caméras de surveillance de l'avenue principale.

LES PROFESSIONNELS ENVOYÉS sur place firent de leur mieux pour limiter les dégâts. L'on administra d'abord des soins aux blessés les plus graves avant de s'occuper des victimes collatérales, puis de lancer une enquête. Le souffle avait fait voler en éclats les vitres des bâtiments environnants dans un rayon de deux pâtés de maisons. Des centaines de bandelettes de papier, jusque-là cachées à l'intérieur des caisses de matériaux de construction, flottaient dans l'air un peu partout. On y lisait des inscriptions, telles que *La France aux Français* ou *Pas d'immigrés chez nous*. Des passants à plusieurs centaines de mètres de l'explosion en retrouvèrent dans les caniveaux, entre les feuilles des arbres et dans les buissons le long du boulevard. Les autorités françaises n'avaient aucun moyen de limiter la diffusion de ces petits messages haineux, qui se propagèrent sur les réseaux sociaux.

La nuit venue, une foule de jeunes hommes en colère, la plupart immigrés, rejoints par des personnes solidaires à leur cause et opposées aux méthodes brutales des autorités françaises, s'était rassemblée autour de la scène du crime. Craignant la présence d'autres engins explosifs dans les environs, la police avait reçu pour ordre d'empêcher tout attroupement, mais, lorsque les tentatives de dispersion se firent plus musclées, les gens résistèrent et une émeute éclata. L'information relayée en direct sur les réseaux attira encore plus de jeunes désabusés en colère, et les rues furent bientôt le théâtre d'affrontements chaotiques. Les vitrines du centre commercial voisin furent brisées et les marchandises pillées, entraînant l'arrivée de renforts policiers. Pour la première fois depuis des années, un couvre-feu fut instauré dans la Ville Lumière.

∽

DEBOUT DEVANT LE mur d'écrans de la salle de crise, Philippe Valois observait les images qui affluaient en direct des émeutes. Le timing des événements n'aurait pas pu mieux tomber, songea-t-il en esquissant un sourire amer. On aurait presque dit que toute cette histoire avait été orchestrée ; mais par qui ? Évidemment, il ne cautionnait ni la violence ni les actes de terrorisme perpétrés dans la capitale, visiblement par certains membres de l'extrême droite, mais il était plus que disposé à en tirer profit. Restait à savoir comment.

Son père, Pierre, était plus mal en point qu'il ne le laissait transparaître, et de nouvelles élections présidentielles allaient devoir se tenir prochainement. Philippe avait déployé tous les efforts nécessaires pour apparaître comme un candidat potentiel aux yeux des électeurs et il s'était depuis longtemps imposé comme favori. Partisan du maintien de l'ordre et de la sécurité, il savait qu'une bonne partie de la population partageait ses opinions. Son paternel avait été trop indulgent en matière de sanctions pénales et trop laxiste dans sa politique migratoire, à tel point que la France était désormais submergée d'immigrés sans emploi qui se tournaient vers le crime une fois leurs droits aux aides sociales épuisés.

Ces émeutes étaient la conséquence naturelle de ce désordre, et la peur qu'elles engendraient dans les franges plus conservatrices de la société pouvait être utilisée à son avantage. Le peuple devait croire que Philippe Valois était l'homme qui les protégerait de tous ces dangers, réels ou imaginaires. Il devait le leur faire comprendre clairement, et la meilleure manière d'y parvenir, c'était de s'exprimer à la télévision et sur les réseaux sociaux, de le dire haut et fort pour qu'ils associent son visage à ce message.

Il s'empara de son téléphone pour appeler son conseiller de presse et lancer la machine.

NEUF

Assis à côté du hublot, Michael observait les cumulus qui défilaient de l'autre côté de la vitre, alors que l'appareil franchissait la frontière aérienne suisse en direction de l'Italie. Le regard perdu sur les monts enneigés des Alpes, il repensa à sa dernière discussion avec Hana dans la fosse de Notre-Dame, puis au téléphone. Avait-il imaginé l'intérêt qu'elle lui portait ? Peut-être serait-elle finalement plus heureuse avec Marco. Auquel cas, n'aurait-elle pas été contente que les choses soient réglées ?

À sa gauche, Karl avait lui aussi des soucis en tête, persuadé que leurs adversaires non identifiés n'en étaient pas moins compétents. Comment avaient-ils su que Michael avait en sa possession les parchemins de Notre-Dame ? Qui avait fait fuiter l'information ? Ignorer la réponse à ces questions le plaçait clairement dans une position d'infériorité et entravait sa mission, ce qui le rongeait intérieurement. Plus il y repensait, plus il se disait que les assaillants avec qui il avait croisé le fer à Paris étaient loin d'être de simples malfrats ou des délinquants de bas étage : il s'agissait de professionnels. Au cours des deux heures que dura le vol, il se leva à trois reprises pour remonter l'allée centrale en prétendant aller aux toilettes, tout en observant les passagers à la recherche d'un comportement suspect.

APRÈS AVOIR DÉBARQUÉ à l'aéroport Léonard-de-Vinci à Rome, Karl ouvrit la marche le long de la passerelle, et lui et Michael émergèrent dans le terminal. Ils étaient en train de se frayer un chemin parmi la foule de passagers qui patientaient avant leur vol lorsque Karl leva une main pour faire signe à Michael de s'arrêter. Il prit un moment pour balayer les environs du regard, à la recherche de deux choses : n'importe quoi qui sorte de l'ordinaire au milieu du chaos ambiant qui régnait sur les lieux et deux personnes en particulier.

Il trouva la première assise devant un ordinateur au comptoir des véhicules de location, juste en face de la porte d'embarquement : c'était Lukas Bischoff, qui faisait semblant de travailler pour pouvoir surveiller les environs, une tâche qu'il avait entamée une heure plus tôt déjà. Lorsqu'il aperçut Karl et croisa son regard, Lukas sortit un mouchoir en tissu de sa poche et s'épongea le front, signe que la voie était libre.

— Michael, dit Karl. Si tu vois quelqu'un que tu connais, fais semblant de ne pas le connaître, d'accord ? Mais si tu aperçois l'un des types qu'on a croisés à Paris, dis-le-moi immédiatement.

Toute cette mise en scène avait beau lui paraître exagérée, Michael se plia aux ordres de son protecteur et se mit à surveiller la zone d'un air nonchalant tout en marchant. Et il remarqua effectivement un visage familier : un agent d'entretien qui poussait un chariot de produits ménagers au milieu du hall. Tout de blanc vêtu, il portait un pantalon de travail, une chemise, une casquette, des lunettes de soleil et des écouteurs qui pendaient de ses oreilles.

Michael scruta le jeune homme imposant qui se faufilait parmi les gens. Était-ce Dieter ?

Au même instant, une voiturette électrique s'arrêta devant eux.

— C'est pour nous, Michael, annonça Karl.

— Oh, vraiment ? Ce n'est pas très loin. On peut y aller à pied. Cela ne nous ferait pas de mal de nous dégourdir les jambes.

— Monte dans la navette, Michael. Ordre du pape, en quelque sorte.

Michael soupira et prit place à contrecœur sur la banquette arrière, à côté de Karl. Quand le conducteur fit demi-tour, Lukas se leva de son comptoir et sauta sur le siège passager, aux aguets.

Derrière eux, l'agent d'entretien avait poussé son chariot sur le bord de l'allée principale et sorti un seau et une serpillière. Il posa le panneau « sol glissant » par terre tout en scrutant les alentours, au cas où quelqu'un s'intéresserait d'un peu trop près à la voiturette.

— Pourquoi tant de précautions ? s'enquit Michael. J'ai l'impression d'être dans un film de James Bond. C'est Dieter que j'ai vu en train de passer la serpillière, là-bas ?

— Ouais, mais n'y fais pas attention, répondit Karl. Il surveille nos arrières. Après ce qu'il s'est passé à Malte, il y a quelques mois, le Saint-Père a décidé de revoir les protocoles de sécurité de la Garde suisse à l'intérieur et aux abords du Vatican, ainsi que dans les Archives apostoliques, notamment en ce qui te concerne. Pas la peine de se demander pourquoi…

Karl n'eut pas besoin de s'étendre sur la question. Le fait, jusque-là secret, que Michael soit le fils du pape avait été malencontreusement révélé lors d'un incident à Malte, plusieurs mois auparavant.

— La sécurité a aussi été renforcée autour de ton bureau, et je ne te laisserai pas te promener tout seul, du moins pour le moment.

Bien qu'il apprécie le geste et comprenne les raisons du pape, Michael n'était pas très à l'aise avec l'idée que tous ces efforts aient été déployés pour sa personne. Il aimait son indépendance, se sentait bien dans sa peau et supportait mal d'être ainsi encadré. Comme s'il n'avait pas déjà assez de soucis comme ça…

— Au fait, lança Lukas par-dessus son épaule, il y a eu une autre attaque terroriste en France pendant que tu étais en vol. Quelqu'un a implanté un engin explosif dans un centre d'accueil pour demandeurs d'asile et il y a eu de nombreux morts. La police a trouvé des flyers anti-immigration et des slogans d'extrême droite parmi les débris. Les militants de gauche ont riposté et les anarchistes en profitent pour semer le chaos. Les forces de l'ordre sont tellement submergées que le ministère de l'Intérieur a déployé du personnel supplémentaire pour restaurer l'ordre. Autant dire que l'atmosphère est tendue à Paris, en ce moment.

— C'est horrible ! s'exclama le prêtre avant d'incliner la tête pour adresser une prière silencieuse en la mémoire des victimes et pour la sécurité de tous à Paris, notamment celle d'une personne en particulier.

La navette s'arrêta devant la zone de récupération des

bagages et Lukas resta à bord avec Michael pendant que Karl attendait que leurs valises – et son arme enregistrée en soute – apparaissent sur le tapis roulant. Les deux bagages récupérés, Karl escorta tout le monde à l'extérieur, où une Land Rover noire les attendait. Le sergent Dieter Koehl, toujours vêtu de sa tenue d'agent d'entretien blanche, était au volant. Il sourit à ses passagers.

— Je ferais un bien piètre concierge, dit-il avec un petit rire. Ça ne bouge pas assez à mon goût. Et puis, ce n'est pas avec un manche à balai que je vais attraper des méchants.

APRÈS AVOIR FRANCHI la porte Sainte-Anne du Vatican, Dieter gara la Land Rover sur le parking de la cour du Belvédère. Son sac sur l'épaule contenant la boîte acrylique, Michael se rendit directement à son bureau, Karl dans son sillage. Un garde suisse en uniforme intégral, hallebarde à la main, avait été posté devant le bâtiment des Archives.

— Ça va vite me fatiguer, pesta Michael, exaspéré. On est au Vatican, nom d'un chien ! C'est l'un des endroits les plus sûrs et les plus imprenables au monde !

— Visiblement, le pape n'a pas l'air de ton avis, répondit Karl, agacé, se faisant le porte-parole de tout le corps de la Garde suisse.

Quand il se trouva devant le coffre-fort de son bureau, Michael y déposa la boîte en acrylique contenant la manche et les parchemins, puis le referma et fit tourner le cadran plusieurs fois pour le verrouiller. Il se retourna au moment où son assistant, Ian Duffy, passait la tête par l'encadrement de la porte.

— Salut, chef ! lança l'Irlandais avec enthousiasme. Content de te revoir.

— Oh, Ian. Comment ça va, depuis le temps ?

— Ça va, ça va. J'ai entendu dire qu'il y a eu du grabuge, à Paris. Tout s'est bien terminé ?

— Autant que faire se peut, étant donné le bordel. Mais je nous ai ramené un projet, figure-toi. D'ailleurs, j'ai une mission à te confier. J'ai besoin que tu me dresses la liste de tous les évêques et cardinaux ayant exercé en France aux alentours des XIIIe et XIVe siècles, en particulier ceux qui ont été nommés par le pape Clément V. Tu pourrais me préparer ça pour hier ?

— Et comment ! répondit Ian avec entrain. Je vais voir ce que je trouve dans la base de données et je poserai aussi la question aux historiens qui traînent par là. Ils sauront peut-être quelque chose.

— Excellente idée, merci. Demain, je te montrerai les parchemins que j'ai ramenés de Notre-Dame et qu'il va falloir faire analyser au labo. Je t'expliquerai plus tard. En attendant, je suis crevé, alors je vais aller dormir. Ne te couche pas trop tard, Ian.

DIX

Tôt le lendemain matin, le père Dominic se faufila hors du Vatican par la porte Sainte-Anne alors que le ciel commençait à se parer de tons rose pêche à l'est. Après tout ce qu'il s'était passé en France, il avait besoin de faire du sport pour remettre de l'ordre dans ses idées.

Il s'élança sur son itinéraire habituel à travers le quartier ouvrier de Suburra en se concentrant sur sa respiration et la sensation de ses membres en mouvement. Ses muscles étaient raides, signe que son corps avait absorbé les soucis qui lui occupaient l'esprit. Pour tenter de se recentrer sur lui-même, il focalisa son attention sur le bruit de ses pas qui résonnait dans l'air matinal et les délicieux arômes de café, de chèvrefeuille et de jasmin du chili qui s'échappaient des bistrots environnants et des jardinières alignées le long du trottoir.

Mais la sérénité que lui apportait d'ordinaire l'effort physique lui échappait, ce jour-là. En passant devant les kiosques à journaux, il aperçut la une des quotidiens annonçant « MASSACRE A PARIS ». Il ne put s'empêcher de penser à Hana, qui devait évoluer au milieu du chaos de cette ville habituellement paisible.

Et elle ne l'avait même pas appelé ! D'habitude, lorsqu'un événement de cette nature survenait, elle lui passait un coup de fil pour lui dire que tout allait bien. Y avait-il un problème ? Se pouvait-il qu'elle se soit malencontreusement trouvée aux abords de l'explosion au moment fatidique ? Était-elle blessée, ou pire, morte ? Marco l'aurait appelé si cela avait été le cas, à moins qu'il n'ait été lui aussi victime de l'attentat. Mais même alors, Armand lui aurait fait parvenir la nouvelle, à moins qu'il ne soit trop accablé par le chagrin pour l'appeler.

Cela suffit ! se sermonna-t-il intérieurement en essayant de brider son imagination débordante de possibilités, toutes plus improbables les unes que les autres.

Il s'arrêta devant le kiosque Edicola sur la Piazza del Risorgimento et saisit un exemplaire du *Monde* daté de la veille. Après avoir jeté un rapide coup d'œil aux noms des journalistes cités en première page, il retourna le journal de ses doigts moites de sueur qui laissèrent de petites traces sur le papier. Là, sous la pliure en milieu de page, se trouvait un article signé de la plume d'Hana Sinclair, qui décrivait succinctement la situation politique ayant déclenché les récentes démonstrations de violence à Paris.

— Nom d'un chien, murmura-t-il pour lui-même.

Bon, se rassura-t-il, au moins, elle n'avait pas perdu la vie dans l'explosion, puisqu'elle avait rédigé un article sur le sujet. Tout de même, elle aurait pu l'appeler.

— Hé, vous dégoulinez sur mon journal, grommela le vendeur dans un mauvais français en supposant, après l'avoir entendu jurer dans la langue de Molière, que

Michael était français. Faut l'acheter, maintenant. Je peux plus le vendre.

— Pardon, s'excusa Michael en italien. Je n'ai pas d'argent sur moi ; je suis juste sorti courir. J'étais à Paris pas plus tard qu'hier. Pour un peu, j'aurais pu me retrouver sur les lieux du massacre.

— Je suis content de l'apprendre, mais ça ne va pas me rendre mon journal, contra l'homme.

— Je vous promets devant Dieu que si vous me le mettez de côté, je repasserai à l'heure du déjeuner pour l'acheter. Et je suis prêtre au Vatican.

— Vous avez intérêt de revenir, parce que sinon, je vous promets devant Dieu que j'irai me plaindre jusque dans le bureau du pape, menaça-t-il en se signant. Je m'appelle Luigi Bucatini, au fait. Bucatini comme les pâtes. Et vous ?

— Michael Dominic, répondit-il en tendant la main.

Luigi accepta le geste.

— D'accord, mon père. Je suis un chrétien de bonne foi, alors je vous crois sur parole. Ne me décevez pas.

Michael s'esclaffa.

— *Grazie*, Luigi. Vous n'avez pas de souci à vous faire. À tout à l'heure.

APRÈS AVOIR PRIS une petite douche rapide et s'être changé dans son appartement au Vatican, Michael se rendit à son bureau. Il y récupéra les parchemins dans son coffre, puis alla retrouver Ian qui était déjà en train de taper des kilomètres de texte sur son clavier, assis devant son ordinateur.

— Bonjour, Ian. Je vais au labo. Comment avance cette liste ?

— C'est presque prêt, Michael. J'ai décidé d'inclure les

dates de naissance et de mort de chacun des candidats, pour déterminer l'âge du décès, alors ça prend un peu plus de temps que prévu. Ce ne sont pas des informations qui sont facilement accessibles.

— Tu penses avoir combien de personnes sur la liste ?

— J'en ai identifié plus d'une centaine, jusqu'à présent.

— *Plus d'une centaine ?* Comment tu as fait pour les trouver aussi vite ? Tu les as sorties de quelle base de données ?

— Euh, balbutia Ian. Je préfère pas te le dire…

— Comment ça, tu préfères pas me le dire ? Ian, c'est moi le responsable, ici. Je suis censé savoir ce qu'il se passe dans mon service, non ?

— Ce n'est pas faux, mais…, hésita l'Irlandais en se tortillant sur sa chaise, clairement mal à l'aise. Il s'est passé des trucs pendant ton absence, et je ne suis pas censé te mettre au courant. C'est à quelqu'un d'autre de s'en charger.

— De quoi tu parles ? Qu'est-ce qu'il se passe ? Et si ce n'est pas toi qui dois me mettre au courant, alors c'est qui ?

— Désolé, Michael. Il va falloir que tu voies avec le Saint-Père en personne. Tu te souviens de la Petri Crypta, le coffre-fort dont il ignorait encore l'existence, il y a quelques mois ? Eh bien, figure-toi qu'il s'est mis en tête de découvrir toutes les infos qui lui ont été cachées jusqu'à présent et tout ce sur quoi il aurait dû être briefé à son ascension sur la chaire de saint Pierre.

« Dans cette liste se trouve notamment une affaire pour laquelle on m'a demandé mon aide en me faisant promettre de garder le secret. J'ai interdiction d'en parler à quiconque n'est pas dans la boucle, et comme tu étais à Paris, tu n'as pas encore été mis au parfum, conclut-il en esquissant un petit sourire gêné.

— Hum, je vois, répondit Michael. Je vais passer un coup de fil à Nick pour qu'il m'organise un rendez-vous avec Sa Sainteté. En attendant, continue ta liste.

— J'ai presque fini. Repasse à ton retour du labo et je te la file.

LE LABORATOIRE de restauration et d'authentification des Archives apostoliques possédait du matériel de pointe destiné à identifier, valider et reconstituer d'anciens manuscrits et artefacts relevant de la compétence du Vatican. Dirigé à l'origine par l'ordre des Sœurs franciscaines missionnaires de Marie pendant plus de deux générations, il avait progressivement été repris par des experts laïcs, qui s'étaient substitués au personnel religieux pour mener à bien sa délicate mission de conservation.

Outre les trésors propres au Vatican, ces spécialistes étaient souvent sollicités par des musées, conservateurs et autres organismes extérieurs pour ses services uniques d'évaluation et de restauration de documents historiques ou objets précieux, qui nécessitaient des compétences rares et délicates très recherchées.

Au centre de la pièce se dressait un plan de travail de deux mètres sur deux en Formica blanc, une matière insensible aux produits chimiques, relié à la terre pour éviter l'accumulation d'électricité statique. Dessous, des tiroirs et étagères contenaient divers outils et appareils scientifiques.

Des postes de travail individuels occupaient trois côtés du laboratoire, chacun recouvert de matériaux inertes et d'une panoplie d'instruments divers : microscopes numériques et optiques, tests de pH et de désacidification, appareils à vapeur et aspirateurs HEPA portatifs, plaques lumineuses à fibre optique et autres outils de conservation. Sur chaque table trônait une loupe éclairante à pied articulé. Au fond de la pièce, à l'opposé de l'entrée, l'unique porte du labo portait l'inscription :

DANGER
Rayons X, Champs Magnétiques Intenses, Lasers
Accès réservé au personnel autorisé

Lorsque Michael arriva, Ekaterina Lakatos, la nouvelle technicienne, était assise à un poste de travail, en train d'examiner un document à l'aide de sa loupe éclairante. Elle se retourna et se leva pour accueillir Michael.

— *Lachi tiri divés*, père Michael, dit-elle en romani.

— *Sastipe*, Ekaterina. *Sar si sogodi ?* demanda-t-il dans la langue maternelle de la jeune femme.

— Ça va, répondit-elle avec un sourire. Oncle Gunari vous passe le bonjour.

Michael repensa à la dernière fois qu'il avait vu Gunari Lakatos, l'oncle d'Ekatarina et *voïvode* d'un clan de Roms, lors d'une aventure impliquant ses deux fils, Milosh et Shandor. Ces péripéties les avaient amenés en France et opposés à l'oligarque russe Dmitry Zharkov. Le fait que Michael parle le romani, la langue du peuple romanichel, avait rapproché les deux hommes, et une confiance mutuelle – chose que les Roms, d'ordinaire méfiants, accordaient rarement – s'était instaurée entre eux.

Ekaterina avait été relevée de ses fonctions au service de documentation du laboratoire de sciences médico-légales des *Carabinieri* pour une histoire de documents falsifiés dans laquelle, bien qu'il n'y eût aucune preuve, les autorités soupçonnaient qu'elle ait pu être coupable. Sa qualité de Rom avait fait d'elle une suspecte indigne de confiance aux yeux de ses supérieurs, et elle avait été congédiée du poste qu'elle avait eu tant de mal à obtenir.

À la demande de son oncle, Michael était intervenu auprès de la brigade de l'art italienne et les autorités l'avaient autorisé à prendre la jeune femme sous son aile, à condition qu'il garde un œil sur elle. Au vu des compétences uniques de sa famille, il lui avait proposé un travail au laboratoire de restauration et d'authentification. Après tout, Ekaterina descendait bien d'une longue lignée de faussaires. Et qui mieux qu'une faussaire pour repérer un faux ? Michael était convaincu qu'elle ne dévierait pas du droit chemin sous sa direction, non seulement parce que la brigade de l'art pouvait lancer un mandat d'arrêt à son encontre, mais parce qu'elle avait désormais une dette envers son oncle, qu'elle ne déshonorerait pas.

— Tu es rentrée chez toi, dernièrement ? lui demanda-t-il.

— Oui, le temps d'un week-end. Mais c'était juste pour rendre visite, pas pour bosser, ajouta-t-elle avec une pointe de malice dans le regard.

Michael lui rendit un sourire entendu.

— Je me doute bien. Giancarlo est dans le coin ?

Ekaterina s'approcha de la salle à rayons X et frappa à la porte.

— Docteur Borsetti, cria-t-elle, le père Michael est là pour vous.

Elle se retourna vers le prêtre.

— Ian nous a prévenus que vous passeriez. J'ai hâte de travailler sur les parchemins de Notre-Dame. Vous voulez qu'on ouvre la boîte et qu'on les prépare ?

— Pourquoi pas ? accepta Michael en posant son précieux fardeau sur le plan de travail d'Ekaterina. Ils sont vieux. Il faut les manipuler avec précaution.

Elle leva les yeux vers lui, légèrement vexée par le commentaire.

— Entendu, mon père. Je ferai attention.

Après avoir enfilé une paire de gants en coton blanche, elle ouvrit la boîte en acrylique et retira avec précaution l'étui, qu'elle déposa sur le plan de travail en acier inoxydable désinfecté. Puis, elle tendit la main pour attraper le microscope stéréo numérique suspendu au plafond par un bras articulé et le positionna juste au-dessus de la table.

— Ah, père Dominic ! lança Borsetti en sortant de la salle à rayons X. Il paraît que vous m'avez ramené un cadeau de France. J'ai hâte de voir de quoi il s'agit.

Il vint se placer devant la table et enfila ses lunettes suspendues à un cordon autour de son cou.

Après quelques instants passés à régler les molettes de mise au point du microscope optique, il fronça les sourcils.

— La tomographie à rayons X se prête peut-être bien à ce genre de parchemin, mais je crains que ces fils d'or qui ont adhéré au papier ne viennent perturber l'analyse si on ne les retire pas. Il va falloir les ôter un à un. Cela va prendre du temps : comptez une semaine ou deux avant qu'on puisse avoir un résultat fiable.

— C'est bien ce que je pensais, confirma Michael. Dans ce cas, je vous laisse procéder à l'extraction aussi rapidement et prudemment que possible, Giancarlo. Je dois y aller, je vous laisse à vos occupations. À plus tard. *Achh devlesa*, Ekaterina.

— *Dja devlesa*, mon père, répondit la jeune femme.

ONZE

Michael repassa voir Ian pour récupérer la liste des évêques et cardinaux pouvant correspondre au mystérieux défunt retrouvé à Notre-Dame de Paris. L'identification du corps les aiderait certainement à comprendre le contenu des parchemins, une fois celui-ci déchiffré.

De retour à son bureau, il décrocha le téléphone et composa le numéro de Nick Bannon, le secrétaire du pape.

— Bonjour, Michael. Que puis-je faire pour vous ?

— Salut, Nick. J'ai besoin de voir le Saint-Père. Apparemment, il s'est passé quelque chose pendant que j'étais en France, et mes subordonnés travaillent désormais sur un mystérieux projet sur ordre du pape.

Réalisant que son ton était légèrement insolent, il se reprit.

— Pardon. Je ne voulais pas paraître impoli. Je suis juste curieux de savoir ce qui a nécessité une réorganisation des ressources de mon service en mon absence.

— Je suis persuadé que Sa Sainteté se fera un plaisir de tout vous expliquer. Et il voudra sûrement entendre votre rapport sur les funérailles de la Première dame et ce que vous avez découvert à Notre-Dame. Il espérait justement que vous puissiez vous joindre à lui pour le déjeuner dans son bureau. Son emploi du temps est complet pour la journée, mais il faut bien qu'il mange.

— Parfait, j'arriverai peu avant midi. À tout à l'heure.

Michael remonta le couloir jusqu'au bureau de Ian et passa la tête par l'entrebâillement de la porte.

— Hé, ça te dit de descendre prendre un cappuccino au réfectoire ? J'ai bien besoin d'un petit coup de boost.

— Et comment ! Je marche à la caféine.

IAN ET MICHAEL venaient de s'asseoir à une table du réfectoire près de la fenêtre lorsque sœur Teri passa à côté d'eux, un café et un rouleau à la cannelle à la main.

— Je peux me joindre à vous, messieurs ?

— Assieds-toi, Teri, dit Michael. On allait justement parler d'un inconnu dont la dépouille a été découverte dans une crypte cachée sous les fondations de la cathédrale de Notre-Dame de Paris. Toi qui aimes les mystères, ça devrait te plaire.

— Ça a l'air palpitant. Je suis tout ouïe.

Michael marqua une courte pause.

— D'accord. Je suis tenu au secret ; je te demanderai donc de ne rien divulguer au sujet de cette affaire, mais je vais peut-être avoir besoin de ton aide. Je suis allé en France, il y a quelques jours, pour assister aux funérailles de Jacqueline Valois, l'épouse du Président français. Pendant mon séjour, on m'a contacté pour me demander de venir jeter un coup d'œil à un cercueil qui venait d'être mis à jour dans une fosse sous l'autel de Notre-Dame. Il faut savoir que la cathédrale est en cours de restauration à la suite d'un incendie qui a eu lieu il y a quelques années. Le cercueil comportait une inscription identifiant le défunt comme étant un évêque répondant au nom de Jérôme Baudette. Mais bizarrement, si la dépouille était effectivement vêtue comme un évêque, j'ai retrouvé l'anneau d'un cardinal à son doigt. Et pour ajouter au mystère, il avait deux rouleaux de parchemin reliés par une cordelette de chanvre cousus dans sa manche.

— Des parchemins, tu dis ? Et on sait ce qu'il y a d'écrit dessus ?

— Pas encore. On a prélevé la manche et je l'ai ramenée ici pour la faire analyser au laboratoire de restauration par le docteur Borsetti. Il y travaille en ce moment même. J'ai aussi chargé Ian de trouver le nom de tous les évêques et cardinaux de l'époque pouvant correspondre à l'identité du défunt, mais on est encore loin d'avoir écrémé la liste.

— Je ne comprends pas : si c'était un évêque, pourquoi s'intéresser aux cardinaux ?

— Parce qu'il portait un anneau qui semblerait indiquer qu'il a été élevé au rang de cardinal par le pape Clément V en personne, autrement dit entre 1305 et 1314.

— Je vois. C'est curieux, en effet. Au moins, ça réduit le champ des possibles. Tu as pensé à consulter les avis de décès des églises des diocèses d'où venaient les cardinaux ? Je suis sûre que, même à l'époque, ils devaient tenir un registre.

— Ce n'est pas une mauvaise idée. Je vais déjà regarder ce qu'on a dans nos archives. Il va probablement falloir appeler un certain nombre de diocèses pour leur demander de fouiller dans leur documentation. Je pensais plutôt attaquer le problème par l'autre bout en essayant d'en apprendre davantage sur l'évêque Baudette pour confirmer s'il s'agit bien de lui dans le cercueil.

— Je peux te filer un coup de main ! lança Terry avec enthousiasme. J'ai bien besoin d'un projet à me mettre sous la dent. Le réseau téléphonique du Vatican est stable, ces temps-ci, et je m'ennuie vite. Prends-moi dans ton équipe !

Elle décocha un regard suppliant à Michael, qui se tourna vers Ian, puis hocha la tête.

— Génial ! s'exclama Ian. Tes talents vont nous être utiles, Teri. J'ai hâte de voir ce que tu vas dénicher.

— Dommage que ça n'ait pas eu lieu de nos jours ; on aurait pu faire un test ADN, commenta Michael à voix haute d'un air pensif.

Ian détourna le regard et se mordit la lèvre, un tic que Michael ne remarqua pas.

— Bon, je vais aller m'acheter une brioche à la cannelle et me remettre au travail, déclara-t-il en se levant. Je vous tiendrai au courant si je trouve un truc.

— Faut que j'y aille, moi aussi, dit Michael. Content de t'avoir vue, Teri. Et merci d'avance pour ton aide.

DOUZE

Assise dans la galerie supérieure de l'Assemblée nationale, la chambre basse du Parlement français, un iPad sur les genoux et un stylet à la main, Hana Sinclair prenait des notes sur l'événement inhabituel qui se déroulait sous ses yeux.

Les 575 députés prenaient place dans l'hémicycle devant Gaspard Barbeau, le président de l'Assemblée nationale, qui martelait son pupitre de son maillet pour rétablir le calme dans la salle. Si la convocation de cette réunion extraordinaire était déjà en soi inhabituelle, les rumeurs qui circulaient sur l'intention de Barbeau de céder son temps de parole au duc d'Avignon ajoutaient à la colère générale. Les députés discutaient avec animation, rassemblés en petits groupes, à coups de grands gestes du bras et de doigts pointés. Le maillet du président résonna à plusieurs reprises, obligeant chacun dans l'assemblée à s'asseoir et à se calmer. Lorsqu'un semblant de silence fut obtenu, il commença son discours.

— L'assemblée va se mettre en ordre. Ces derniers

jours, nous avons été témoins, ici en France, d'événements inhabituels que nous n'avions plus vus depuis longtemps. Les Français sont un peuple passionné, certes, mais il faut tempérer cette passion, pour le bien de notre démocratie. Suite aux émeutes survenues lors des funérailles de Jacqueline Valois, qui ont été réprimées avec brutalité par les forces de l'ordre du ministère de l'Intérieur et suivies de peu par le tragique attentat de l'agence France Travail de Pigalle ayant déclenché une violence sans nom dans les rues de France, nous nous devons, en tant que représentants du peuple français, d'examiner la situation avec attention et de décider ce qui peut et ce qui doit être fait pour redresser la barre de ce navire en train de sombrer. À cette fin, je cède le reste de mon temps de parole à Jean-Louis Micheaux, honorable duc d'Avignon, qui souhaite s'adresser à nous.

Comme souvent lors des séances parlementaires animées, une combinaison de huées et d'applaudissements s'éleva de l'assemblée.

Jean-Louis Micheaux, qui patientait jusqu'alors hors de vue, s'avança d'un pas leste, gravissant d'un bond les deux marches menant à l'estrade pour prendre place devant la tribune. Manifestement orchestrée pour afficher l'image d'un homme énergique et en bonne santé, contrairement au président âgé et malade, son apparition suscita des réactions partagées. Beaucoup dans la salle devaient leur poste au duc – ou plus exactement, à ses fonds et son soutien – car, en tant que membre d'une des plus anciennes et plus riches familles de France, le duc avait de l'argent à revendre. Les Micheaux détenaient une fortune qui se transmettait de génération en génération depuis des siècles et qui avait servi, au fil des ans, à acquérir de vastes domaines terriens et intérêts industriels qui généraient désormais des rentes et dividendes ne faisant qu'accroître sa prospérité. Jean-Louis avait usé de cette fortune pour mener une vie de grand luxe, et profité de son titre de noblesse pour gagner pouvoir et influence. Ses partisans se réjouissaient de l'assurance que lui conférait sa position d'héritier : l'un des leurs incarnait véritablement l'idéal français.

Mais il existait un autre camp, à droite de l'échiquier politique, qui était loin de le trouver charmant. Conscient que son degré d'influence reposait en grande partie sur les intérêts personnels et la cupidité des gens, le duc n'hésitait pas à dépenser sa fortune pour leur offrir ce qu'ils désiraient en échange d'un rang social plus élevé ou d'un pouvoir plus étendu. Le duc d'Avignon défendait bec et ongles le remboursement intégral des soins, la revalorisation des retraites, des minimas sociaux et des allocations familiales, l'augmentation des aides au logement et l'encadrement des loyers, le plafonnement des abonnements à Internet et autres programmes de solidarité pouvant profiter à la classe ouvrière, qui comptait bien plus d'électeurs que la classe aisée. La droite s'offusquait de cette générosité, qu'elle aurait préféré investir dans le renforcement de l'armée et de la police, et employer à affirmer l'influence de la France à l'étranger et sur les marchés internationaux.

Après avoir balayé l'Assemblée d'un regard confiant, Jean-Louis Micheaux entama son discours.

MES CHERS COMPATRIOTES, la France traverse des temps sombres. Les rues ne sont plus sûres, les Français ne sont plus satisfaits et l'inquiétude règne dans nos cœurs. Ces problèmes ne sauront être résolus à coups de matraques ou de balles. La situation appelle à la clarté. C'est pourquoi je serai franc et m'exprimerai directement et sans détour. La classe dirigeante a failli. Notre président est vieux, malade et en deuil. Et si la France doit une reconnaissance sans bornes à Pierre Valois, qui a consacré sa vie à notre pays de la Seconde Guerre mondiale à nos jours, il est temps pour lui de céder les rênes à une nouvelle génération de leaders, plus jeunes et plus compétents. J'exhorte donc le Président de la République à démissionner avec dignité, immédiatement et sans délai, pour que soient organisées de nouvelles élections et que soit formé un nouveau gouvernement, qui sera plus à même d'affronter les défis auxquels nous faisons face aujourd'hui. S'il refuse de céder la place, j'appelle cette Assemblée à voter la proposition de réunion de la Haute Cour prévue à l'article 68 de la Constitution. Une mesure extrême, j'en conviens, mais à situation exceptionnelle, mesures exceptionnelles.

CHOQUÉE, l'Assemblée resta coite à la fin du discours du duc. Son message passé, ce dernier tourna les talons et redescendit de l'estrade.

Hana éteignit l'application magnétophone de son iPad et se pencha pour observer les réactions dans l'hémicycle en contrebas. Une bonne partie de la salle s'était levée et applaudissait à tout rompre, tandis que le camp conservateur gardait le silence ou quittait la pièce d'un pas rageur. L'article 68 de la Constitution n'avait jamais été utilisé. C'était pratiquement un appel à la révolution. Et pourtant, tout ce que le duc avait dit était vrai. Les temps étaient sombres et le gouvernement en place semblait réagir avec brutalité, même si Hana aurait plutôt rejeté la faute sur Philippe Valois que sur son père.

Elle nourrissait toutefois quelques réserves à l'égard de Jean-Louis Micheaux. S'il se préparait à briguer la présidence et comptait influencer la direction que prenait le pays, peut-être était-il préférable d'en apprendre plus sur son compte.

CHAPITRE

TREIZE

Impatiente de travailler sur son nouveau projet, et ravie de faire une fois de plus partie des aventures de Michael et de Ian, sœur Teri ôta ses Converse Chuck Taylor à fleurs et s'assit, pieds nus, au bureau de sa petite chambre du monastère Mater Ecclesiae, niché dans les jardins du Vatican près de la Fontana dell'Aquilone.

Elle ouvrit son MacBook Pro, cadeau de ses parents lorsqu'elle avait prononcé ses vœux pour devenir religieuse, et commença par une recherche des plus évidentes dans son navigateur Safari en saisissant les mots *évêque Jérôme Baudette*. Ayant travaillé pour Google dans son ancienne vie, elle était férue de technologie et en particulier des outils d'analyse et de recherche.

Les premiers résultats furent peu concluants, mais elle trouva tout de même une page traitant de l'histoire de l'Église catholique en France, qui listait les évêques selon leur paroisse et leurs années de service. Il s'avéra que Baudette avait été élevé au rang d'évêque en 1307 et était décédé en 1314, alors qu'il se trouvait à la tête de l'évêché

91

de Bordeaux. Sur un autre site, le nom de Baudette apparaissait dans la liste des personnes ayant assisté au concile plénier de Lisbonne en 1314, événement durant lequel il avait rapporté aux évêques portugais les découvertes du concile de Vienne. L'auteur du blog exprimait ses soupçons selon lesquels l'évêque se trouvait en mission pour le pape Clément V à la recherche des biens des chevaliers des Templiers au Portugal, qui, sous ordre du roi Philippe IV, devaient être arrêtés et rapatriés en France. La délégation française du concile comprenait également des membres de la Sainte Inquisition, venus assister l'évêque dans sa mission.

Fait intéressant : l'évêque était décédé l'année où s'était tenu le concile de Lisbonne. Avait-il perdu la vie au Portugal ?

Teri retourna sur le premier site et remarqua que la date de fin de service de Baudette ne mentionnait pas le mois de son trépas, mais que son successeur avait été nommé en mars. Baudette avait donc dû mourir début 1314.

La jeune religieuse chercha ensuite des informations sur le concile plénier de Lisbonne et découvrit qu'il avait commencé en janvier 1314 et duré trente-sept jours, bien qu'aucune date exacte ne soit indiquée.

Cette découverte confirma que l'évêque de Bordeaux était bien décédé dans les premiers mois de 1314, ce qui correspondait à l'époque à laquelle il avait supposément été enterré à Notre-Dame, au vu de l'anneau de Clément V, de l'âge estimé de la crypte et de ce que l'on savait de la construction de la cathédrale.

Mais si la dépouille qui s'y trouvait était bien celle de Baudette, comment avait-elle été transportée de Lisbonne à Paris ? Et comment avait-il obtenu cette bague ? Le pape Clément V l'avait-il créé cardinal de manière posthume ?

Teri se mit à la recherche des noms des cardinaux ayant été élevés par le pape Clément V, mais aucune liste ne contenait le nom de Baudette. Cela dit, compte tenu de leur ancienneté, les registres en ligne n'étaient pas infaillibles.

Bien décidée à faire la lumière sur ce mystère, Teri poursuivit ses recherches dans les méandres de l'Internet.

L'APPLICATION réveil sonna sur l'iPhone de Michael : c'était l'heure de son déjeuner avec le Saint-Père.

À son arrivée à la réception du bureau du pape, dans le Palais apostolique, il salua Nick Bannon, le secrétaire personnel de Sa Sainteté.

— Ah, Michael. Ça fait plaisir de vous voir, lança le prêtre américain d'un ton affable. Comment s'est passé votre voyage en France ? J'ai entendu dire que le pays était sous tension, en ce moment.

— Oui, le séjour n'a pas été de tout repos, Nick. Je suis content d'être rentré. Ici, je peux me concentrer sur mon travail sans stresser.

Nick marqua une courte pause. Michael n'avait pas directement répondu à sa question. S'était-il passé quelque chose de particulier pendant qu'il était à Paris ?

— Quoi qu'il en soit, je me réjouis de votre ponctualité. Le déjeuner du Saint-Père vient tout juste d'être livré.

Nick appuya sur le bouton caché sous son bureau pour ouvrir les portes de la suite papale et escorta Michael à l'intérieur.

— Votre Sainteté, le père Dominic est là.

Le pape était assis à l'extrémité d'une longue table rectangulaire, vêtu d'une soutane blanche, une couverture en cachemire assortie enroulée autour des épaules. Une religieuse préposée aux cuisines était en train de déposer les plats. Après avoir vérifié une dernière fois la bonne mise en place des couverts et de la verrerie, elle quitta la pièce sans un mot.

Sur la table, devant le pape, se trouvaient un bol de soupe au poulet, une salade, une miche de focaccia et un verre de vin. L'assiette de Michael était encore recouverte d'une cloche en argent miroitante. Lorsqu'il la retira, il découvrit un sandwich grillé au fromage, garni de bacon et de tomates, accompagné de frites et d'une sauce aïoli dans une petite coupelle en argent. La religieuse revint dans la pièce et posa un verre de Coca-Cola devant Michael, avant de se retirer de nouveau.

— J'ai l'impression d'être retombé en enfance, dit Michael. Vous me prépariez souvent des sandwichs grillés. Merci, père.

Il jeta un coup d'œil au châle sur les épaules du pape.

— Est-ce que tout va bien ?

— Oh, rien de grave, Michael. J'ai juste pris un peu froid, mais ne t'inquiète pas. Je vais me reposer et ça devrait aller mieux d'ici deux ou trois jours. Mais dis-moi : comment s'est passé ton voyage en France ?

Entre deux bouchées, Michael lui raconta les funérailles de l'épouse du Président et les manifestations et émeutes qui s'étaient ensuivies.

Il lui relata aussi l'invitation du ministre de la Culture, la visite de Notre-Dame de Paris, la découverte de la crypte et du cercueil dans lequel reposait, peut-être, Jérôme Baudette, l'évêque de Bordeaux. Il lui décrivit les documents cousus dans la manche, l'anneau au doigt du défunt, et précisa qu'il avait ramené les parchemins pour les faire analyser par le laboratoire de restauration du

Vatican. À contrecœur, il mentionna aussi l'agression à l'aéroport, bien qu'il soit incapable de dire qui se cachait derrière cette attaque ni pourquoi ils voulaient mettre la main sur ces documents qui n'avaient pas encore été déchiffrés. Le pape l'écouta attentivement, le visage sérieux.

— Tout ceci est très intéressant, mon fils, mais mademoiselle Sinclair était avec toi à Paris, non ? As-tu eu l'occasion de discuter de tes sentiments avec elle ?

Michael sentit ses joues devenir rouge carmin.

— J'ai essayé. Je lui ai demandé de venir me retrouver à Notre-Dame pour le déjeuner. La veille, au dîner, elle m'a annoncé que *Le Monde* lui avait proposé de prendre plus de responsabilités à Rome, mais son… son ami Marco a eu l'air contrarié de ne pas avoir été mis au courant, puisqu'ils habitent ensemble en France. Il m'a demandé de prendre mes distances et de lui laisser une chance avec Hana, ce que j'ai accepté. J'imagine qu'ils en ont discuté ce soir-là parce que, quand elle est venue me voir à Notre-Dame, alors que je me trouvais dans la fosse de la crypte, je lui ai dit que j'avais besoin de prendre mes distances et que je ne pouvais plus continuer de la voir, et elle a juste répondu qu'elle allait voir Marco, puis elle est partie. J'ai essayé de lui parler, plus tard, mais c'était trop gênant, conclut-il, la voix voilée par le découragement, ce que le pape ne manqua pas de remarquer.

— Michael, je sais que ce processus de discernement intime est difficile, mais il ne faut pas oublier que tout ceci a un but. Chaque événement est là pour t'aider à décider de la direction à prendre. Fais-moi confiance.

— Merci, père.

Ce fut le point final de ce sujet.

— Et sinon, comment tu comptes identifier l'individu qui a été retrouvé dans cette crypte ?

— Pour l'instant, on a dressé une liste des gens qui pourraient correspondre au profil : des évêques et cardinaux ayant vécu à cette époque. En parallèle, on tente de retracer les derniers jours de Baudette. Sœur Teri, du service de communication du Vatican, nous aide dans nos recherches. J'avoue que je regrette que l'on ne puisse pas faire une analyse ADN pour l'identifier. Mais il faudrait un échantillon datant du XIVe siècle pour pouvoir le comparer. Je ne vois pas où on pourrait trouver ça.

Le pape reposa sa fourchette, s'essuya la bouche de sa serviette et sourit.

— Justement, tu sais, depuis cet épisode avec la Petri Crypta, je me suis lancé dans une quête personnelle visant à découvrir toutes les informations dont je n'ai pas été informé depuis mon élection. Il s'avère qu'il y en a un paquet, et l'une d'entre elles pourrait peut-être t'aider. Dis-moi, Michael, as-tu déjà entendu parler de VADNA ?

— Non, qu'est-ce que c'est ?

— C'est un projet intitulé « le Vatican et l'ADN d'antan », initié il y a deux générations de papes, qui consiste à prélever des échantillons d'ADN sur les reliques pour les répertorier dans une base de données. Grâce à ce programme, on a déjà découvert que plusieurs prétendues « reliques » semblent ne pas provenir des sources initialement annoncées. Bien évidemment, il est interdit d'analyser tout objet en lien avec le Christ. Je t'en parle parce que, techniquement, cela relève de ta mission, mais ce programme ultraconfidentiel n'est révélé qu'à ceux qui en ont besoin dans le cadre de leurs fonctions. Et jusqu'à présent, ce n'était pas ton cas. Je n'ose imaginer ce qu'il se passerait si le public apprenait que certaines des reliques sacrées n'ont jamais appartenu au saint concerné. Il va falloir que je décide, un jour, que faire de ces informations, mais chaque chose en son temps. Tout ce travail est désormais connecté, dans la plus grande discrétion, à des bases de données généalogiques modernes pour tenter d'établir des liens familiaux. Tu m'excuseras, mais j'ai dû emprunter les services de ton technicien, Ian, pour aider dans cet aspect du travail. Tu dois connaître la directrice du labo. Elle était à Loyola en même temps que toi. Nick te mettra en contact avec elle dans l'après-midi.

Michael était stupéfait. Un programme ultrasecret était en cours d'exécution dans son service sans qu'il le sache ? Au fond, ce n'était pas une surprise, puisque le pape lui-même avait longtemps ignoré la présence d'un coffre-fort dans son propre bureau. Tout de même, quelles autres informations avaient-elles été cachées au pape au cours des deux dernières générations ? Le Vatican était décidément un lieu bien étrange ou souvent incompréhensible.

Dante frappe encore, même dans sa tombe, songea-t-il en repensant à Fabrizio Dante, qui avait été son ennemi juré et celui du pape Petrini pendant des années, jusqu'à ce qu'il succombe de ses propres méfaits. Malgré sa disparition, l'homme exerçait encore une certaine influence sur le Vatican.

— Merci, père. Je dois avouer que la nouvelle est surprenante, mais je suis heureux d'apprendre qu'il existe peut-être un moyen d'identifier l'évêque présumé que l'on a retrouvé dans la crypte. Je vais contacter les archéologues de Notre-Dame pour voir s'ils peuvent obtenir un profil ADN de la dépouille ou, à défaut, me renseigner sur la marche à suivre pour y parvenir.

— Espérons que cela fera avancer ton enquête.

Les deux hommes discutèrent ensuite de choses et d'autres, comme les rumeurs qui circulaient au Vatican ou les derniers événements. Les informations arrivaient souvent filtrées aux oreilles du pape, et il faisait confiance à Michael pour lui rapporter les bruits de couloir. Une fois leur déjeuner terminé, Michael s'excusa, prit son père dans ses bras une dernière fois et sortit de la pièce au moment où Nick entrait pour organiser l'emploi du temps de Sa Sainteté.

Sur le chemin des Archives, Michael s'arrêta dans le bureau de son assistant.

— C'est bon, Ian. J'ai été mis au parfum du projet VADNA. Tu peux continuer la mission qui t'a été confiée, mais tiens-moi au courant de tes disponibilités, d'accord ? Et il faut qu'on discute avec l'équipe VADNA de la dépouille de Notre-Dame. Nick va organiser un rendez-vous avec la directrice dans l'après-midi, mais puisque tu es déjà impliqué, tu peux te joindre à nous et tu me feras un rapport de la situation actuelle sur le chemin.

Comme souvent lorsqu'on se met à creuser dans les profondeurs de Google, de solides compétences de recherche sont requises, et sœur Teri allait devoir faire appel à ses talents d'enquêtrice. Tant de questions restaient sans réponse…

Comment savoir ce qui était arrivé à une personne décédée plus de sept ans auparavant ? Qui pouvait bien détenir des informations à ce sujet ? Sous quelle forme ces dernières seraient-elles enregistrées, le cas échéant ? Où pouvaient-elles bien être stockées ? Et si elles avaient été indexées dans une base de données, cette dernière disposait-elle d'un moteur de recherche ?

La dernière mention de Baudette dont Teri avait connaissance remontait au concile plénier de Lisbonne. Baudette avait donc dû se rendre à Lisbonne, d'une manière ou d'une autre, et soit il y était décédé et avait été enterré au Portugal, soit il était rentré en France. Peut-être tenait-elle là une piste à suivre.

Elle tenta d'abord de chercher le nom de Baudette sous différentes orthographes, accompagné ou non de son prénom, Jérôme, et des titres de civilité *père*, *évêque* et *cardinal*. L'algorithme de Google était puissant, mais ne pouvait pas chercher plus loin que ce qu'on lui fournissait. Ce n'était pas une machine à lire dans les pensées.

Du moins, pas encore, même si, à l'époque où elle y travaillait, elle avait entendu parler d'un projet top secret de menticide, de persuasion coercitive et de lavage de cerveau. Elle frissonna à l'idée des futures possibilités que cela impliquait.

Ses recherches lui apprirent toutefois quelques faits intéressants : aux États-Unis, 2 160 kilomètres séparaient la ville de Jérôme, dans l'Idaho, à celle de Baudette, dans le Minnesota. Il existait un aéroport international du nom de Baudette, juste de l'autre côté de la rivière Rainy au Canada, dont certains vols reliaient l'aéroport Billy Bishop de Toronto, le mot *bishop* désignant un évêque en anglais, et plusieurs personnes portant le nom de famille Bishop vivait à Baudette. Elle tomba également sur une multitude de pages traitant de saint Jérôme.

En somme, beaucoup d'informations inutiles et rien qui ne soit en lien avec le XIVe siècle.

Changeant d'approche, elle se mit en quête de sites

Internet susceptibles de contenir des informations en format libre et consulta des manifestes de passagers de navires au départ de Lisbonne ou de calèches voyageant par voie terrestre. Elle trouva bien quelques documents stockés dans un répertoire FTP non indexé, mais n'y dénicha rien d'utile.

Suivant son intuition, elle tenta la même recherche pour des manifestes de cargaison. Et cette fois, la chance lui sourit. Dans un index similaire d'images numérisées, mais non interrogeables, elle trouva un scan au format JPEG du manifeste de cargaison du *Shoreham*, un navire britannique, qui mentionnait avoir à son bord « le corps de l'evesque Jerome Baudet », mais rien n'indiquait ce qu'il était advenu du bateau.

Le document indiquait un départ imprévu du Portugal vers Le Havre, à l'embouchure de la Seine, qui devait ensuite faire voile vers Chepstow, dans le royaume d'Angleterre. Suivant la trace du *Shoreham*, sœur Teri trouva la mention du navire dans un fichier PDF des archives de l'assureur maritime Lloyd's of London, qui révélait que le bâtiment avait été perdu en mer, équipage et cargaison compris, le 1er avril 1314.

Eurêka ! Jérôme Baudette était donc mort au Portugal, et son corps avait été rapatrié en France, du moins jusqu'à l'embouchure de la Seine, d'où il pouvait rejoindre Bordeaux ou Paris, mais il n'était jamais arrivé à bon port.

Qui que soit le défunt enterré dans la crypte de Notre-Dame, ce n'était pas Jérôme Baudette !

Elle avait hâte de faire part de sa découverte au père Michael.

QUATORZE

P eu après que Michael eut quitté le bureau du pape, le père Bannon l'appela pour lui annoncer que la directrice du projet VADNA, Blake Chaucer, l'attendait dès que possible dans l'après-midi.

— Où ça, exactement ? s'enquit Michael.

— Oh, pardon. Son labo se trouve au département de génétique de La Sapienza, de l'autre côté du Tibre, près de la Biblioteca Nazionale du centre-ville. Le sergent Dengler va vous y escorter.

— Ce ne sera pas nécessaire. Je peux prendre le bus. Je n'ai jamais rencontré Blake Chaucer. Vous la connaissez ?

— Oui, elle est américaine, comme vous et moi. Je suis sûr que vous vous entendrez bien. Mais je me dois d'insister : le Saint-Père souhaite que le sergent Dengler vous accompagne. Il vous attend déjà à la porte Sainte-Anne.

Michael grommela. Bien qu'il apprécie passer du temps avec Karl, il n'aimait pas qu'on lui impose un chaperon.

Il récupéra son sac à dos et se dirigea vers la Porta Sant'Anna, où Karl patientait avec Ian.

～

INSTITUT DE RECHERCHE parmi les plus prestigieux d'Europe, l'Université de Rome La Sapienza avait été créée par le pape Boniface VIII via une bulle papale en l'an 1303, fondant ainsi la toute première université pontificale de l'histoire. Parmi ses anciens étudiants les plus célèbres se trouvaient de nombreux lauréats de prix Nobel, chefs d'État, scientifiques de renom et éminentes figures religieuses, sans oublier quelques astronautes et autres sommités. Il fut un temps où la quasi-totalité de l'aristocratie italienne y envoyait sa progéniture.

Le département de génétique, à l'est du campus, avait établi ses quartiers dans un bâtiment moderne, qui différait de l'architecture plutôt traditionnelle du reste de l'université.

À leur arrivée, Karl resta à l'extérieur à bord de sa Jeep pour surveiller l'entrée, pendant que Michael et Ian montaient au troisième étage. Au bout d'un long couloir, ils trouvèrent une porte sur laquelle on avait posé une plaque indiquant « Dr Blake Chaucer, responsable du département de génétique », sans mention aucune de VADNA. Le réceptionniste, un jeune étudiant probablement en master, leur ouvrit la porte lorsqu'ils frappèrent.

— *Buongiorno*. En quoi puis-je vous aider ?

— Bonjour, le père Michael Dominic et Ian Duffy, pour le docteur Chaucer, je vous prie.

— Ah, nous vous attendions, mon père. Un instant.

Il s'empara de son téléphone et composa un numéro.

Une sonnerie retentit dans la pièce adjacente, puis s'interrompit. Le jeune homme annonça l'arrivée des visiteurs, se tut un instant, puis raccrocha.

La porte du bureau dans son dos s'ouvrit presque instantanément et une jeune femme apparut. Séduisante, elle était vêtue d'une robe à hauteur des genoux sous une blouse de laboratoire blanche, ses cheveux auburn relevés en chignon sur sa tête et une paire de lunettes à monture sur le nez.

— Père Michael ! Quel plaisir de te revoir !

Michael eut une moue gênée.

— Je vous demande pardon, on s'est déjà rencontrés ?

— Oui, mais je ne suis pas étonnée que tu ne t'en souviennes pas. C'était il y a longtemps et tu n'as pas fait attention à moi. On était dans le même cours de latin à Loyola. J'étais oblate chez les sœurs franciscaines de Chicago, à l'époque.

Elle ôta ses lunettes et forma un cadre autour de son visage avec ses mains.

— Tu te souviendras peut-être de moi sous le nom de sœur Marie-…

— Euphémie ! Mais oui ! Je me souviens. On te surnommait Marie-Euphémisme. On avait toujours l'impression que tu flottais dans les couloirs, au lieu de marcher.

— C'est vrai, j'ai entendu ce sobriquet. La faute à mes douze ans de danse classique. Mes parents auraient voulu que je sois danseuse, pas religieuse, ni biologiste moléculaire. D'ailleurs, si tu veux tout savoir, on disait de toi que tu étais « trop beau gosse pour être prêtre ».

Michael rougit en rigolant.

— Et sinon, comment tu t'es retrouvée ici ?

— Je ne vais pas te mentir, à l'époque, j'avais

secrètement le béguin pour toi. Tellement, que ça m'a fait reconsidérer mes choix de carrière. Et puis, j'ai rencontré mon mari, enfin mon futur mari, en cours de biologie et... disons que j'ai choisi la vocation du mariage, à la place. J'ai obtenu un doctorat en biologie moléculaire, spécialisé en extraction et typage d'échantillons ADN historiques. J'étais postdoctorante ici, à Sapienza, quand le Vatican m'a contactée au sujet de reliques à la provenance douteuse. Ils voulaient savoir s'il était possible de procéder à un typage ADN en le comparant à une autre relique dont la provenance était avérée. C'est ce qu'on a fait. Les résultats n'ont pas concordé, mais ça a ouvert la discussion sur le reste du catalogue et d'autres tests se sont ensuivis.

« Finalement, le Vatican a décidé d'investir dans le laboratoire de manière permanente et le projet VADNA est né, il y a de cela quelques années. J'y ai travaillé avec ton prédécesseur, le frère Mendoza, à l'époque. Avec tous les soucis qui sont survenus là-bas, la charge de travail a un peu baissé, mais le père Laguardia continue de nous amener des échantillons pour les profiler et les comparer à la base de données qu'on a commencé à bâtir. D'ailleurs, l'aide de Ian nous a été très précieuse dans cette tâche.

— Attends, le père Laguardia est impliqué dans cette histoire, lui aussi ?

— Oh, oui, depuis le début. C'est la seule personne au Vatican qui a le droit de nous amener des échantillons. Notre équipe est réduite au maximum pour maintenir la confidentialité du projet. Le Vatican ne veut pas que le public sache qu'on cherche à authentifier des reliques. Imagine un peu les conséquences désastreuses sur son image si une congrégation venait à apprendre qu'une relique sacrée n'en était en fait pas une. Alors on procède aux tests, le Vatican reçoit les résultats et seuls le pape et le préfet du Dicastère pour les causes des saints ont droit de regard dessus. Ian ne connaît que les profils pour lesquels une recherche est lancée dans des bases de données externes, et le père Laguardia lui-même ne voit jamais les résultats. Il sait uniquement quelles reliques ont été testées. Et il lui arrive de partir en voyage pour aller nous prélever des échantillons. On a ouvert quelques tombeaux, lui et moi.

— Cela veut dire que tu prélèves des échantillons d'ADN sur la dépouille des saints pour vérifier l'authenticité de reliques par comparaison ?

— Exactement. On est en train de construire une base de données pour regrouper les profils ADN des saints. Les reliques religieuses sont souvent vendues au marché noir, comme tu le sais certainement. Certaines d'entre elles finissent parfois entre les mains de l'Église. Pour savoir qu'en faire, il nous faut d'abord découvrir si c'est une vraie ou une copie.

L'explication du docteur Chaucer était tellement passionnante que Michael était sous le charme.

— C'est fascinant ! Est-ce que tu as déjà…

— Non, l'interrompit-elle en devinant sa question. On ne touche jamais aux reliques du Christ, que ce soit le suaire de Turin, la Couronne d'épines, le voile de sainte Véronique ou les fragments de la Vraie Croix.

Michael sentit son estomac se nouer à la mention du voile, qui lui rappela ses aventures passées.

— Est-ce qu'il t'arrive d'analyser des individus ou des objets sans lien avec un saint quelconque ?

— Pas à ma connaissance, mais ce serait possible. Cela dit, il existe de nombreux laboratoires équipés pour ce genre de tâche, comme les tests de paternité, par exemple.

Nous, on se spécialise plutôt dans l'ADN ancien. Pourquoi cette question ?

— La chance fait bien les choses, parce que je travaille justement avec l'Institut national de recherches archéologiques préventives français sur l'identification d'une dépouille découverte dans une crypte sous la cathédrale de Notre-Dame de Paris. Visiblement, le défunt aurait été inhumé au début des années 1300. Le cercueil porte le nom de l'évêque de Bordeaux, mais le squelette portait un anneau de cardinal au doigt, alors rien n'est sûr. Il avait aussi des parchemins cousus dans sa manche. Notre laboratoire de restauration s'attache à les déchiffrer en ce moment même.

— Une analyse ADN ne sert pas à grand-chose si l'on n'a aucun échantillon avec lequel comparer le premier, Michael. Il peut s'agir de l'ADN de la personne en question ou de celle d'un de ses descendants proches.

— Je vois. Dans ce cas, ce ne sera peut-être pas très utile, puisqu'on ignore encore de qui il s'agit.

— Tiens-moi au courant si ça change. Qui sait ? On pourra peut-être t'aider. En attendant, je te propose un petit tour du labo.

Blake conduisit Michael et Ian jusqu'à une grande vitre au bout d'un couloir. De l'autre côté, des techniciens en blouse blanche s'affairaient dans une pièce fortement éclairée, au milieu d'équipements techniques divers et variés.

— Le labo comporte trois pièces. La première, que vous voyez là, est celle dans laquelle nous procédons à l'extraction de l'ADN. La deuxième, poursuivit-elle en pointant du doigt une autre vitre dans la salle adjacente à la première, est réservée exclusivement au personnel du labo. C'est là qu'on amplifie l'ADN. Et la dernière, au fond, sert au profilage. Une fois le profil établi, on peut lancer une recherche depuis un poste de travail sécurisé dans nos bureaux à l'extérieur.

Elle se tourna vers Ian.

— Tu vois, Ian ? C'est d'ici que vient tout ce travail qui t'occupe dernièrement.

Michael afficha une moue étonnée.

— Je croyais que Ian s'occupait de relier les données du labo à celles présentes dans des bases de données généalogiques modernes ? Si on parle de saints, quel intérêt de se pencher sur la généalogie moderne ?

— Étant donné que l'ADN se transmet, même si chaque être humain est unique, certains éléments sont détectables dans le sang. On décèle souvent des similitudes, même entre plusieurs générations. C'est ainsi que l'on peut retrouver les descendants de certains saints. Pour l'instant, ce genre d'informations ne sort pas du labo, mais il n'est pas impossible qu'elles soient rendues publiques, à l'avenir. Et puis, ça nous aide à valider les techniques et les informations dans les deux sens. Trouver un lien de parenté nous permet de lancer des tests avec des profils connus, et inversement.

— Cela veut dire que, si on trouve un lien entre l'inconnu de Notre-Dame de Paris et une famille contemporaine, on pourrait se servir de leur arbre généalogique pour déterminer son identité ?

— C'est à peu près cela, oui, confirma Blake. Mais pour identifier la personne, il nous faudrait plus que ça. Avec les techniques dont on dispose, tout ce qu'on peut trouver, c'est une ligne héréditaire, pas un individu en particulier, surtout un homme qui a vécu il y a aussi longtemps.

Michael baissa les yeux sur sa montre.

— Je suis désolé, mais il faut que je retourne au bureau.

Merci infiniment de nous avoir rencontrés et pour ta confiance, Blake, et merci pour toutes ces explications ! Une dernière question : si le programme est géré par le Dicastère pour les causes des saints, comment se fait-il que mon équipe ait été réquisitionnée ?

Blake réfléchit un instant, puis fixa Michael dans les yeux.

— Tu parlais justement de confiance : le précédent pape, tout comme le Saint-Père Ignace, ont tous deux estimé que le personnel des Archives apostoliques était plus digne de confiance que celui du dicastère, qui est une organisation relativement étendue et, d'après mon expérience, peu fiable. Le risque de fuite est trop grand et une brèche, même minime, pourrait conduire à un véritable désastre. Tandis que l'équipe des Archives est très calée en informatique et a su, par le passé, garder les secrets qui lui ont été confiés. Le père Laguardia est un homme discipliné et discret. Même toi, tu n'as jamais suspecté qu'il puisse être impliqué dans cette histoire, et il est avec nous depuis le tout début. Ian nous a rejoints il y a peu, quand on a commencé à s'intéresser aux informations contenues dans les bases de données généalogiques. Il nous a été d'une grande aide, d'ailleurs.

« Notre travail est aussi lié au laboratoire européen de biologie moléculaire, mais comme ce projet est ultraconfidentiel, on ne pouvait pas risquer de nous connecter à leurs bases de données. Ian a sécurisé un accès par une porte dérobée aux bases qui nous intéressent en collaborant avec les entreprises concernées, au cas où, comme je le disais, quelqu'un partagerait un jour des données.

— Je vois, dit Michael en souriant, une étincelle dans les yeux. Ce fut un plaisir de te revoir, sœur Marie-

Euphémisme. J'espère que nos chemins se recroiseront prochainement.

À LA FIN de sa journée éreintante, Michael quitta son bureau et rejoignit son appartement dans la résidence Santa Marta en traversant les jardins du Vatican. Sur le chemin, il aperçut Lukas qui lisait un journal, assis sur un banc près de la Fontana dell'Aquilone, la fontaine de l'Aigle.

En l'entendant approcher, Lukas releva la tête.

— Hé, Michael ! Tu as vu le journal du jour, avec l'article d'Hana ? Le duc d'Avignon a demandé à l'Assemblée nationale française de voter une réunion de la Haute Cour dans le but de destituer le président. C'est peu ou prou l'équivalent moderne d'une révolution. Il veut que le pays tienne des élections le plus vite possible pour que le nouveau gouvernement mette un terme au chaos qui règne depuis des semaines. Je suis sûr qu'Hana a son propre avis sur la question, mais à mes yeux, ça a tout l'air d'être une manœuvre destinée à semer la discorde.

— Oh, mince ! Le journal ! J'ai failli oublier !

Michael tourna les talons et franchit la porte Sainte-Anne au pas de course. Une fois à l'extérieur de l'enceinte du Vatican, il emprunta le même chemin que le matin pour retourner à Suburra. Là, assis sur un haut tabouret à trois pieds, il trouva Luigi sous l'auvent à rayures rouges et blanches de son kiosque Edicola. Le soleil se couchait déjà et les travailleurs avaient repris le chemin de chez eux. Certains s'arrêtaient pour discuter avec Luigi des rumeurs du quartier, car du haut de son perchoir, Luigi voyait tout ce qu'il se passait dans ce petit coin du monde.

Un grand sourire se dessina sur le visage du vendeur lorsqu'il aperçut Michael.

— Ah, vous voilà ! dit-il en italien. Je commençais à perdre espoir. J'étais à deux doigts de chercher le numéro de téléphone du pape.

Il agita son portable sous le nez de Michael pour appuyer ses propos.

— *Signor* Bucatini, je vous avoue qu'avec la journée que j'ai eue, j'ai failli vous oublier. Tenez, cinq euros. Pour le journal et pour m'avoir fait confiance.

— Voyons, mon père, ce n'est pas grand-chose. Ça se voit à vos yeux que vous êtes un homme de parole. Ne dit-on pas que les yeux sont la fenêtre de l'âme ? Eh bien, je peux vous dire que vous êtes une bonne âme, même si elle semble avoir des soucis, à en juger par ce matin...

Michael se souvint de ce qui l'inquiétait en début de journée : ne pas avoir eu de nouvelles d'Hana, surtout compte tenu des événements en cours à Paris. Son visage se voila.

— Oui, confirma Luigi à qui rien n'échappait. Vous avez du tracas.

Le vieil homme semblait lire dans les pensées de Michael comme dans un livre ouvert. Il lui prit les mains et les serra entre les siennes un moment pour le réconforter.

— Bon, dit Michael en retirant ses mains, il faut que j'y aille. Merci de m'avoir fait confiance, *Signor* Bucatini. Je suis sûr qu'on se reverra bien vite.

Et il se détourna du vendeur.

— Allez en paix, mon père. Je prierai le Seigneur pour vous.

QUINZE

— **V**euillez patienter, je vous passe Sa Grâce, le duc d'Avignon, annonça la voix féminine au bout du fil après qu'Hana eut décroché.

Assise à son bureau dans les locaux du *Monde* ce matin-là, Hana s'empressa de transférer l'appel sur son casque audio, sortit un calepin et ouvrit son ordinateur portable.

Pendant les quelques secondes qui suivirent, elle se demanda à quoi devait-elle l'honneur d'un appel personnel de la part d'un potentiel candidat à l'élection présidentielle, bien que le duc n'ait encore rien annoncé officiellement. Allait-il lui révéler un scoop ? Lui annoncer quelque chose en exclusivité ? Ou bien voulait-il lui demander une faveur ? Elle se torturait encore les méninges avec ces questions lorsqu'elle entendit sa voix familière.

— Mademoiselle Sinclair ?

— Oui, Votre Grâce, c'est moi. Mais appelez-moi Hana, je vous en prie.

— Merci d'avoir pris mon appel, Hana. Ce fut un

plaisir de vous voir dans la galerie de l'Assemblée pendant ma prise de parole. Je suis un fervent admirateur de votre travail, vous savez. Vous êtes l'une des meilleures journalistes de France à mes yeux. Pour tout vous dire, je suis votre carrière depuis un bon moment, maintenant.

D'abord flattée, Hana sut instinctivement que les compliments du duc avaient un but. Il voulait quelque chose, cela ne faisait aucun doute, et elle était curieuse de savoir ce que c'était.

— Êtes-vous disponible cet après-midi pour une interview exclusive ? J'aimerais discuter avec vous de la situation désastreuse dans laquelle se trouve la France et vous exposer mon avis.

Hana sourit intérieurement, mais répondit avec professionnalisme.

— Bien sûr, je me ferai un plaisir de vous écouter. Dites-moi où et quand.

— Dans ma suite au George V. Mon assistante, Aimée, vous accueillera dans le hall de l'hôtel. Quatorze heures, ça vous va ?

Hana accepta et raccrocha.

PEU AVANT L'HEURE du rendez-vous, le taxi d'Hana la déposa devant la façade en pierre blanche du Four Seasons George V, l'hôtel le plus luxueux et le plus exclusif de tout Paris, à deux pas des Champs-Élysées. Le valet lui ouvrit la portière du véhicule et la précéda à l'intérieur du sompteux hall en marbre. De gros hortensias paniculés roses et blancs avaient été disposés çà et là dans la pièce, et leur douce fragrance florale contrastait délicieusement avec les relents de pots d'échappement qui stagnaient dans l'air citadin à l'extérieur.

— Mademoiselle Sinclair ?

Hana se retourna et se retrouva face à une jeune femme souriante en tailleur bleu marine.

— Vous devez être Aimée, répondit-elle en lui serrant la main.

— C'est bien moi. Bienvenue au George V. Sa Grâce a hâte de vous voir. Par ici, je vous prie.

Hana suivit Aimée jusqu'à un ascenseur privé, où la jeune femme inséra une carte magnétique dans une fente et appuya sur le bouton « P ». Elles arrivèrent rapidement au dernier étage et les portes s'ouvrirent sur un vestibule circulaire digne d'un roi : un tapis persan fait main et sur mesure recouvrait le sol, des tableaux de Vieux Maîtres avaient été accrochés aux murs et des statuettes de marbre de Carrare parfaitement mises en lumière étaient disposées dans des alcôves de part et d'autre du vestibule. Aisément comparable à la suite de 1 525 mètres carrés du grand-père d'Hana au Rome Cavalieri, le penthouse comportait un salon et un espace de travail. Assises près des grandes fenêtres, quelques personnes discutaient à voix basse autour d'une liasse de documents.

Un homme grand à l'allure aristocratique sortit de l'une des chambres et s'avança vers Hana, un grand sourire aux lèvres. Il portait un col roulé noir en cachemire Loro Piana, un pantalon chino Ferragamo et des mocassins noirs Hermès. Une tenue qui avoisinait facilement les quatre mille euros, calcula rapidement Hana qui s'y connaissait.

— Bonjour, Hana, la salua Jean-Louis Micheaux en lui tendant la main. Bienvenue !

— Bonjour, Votre Grâce. Vous avez une bien jolie suite, dit-elle en balayant les lieux du regard.

— Ces temps-ci, je la qualifierais plutôt de salle de

réunion, répondit-il avec un petit rire. Nous avons du pain sur la planche pour redresser la France. Venez, nous pourrons en parler dans mon bureau.

IL LA CONDUISIT le long d'un couloir jusqu'à un bureau magnifiquement meublé, de toute évidence conçu pour ceux qui savaient apprécier les belles choses que la vie peut offrir aux fortunés : des murs en padouk africain sombre complétaient un bureau de directeur de style baroque blanc et or, installé devant une immense fenêtre en demi-lune qui dévoilait la tour Eiffel à l'horizon. Plusieurs objets d'art avaient été disposés dans la pièce, chacun subtilement mis en valeur par des luminaires suspendus au plafond.

Après avoir invité Hana à s'asseoir dans le petit coin salon près d'une cheminée flamboyante, il lui prépara un thé sans lui demander son avis, puis posa la tasse et la soucoupe sur la table basse, avant de prendre place face à elle, les jambes croisées, les doigts entrelacés sur ses genoux, en l'observant de l'air de celui qui attend quelque chose.

— Votre Grâce, commença-t-elle, avant tout, je me dois de vous poser une question importante : cette conversation est-elle officielle ?

Micheaux resta silencieux un moment, pensif.

— À moins que je ne vous le précise, tout ce qui va se dire peut être rendu public. Est-ce que cela vous convient ?

— Parfaitement, répondit Hana en sortant un petit magnétophone qu'elle posa sur la table et alluma.

— Bien que je n'aie encore fait aucune déclaration, il est déjà évident aux yeux de beaucoup que j'ai l'intention de me présenter à l'élection présidentielle.

Hana hocha la tête sans un mot.

— Et les raisons de ce choix sont multiples…

Il s'attarda ensuite sur les nombreux points qu'il avait soulevés pendant son discours à l'Assemblée nationale la veille et qu'Hana connaissait déjà. Elle remarqua néanmoins que, comme tout politicien, il utilisait des éléments de langage soigneusement peaufinés, certainement sur les conseils insistants de son directeur de campagne et de son équipe de relations presse. Elle l'écouta poliment sans rien dire, convaincue que quelque chose d'utile ressortirait de cette rencontre. Du moins, elle l'espérait.

— Comme vous le voyez, conclut-il, le gouvernement ne sert pas tous les citoyens à parts égales, et je suis convaincu que les programmes que j'ai l'intention de mettre en place contribueraient à l'augmentation des libertés et à la réduction du mécontentement du peuple. Il faut prendre soin de nos compatriotes et tirer un trait sur les lois qui ne profitent qu'aux gens comme moi, ceux qui jouissent déjà d'une situation financière confortable et n'ont pas besoin des aides de l'État.

« Mais assez parlé. Si je vous ai demandé de venir ici aujourd'hui, c'est parce que je voulais vous annoncer en personne que, bien que je ne puisse pas encore entrer dans les détails, je pense que vous avez votre place dans ma campagne, Hana, un rôle important à jouer. Je pourrai vous en dire plus prochainement et, avec un peu de chance, je saurai vous convaincre que la France n'en sera que mieux lotie si vous vous impliquez dans ce projet.

Choquée, Hana battit des paupières. Elle s'était attendue à beaucoup de choses, mais pas à cela.

Micheaux baissa les yeux sur sa montre.

— Je crains que notre temps ne soit écoulé pour le

moment. J'espère sincèrement pouvoir compter sur votre soutien quand j'aurai pris ma décision. Et s'il y a quoi que ce soit que je puisse faire pour vous en attendant, vous n'avez qu'à demander.

Bien que déçue de n'avoir aucune nouvelle croustillante à se mettre sous la dent, du moins pour l'instant, Hana était contente d'avoir obtenu une interview avec l'homme qui était sur toutes les lèvres. Et il avait précisé qu'elle pouvait lui demander un service, quel qu'il soit.

Elle quitta l'hôtel tout en se repassant la scène de leur échange. Le duc lui avait laissé une bonne impression. Elle-même issue d'un milieu aisé, de par sa noble ascendance et la fortune de sa famille, elle partageait l'idée de Micheaux selon laquelle ceux qui se trouvaient en position d'aider leur prochain avaient une obligation morale envers les plus démunis, même si, en réalité, cette aide aurait dû provenir du gouvernement et non des classes aisées, à l'exception peut-être des œuvres caritatives ou actes de philanthropie.

La proposition du duc, aussi vague et séduisante soit-elle, l'intriguait profondément. Participer à sa campagne présidentielle se solderait probablement par un poste dans le prochain gouvernement. Il lui faudrait pour cela quitter son travail au *Monde* et accepter ce nouveau rôle, qu'il avait lui-même qualifié d'important. Bien qu'habituée aux paroles mielleuses des politiciens, Hana avait le sentiment que cet homme était différent. Son instinct lui soufflait que le duc fût un homme profondément intelligent et honnête. Oui, elle se voyait bien travailler avec lui.

∿

De retour à son bureau, elle trouva plusieurs messages vocaux sur son portable, qu'elle avait laissé en silencieux. La plupart provenaient de Marco. Elle se doutait déjà de ce qui allait suivre : il avait découvert qu'elle était sortie seule et lui en voulait. Elle composa son numéro en soupirant, se préparant déjà à recevoir un savon.

— Coucou ! commença-t-elle avec entrain. J'ai vu que tu m'avais appelée. J'étais en train d'interviewer le duc d'Avignon. Tu ne vas pas croire ce qu'il…

— Hana ! l'interrompit-il sèchement. Combien de fois va falloir que je te le répète ? Appelle-moi avant de partir en vadrouille ! Il en va de ma responsabilité de veiller à ce qu'il ne t'arrive rien tant que les rues de Paris sont encore sous tension. Je le dois non seulement à ton grand-père, mais aussi à toi. J'ai l'impression que tu ne prends pas mon boulot au sérieux. Et puis, c'est pas juste un boulot. Je t'aime, Hana. Je ne veux pas que tu prennes de risques inutiles.

Prise de court, Hana se rendit compte que c'était la première fois que Marco lui avouait son amour à voix haute. Bien qu'émue par sa fougue et sa candeur, et malgré les bonnes intentions de Marco, elle en avait marre d'être couvée et de voir son indépendance entravée.

— Écoute, Marco, je t'apprécie et j'ai conscience de tout ce que tu fais pour moi, mais ça fait partie de mon travail. Je suis en sécurité au bureau et le taxi n'est pas passé sur l'itinéraire des manifestations. Sans compter que l'hôtel où j'ai rencontré le duc, le George V, est ultrasécurisé. Honnêtement, je trouve que tu fais tout un fromage pour pas grand-chose. En plus, c'était une super interview. Je l'aime bien, ce Jean-Louis, avec ses projets politiques.

— Ce n'est pas la question, Hana. J'ai l'impression que je n'ai plus ma place dans ta vie. D'abord, tu oublies de me dire que tu as l'intention de déménager à Rome. Ensuite, tu te barres pour aller voir le duc sans me prévenir. Et maintenant, tu parles comme si tu étais tombée sous le charme de ses ambitions mal placées. Pour moi, le rôle du gouvernement est de préserver les libertés et de protéger la population des menaces extérieures, notamment via les pompiers, les forces de police et l'armée. Ce sont des services publics essentiels qu'on ne peut pas laisser entre les mains des citoyens. Mais en ce qui concerne les aides sociales, je ne vois pas pourquoi les gens devraient recevoir de l'argent sans contrepartie. J'ai dû me battre toute ma vie pour m'en sortir, moi. J'ai commencé dans la rue : personne ne m'a donné toutes ces choses que le duc veut offrir aux gens sur un plateau.

Visiblement, Hana avait touché un point sensible. Elle n'avait jamais entendu Marco aussi énervé.

— Je te trouve un peu dur.

Marco ne dit rien, manifestement furieux. Elle décida de désamorcer la situation.

— Bon, si tu le veux vraiment, je te promets de ne plus t'exclure à l'avenir, dans la limite du possible. Je ne le fais pas exprès, tu sais. C'est instinctif : je déteste qu'on contrôle mes faits et gestes. C'est important pour moi d'être autonome. Je me suis battue toute ma vie d'adulte pour y parvenir sans dépendre de personne. Dans mon métier, les femmes doivent fournir deux fois plus d'efforts que les hommes pour réussir. Et puis, tu me connais : je ne laisse personne se mettre en travers de mon chemin. Mais je suis désolée que tu te sois senti délaissé. Ce n'était pas mon intention. Je tiens trop à toi pour ça.

Elle entendit Marco soupirer.

— Tu as raison, dit-il d'une voix plus calme. Pardon de

m'être emporté. Et pour ce qui est des opinions politiques du duc, on ne peut pas être d'accord sur tout.

— Sinon, tu es libre, ce soir ? On va dîner quelque part ?

— Bien sûr, je suis tout à toi. On se retrouve après le travail ?

Hana accepta et raccrocha, inquiète.

Comment allait-elle annoncer à Marco qu'elle allait peut-être travailler sur la campagne présidentielle de son ennemi idéologique ?

Assis à son bureau, Michael était en train de remplir la montagne de paperasse que le Vatican avait imposée à son service lorsque le téléphone sonna.

— Père Michael ? C'est sœur Teri. Je suis en ligne avec Ian.

— Salut, Teri. Qu'est-ce que tu nous as trouvé de beau ?

— Alors, je ne sais pas qui est ton cadavre-mystère, mais je sais qui il n'est pas ! Jérôme Baudette, l'évêque de Bordeaux, était au concile plénier des évêques à Lisbonne quand il est mort des suites d'une maladie. Les autorités ont fait expédier sa dépouille en France par voie maritime à bord d'un vaisseau anglais du nom de *Shoreham*.

« Il devait rejoindre le port du Havre avant de redescendre la Seine jusqu'à Notre-Dame de Paris, mais le bateau a fait naufrage dans une tempête au beau milieu de la mer Celtique. Tout l'équipage et son cargo ont fini au fond de l'eau, y compris le corps de l'évêque. Les archives de Notre-Dame disent que Baudette avait versé une somme rondelette pour être enterré dans la crypte de la cathédrale, mais comme il n'est jamais arrivé, j'imagine qu'il y a eu erreur sur la personne et qu'ils ont enterré le mauvais évêque. Quoi qu'il en soit, l'individu qui repose dans ce cercueil ne peut pas être Baudette.

— Je vois, fit Michael, pensif. Cela dit, ce n'est pas forcément un évêque. Il était habillé comme tel, mais il portait aussi un anneau de cardinal. Peut-être qu'on devrait se tourner vers la liste des cardinaux qui ont été créés par Bertrand de Got ?

Ian intervint.

— Hein ? C'est qui, ce Bertrand de Got ? Je croyais que c'était le pape Clément V qui avait élevé notre bonhomme. C'est ce qu'il y a de marqué sur la bague, en tout cas.

— Raymond Bertrand de Got, c'était le vrai nom du pape Clément, avant qu'il n'accède au Saint-Siège, expliqua Michael.

— Ah ouais ? C'est marrant parce que j'ai un Florian de Got sur la liste de cardinaux que j'ai sous les yeux. Tu crois qu'ils étaient apparentés ? Attends une seconde…

Un bruit de clavier que l'on tapote frénétiquement se fit entendre à l'autre bout du fil.

— C'est bien ça ! confirma Ian. Florian de Got était le frère du pape Clément. Ça doit être lui ! Pas étonnant que le pape ait envoyé le corps du cardinal pour le faire enterrer à Notre-Dame. Il voulait rendre hommage à son frère. Non… attends. Pourquoi il l'aurait mis dans un cercueil marqué au nom de Baudette et vêtu comme un évêque ? Et pourquoi avoir caché des parchemins dans sa manche ?

— Un mystère à la fois, Ian, tempéra Michael. On a peut-être un moyen de confirmer, ou non, s'il s'agit bien de Florian de Got. Blake Chaucer dit que si on arrive à identifier un membre de sa descendance, on peut vérifier s'il s'agit bien de la bonne personne. Est-ce qu'on sait où est enterré le pape Clément V ?

Quelques bruits de touches plus tard, Ian répondit :

— Tu ne vas pas le croire, mais il est à Notre-Dame.

— *Tu rigoles ?* s'exclamèrent Michael et Teri, à l'unisson.

— Un peu, avoua Ian. Il est bien enterré à Notre-Dame, mais Notre-Dame d'Uzeste, dans le diocèse de Bordeaux, pas Notre-Dame de Paris. Toutefois, Google dit que l'église où reposait son corps a été frappée par la foudre et qu'elle est partie en fumée. Le corps a été calciné.

Michael réfléchit un instant et une idée lui vint.

— D'accord, merci pour tout. Beau travail à vous deux. Il faut que je passe quelques coups de fil.

Après avoir raccroché, il appela l'équipe de l'Inrap responsable des excavations à Notre-Dame de Paris, pour leur demander s'ils avaient prélevé des échantillons d'ADN sur la dépouille de l'évêque. Ils lui confirmèrent que oui, mais que leurs recherches généalogiques n'avaient rien donné. Aucune descendance n'avait été retrouvée. Michael les remercia et leur promit de revenir vers eux prochainement pour leur parler d'une piste qu'il suivait.

Il appela ensuite Blake pour lui annoncer la nouvelle, et elle fut ravie à cette idée.

— Étant donné que le pape Clément n'a jamais été candidat à la sainteté, précisa Michael, il y a peu de chances qu'il ait des reliques. Cela veut dire qu'on va devoir prélever l'ADN directement sur ses restes ? J'imagine que le fait que le cadavre ait été calciné dans un incendie risque de poser des problèmes.

— La seule manière d'en être sûr, Michael, c'est d'essayer. Où se trouve la dépouille du pape Clément de nos jours ?

— Dans la collégiale Notre-Dame d'Uzeste, une église non loin de Bordeaux. Ça te dit, un petit voyage en Gironde ?

— Et comment ! s'exclama Blake avec enthousiasme. C'est une excellente idée.

— Entendu, je m'occupe des préparatifs et je te rappelle pour confirmer.

Il trouva le numéro de la collégiale de Notre-Dame d'Uzeste et demanda à s'entretenir avec le responsable. Ses liens avec le Vatican, la mention du nom du ministre de la Culture et le fait que Blake Chaucer soit une scientifique renommée à Sapienza convainquirent le recteur de leur donner accès à la crypte et à la dépouille du pape Clément V.

Michael rappela Blake et ils se donnèrent rendez-vous le lendemain matin. Quand il eut raccroché, il envoya un message à Ian pour lui annoncer qu'ils partaient en road trip.

J'ai vraiment un boulot de rêve ! écrivit Ian en retour.

Michael sourit : lui aussi, il aimait son travail. Un pincement lui serra le cœur à cette pensée. Peut-être était-ce justement cela qu'il avait besoin de comprendre : qu'il adorait ce qu'il faisait. Le fait qu'Hana ait apparemment décidé de rester avec Marco était une bonne chose, pour elle comme pour lui. Il ravala la tristesse qui lui montait à la gorge à l'idée de passer à côté de l'amour avec une femme aussi formidable et soupira. L'heure n'était pas aux réflexions de ce genre. Il avait une mission à accomplir.

Assis à son bureau, il assembla les dernières pièces de son plan et réalisa qu'il aurait besoin de l'aide de Karl.

Après un soupir de fatigue, il décrocha de nouveau le téléphone et appela Nick Bannon pour le mettre au courant de la situation et lui demander de faire passer le message au Saint-Père.

— Au fait, Nick, comment se porte Sa Sainteté ?

— Il ne s'est pas encore débarrassé de son rhume, mais au moins, ça n'a pas empiré. Et j'en profite pour vous rappeler, en Son nom, de vous faire escorter où que vous alliez.

— Je sais, Nick. Merci.

QUAND HANA QUITTA son bureau en fin de journée, Marco l'attendait à leur endroit habituel, appuyé contre le mur sous l'arche voûtée près de l'entrée et du parking à vélo.

Elle s'approcha de lui et l'embrassa, glissa un bras dans le creux de son coude, et ils longèrent la Seine en direction de chez eux, sous le ciel gris de Paris. La journée tirant sur sa fin, les lampadaires commençaient tout juste à s'allumer, et la promenade était plaisante.

— Alors, il a l'air de te plaire, ce duc, dit Marco d'un ton innocent.

Hana s'arrêta et lui décocha un regard noir.

— Écoute, Marco. J'ai beaucoup à faire au boulot en ce moment, avec toutes ces manifestations. Je n'ai pas le temps de m'occuper de tes crises de jalousie. Je suis une grande fille. Je peux me débrouiller toute seule. Je n'ai pas besoin d'un gardien.

— Du calme, c'était juste une question. Je ne suis pas jaloux, simplement curieux.

— Eh bien, peut-être que tu devrais prendre tes distances, un peu.

Surprise d'entendre les mots de Michael à Notre-Dame sortir de sa propre bouche, Hana se mordit la lèvre.

Marco avait l'air choqué, comme s'il s'était pris une gifle. Elle sentit son cœur se serrer à l'idée de perdre les deux hommes de sa vie.

— C'est-à-dire ? demanda-t-il prudemment.

— Excuse-moi. C'est juste que mon boulot est super stressant, ces temps-ci. Et puis mon grand-père me traite comme une gamine. Et Michael est bizarre avec moi. Et je crois que mon parrain va mourir. Et tu es fâché parce que j'ai interviewé le duc. Et puis tu es jaloux… J'en peux plus, c'est trop !

Marco lui prit la main et l'attira vers lui. Elle se laissa aller contre son torse où elle enfouit la tête et se mit à pleurer. Il l'enlaça et la berça avec douceur.

— Je suis désolé, dit-il tendrement. Je t'aime et je ne veux pas te perdre. Tes accès d'indépendance me rendent fou parfois, c'est vrai, mais c'est aussi l'un des traits que j'admire le plus chez toi.

Elle plongea le regard dans les profondeurs bleues de ses yeux.

— On peut rentrer à la maison, s'il te plaît ? J'ai besoin d'un bon bain, d'un verre de vin et d'un truc à manger. Et un massage ne me ferait pas de mal, aussi.

— Tout ce que tu veux, ma belle.

Il réfléchit un instant, puis reprend.

— Attends, qu'est-ce que tu as dit au sujet de Michael ? Qu'est-ce qu'il a ?

— Je sais pas, avoua-t-elle en secouant la tête. Quand je lui ai annoncé que j'allais aller travailler à Rome, l'autre soir à dîner, il était normal, mais le lendemain, j'ai eu l'impression qu'il ne voulait plus qu'on soit amis.

— Cela ne lui ressemble pas. J'aurais même pensé le contraire, pour tout te dire. Peut-être qu'il était sous pression et qu'il avait besoin de prendre ses distances.

Et voilà, songea Hana. *Je me doutais bien qu'il y avait anguille sous roche.*

— C'est marrant, il a utilisé exactement les mêmes mots. Mais je n'ai pas envie d'en parler. Pas ce soir. Rentrons.

SEIZE

Le lendemain, Michael, Karl et Ian s'étaient rendus en voiture à l'Université Sapienza pour récupérer Blake avant de partir en France. Entre un trajet de quinze heures par la route ou un vol de deux heures et demie qui atterrissait à Bordeaux, le choix de Michael avait été vite fait. Compte tenu du délai serré, le seul vol pour lequel il trouva quatre billets disponibles était en plein après-midi, avec un départ à quatorze heures trente. Ils auraient ensuite une heure de voiture pour rejoindre Uzeste, dans le sud-ouest de la France, où se trouvait la collégiale Notre-Dame d'Uzeste et la dépouille du pape Clément V.

Assise à côté de Michael pendant le voyage, Blake en profita pour rattraper le temps perdu depuis la fac : elle lui raconta la rencontre de son mari, leurs voyages autour du monde, l'agrandissement de la famille avec l'arrivée de deux enfants, un garçon et une fille de cinq et sept ans. Michael l'écouta, captivé par ses histoires et ravi que sa vieille connaissance ait trouvé le bonheur.

Leur conversation terminée, il baissa le regard sur le vaste paysage qui s'étendait en contrebas, en se demandant à quoi ressemblerait sa vie s'il avait emprunté le même chemin qu'elle. Naturellement, ses pensées se tournèrent vers Hana et, une fois de plus, son estomac se serra.

～

MICHAEL AVAIT RÉSERVÉ des chambres à l'hôtel Cardinal de Bordeaux, juste en face de la cathédrale Saint-André construite au XIe siècle. Ils louèrent une voiture à l'aéroport et firent le trajet jusqu'à l'hôtel, puis s'enregistrèrent et se rafraîchirent avant de descendre sur la place de la cathédrale. Là, ils retrouvèrent un prêtre qui leur avait donné rendez-vous et qui les conduisit jusqu'au bureau de l'archevêque Allain Fournier.

Les présentations faites, Michael réitéra dans les détails le but de leur mission. Entre leur conversation téléphonique de la veille et leur réunion de ce jour, les assistants de l'évêque avaient trouvé le temps d'éplucher les archives à la recherche d'informations susceptibles de les aider dans leur quête.

— On a un archiviste qui sépare son temps entre les trois cathédrales de Bordeaux, expliqua l'évêque. Il est chargé du stockage de documents centenaires, voire millénaires. La construction de la cathédrale primatiale Saint-André de Bordeaux remonte à l'an 814, où Charlemagne est mort. Les autres, les basiliques Saint-Seurin et Saint-Michel, datent de la fin des années 300.

« Tout cela pour vous dire que l'on a retrouvé une lettre de l'évêque de Lisbonne envoyée ici, à Saint-André, en 1314, dans laquelle il expliquait que Baudette était décédé et que son corps serait transporté à Paris par voie maritime pour être inhumé à Notre-Dame, conformément à ses volontés et en reconnaissance des dons faits pour mener à bien sa construction. J'espère que cela résout une partie du mystère.

— Votre Excellence, commença Michael. Au cours de nos recherches, on a découvert que le navire qui transportait le cercueil de Baudette, le *Shoreham*, a fait naufrage en 1314 avec Baudette à son bord. Il n'a donc pas pu être inhumé à Notre-Dame. On a aussi appris que les restes retrouvés dans la crypte de Notre-Dame pourraient être ceux de Florian de Got, le frère du pape Clément V. C'est pourquoi il nous faut prélever un échantillon d'ADN sur la dépouille de Sa Sainteté, afin d'établir le lien de parenté.

— Dans ce cas, je vous souhaite de réussir, père Michael. La légende raconte qu'alors que le corps de Clément V reposait dans l'église, celle-ci a été frappée par la foudre et est pratiquement partie en fumée. Certains ont attribué l'événement à la main vengeresse de Dieu qui aurait puni le pape pour les concessions qu'il avait accordées au roi Philippe le Bel, et pour ce qu'il a infligé à l'ordre des Templiers, ou du moins son absence d'opposition dans cette affaire. J'espère que vous trouverez ce que vous êtes venus chercher demain. En attendant, je vous propose de vous joindre à moi pour le dîner.

～

LE LENDEMAIN, toute l'équipe se réunit pour assister à la messe dans la cathédrale Saint-André. L'on avait proposé à Michael de concélébrer avec l'archevêque, ce qu'il accepta avec gratitude, car son rythme de vie effréné lui laissait peu de place pour ses devoirs sacerdotaux.

Pendant l'office, les pensées de Michael se tournèrent de nouveau vers les doutes qui le rongeaient au sujet de sa vocation. Debout devant l'autel, tenant le calice d'or et l'hostie consacrée à bout de bras, il posa le regard sur les fidèles rassemblés devant lui. Ces gens étaient-ils heureux ? Serait-il plus satisfait s'il se trouvait parmi eux ?

Il s'efforça de reporter son attention sur les rites sacrés et, alors qu'il récitait la prière eucharistique, il fut une fois de plus envahi par les idées qui le tourmentaient si souvent en de tels instants. S'il venait vraiment d'accomplir ce rite ancestral qui transformait le pain et le vin ordinaires en corps et le sang du Christ au moment où les cloches résonnaient, n'aurait-il pas dû ressentir quelque chose ? Si la divinité du Christ venait d'apparaître devant lui, le vent n'aurait-il pas dû souffler, la cathédrale se remplir de lumière et le chant des anges retentir dans la Maison de Dieu ?

Et pourtant, il ne ressentait ni n'entendait rien de tel.

L'Église s'était-elle trompée dans son interprétation des Écritures ? Les évangiles et les lettres de Paul fournissaient pourtant de solides fondements à la doctrine. Mais les paroles justes avaient-elles été perdues, rendant le rite inefficace ? Ou bien était-ce simplement lui qui n'en était pas digne ?

Ses propres pensées le révoltaient. Il n'était bon à rien, prisonnier de ce doute ! Mais comment résoudre ce dilemme, alors que la seule personne capable de l'aider à y voir clair ne lui adressait presque plus la parole ? À moins que ce ne soit justement le signe qu'il attendait.

Exaspéré, Michael s'efforça d'afficher un visage

impassible et, accompagné des servants d'autel et de l'évêque, il s'avança pour distribuer le corps du Christ aux fidèles.

DIX-SEPT

L e soleil matinal réchauffait les pavés bordelais en cette belle matinée, lorsque le groupe traversa la rue pour aller prendre le petit-déjeuner à la terrasse du café en face de la cathédrale, après la messe.

Le mot « Brasserie » en lettres capitales sur l'auvent vert sombre du Bistro du Musée promettait un menu bistronomique composé de produits de saison, de pain frais et de plateaux de fromage et de charcuterie. Les quatre compagnons optèrent pour de fines tranches de jambon de Bayonne et du fromage affiné sur des tranches de baguette croustillantes tartinées de beurre demi-sel, une version améliorée du traditionnel jambon-beurre. Pour accompagner les sandwichs, ils commandèrent un café au lait pour chacun et une sélection de fruits juteux.

Une fois rassasiés et prêts à attaquer leur journée, ils rendirent leurs chambres d'hôtel et, après un saut à la quincaillerie pour acheter quelques bricoles dont ils avaient besoin pour leur mission, ils empruntèrent l'A62, puis les routes de campagne pour rejoindre la collégiale Notre-Dame d'Uzeste, à trois quarts d'heure de là.

Le bourg d'Uzeste, commune d'à peine cinq cents âmes, était entouré de bosquets touffus, de terres agraires, de fermes et de vignes. Pas un lieu très propice au repos éternel d'un pape aussi infâme que Clément V, mais l'ignominie n'était pas sans conséquences.

— J'ai regardé les photos du sarcophage de Clément V en ligne, prévint Michael. Attendez-vous à ce qu'on ait du mal à ouvrir le couvercle pour prélever notre échantillon. Il a l'air de peser une tonne. Mais je suis sûr que Karl et Ian y parviendront sans problème.

— Pendant que tu supervises de loin ? lança Ian d'un ton ironique.

— C'est ça. Blake et moi, on fera les pom-pom girls.

QUAND ILS FRANCHIRENT les portes de l'imposante église gothique, ils furent accueillis par le curé, qui les guida jusqu'au tombeau placé dans un transept en tête de la nef centrale.

Entouré de magnifiques vitraux et dominé par de hautes colonnes de marbre en demi-cercle, l'impressionnant tombeau de marbre noir du pape Clément V constituait visiblement la principale attraction de l'église. Leur petite troupe se rassembla autour du monument funéraire d'un mètre de hauteur, placé au-dessus d'un piédestal plus large et surmonté d'une dalle d'une bonne dizaine de centimètres d'épaisseur. Finement sculptée sur le couvercle figurait une statue de marbre beige représentant le pape, étendu sur le dos, la tête posée sur un coussin brodé. Ses bras étaient croisés sur sa poitrine dans une position de repos éternel. En y regardant de plus près, l'on remarquait que la tête et le coussin avaient dû se trouver séparés, à un moment ou un autre de l'histoire, et que le haut du visage du pape avait été fendu du sommet de son crâne jusqu'à son oreille.

Le curé s'excusa : il devait se rendre auprès d'un paroissien à l'hôpital du village voisin de Bazas. Il ne rentrerait pas avant la fin de la journée et demanda à ses invités de refermer les portes de l'église en partant. Avant qu'il ne les quitte, Michael lui demanda l'autorisation d'utiliser son cric, ce que le prêtre accepta à contrecœur.

Après inspection, Michael conclut que le meilleur moyen d'accéder à la dépouille était de soulever la dalle funéraire et sa sculpture de la base en marbre noir.

Pendant que Blake préparait le matériel nécessaire au prélèvement d'ADN, Michael briefa Ian et Karl tout en leur montrant les outils qu'il avait achetés au magasin de bricolage : plusieurs planches de bois, quelques cales et un pied-de-biche.

Karl alla récupérer le cric hydraulique qui se trouvait dans la voiture de location, pour compléter celui emprunté au prêtre. Ils placèrent le premier d'un côté du tombeau, et une planche entre le cric et la face inférieure du sommet du piédestal. Michael actionna alors l'engin jusqu'à ce que le bois vienne juste toucher le dessous de la dalle en marbre. De l'autre côté du tombeau, Ian l'imita avec le second cric, pendant que Karl surveillait l'opération, debout au niveau de la tête du pape, pour s'assurer que le couvercle reste bien parallèle au tombeau.

Lentement, Michael et Ian, guidés par Karl, actionnèrent leurs outils respectifs pour soulever la dalle. Ils prirent leur temps, en veillant à ne pas forcer sur le matériau vieux de plus de sept cents ans.

Lorsqu'ils eurent soulevé la dalle d'un centimètre de hauteur, Karl inséra une première cale dessous. Une fois deux centimètres de dégagement obtenus, il en glissa une deuxième, et Blake sortit un endoscope relié à son iPhone pour examiner l'intérieur du tombeau à l'aide de la minuscule caméra éclairante qui renvoyait les images sur l'écran de son téléphone.

— C'est bon, je le vois. La dépouille est réduite à l'état de squelette, mais ça n'a pas l'air calciné. Le feu n'a pas dû atteindre les os.

Elle poussa un peu plus son câble pour que l'endoscope puisse explorer les profondeurs du cercueil.

— Ça y est, je vois le corps tout entier. Attendez… Il y a quelque chose d'autre là-dedans…

～

Assis au bureau de sa suite présidentielle à l'Élysée, Pierre Valois prenait connaissance du courrier approuvé par son équipe. Les restes de son repas refroidissaient sur le buffet, car il n'avait pas grand appétit, ces jours-ci. Probablement un effet secondaire des médicaments que ses médecins lui avaient prescrits pour prolonger l'inévitable. Il ne lui restait plus beaucoup de temps.

Il se rappelait avoir lu une étude montrant qu'à la mort de leur épouse au terme d'un long mariage, les maris suivaient généralement dans les six mois. Non pas que cela le dérange. Il avait vécu une vie longue et bien remplie. Son seul regret était de ne pas laisser la France en meilleur état à son départ. Mais il pouvait peut-être redresser un peu la barre, malgré le peu de temps qu'il lui restait.

Sous la pile de lettres, il trouva une boîte rectangulaire plate enveloppée dans du papier kraft. Il l'ouvrit à l'aide de son coupe-papier préféré : une reproduction miniature d'une baïonnette française, cadeau d'un ancien camarade de combat, avec qui il avait servi pendant la guerre, pour le féliciter d'avoir été élu chef de l'État français. Le colis contenait une boîte de chocolats de Patrick Roger, le meilleur chocolatier de Paris, accompagné d'une carte écrite de la main de la duchesse d'Avignon.

> Cher Pierre,
> J'espère que ces chocolats vous feront plaisir. Considérez-les comme un signe de ma bonne volonté, accompagné de toutes mes excuses. En bonne épouse, je me dois de soutenir mon mari dans ses ambitions, même alors qu'il cherche à vous détrôner. Sachez que je vous tiens en haute estime.
> Avec toute ma considération,
> Sabine Valois Micheaux

Duchesse d'Avignon

Ah, Sabine, songea-t-il en replongeant dans le passé. *Je te connais depuis que tu es enfant. Tu as toujours manipulé les gens et fait de ton mieux pour ne rompre les ponts avec personne. Pas étonnant que tu te sois mariée pour l'argent. Et ton Jean-Louis est du genre avare, à l'affût de toutes les opportunités... Vous vous êtes bien trouvés, tous les deux. Mais tu ne mérites pas la façon dont il batifole quand il vient à Paris et que tu restes à Avignon. Quoi qu'il en soit, il ne faut pas gâcher du bon chocolat.*

Il ôta le couvercle et découvrit un assortiment de truffes, pâtes de fruits et chocolats fourrés à la ganache. Il en choisit un aux amandes et le porta à sa bouche. Le goût était étrange, amer, comme si les noix étaient périmées. Après quelques secondes à le mâcher, il le recracha.

Mais il était trop tard. Pas une minute ne s'était écoulée qu'il commença à avoir le vertige. Son cœur fut pris de palpitations et son souffle s'accéléra alors même qu'il manquait d'air. Ses jambes se dérobèrent sous son poids quand il voulut se lever et il s'écroula sur le plancher dans un râle.

Assise à son bureau en ce milieu d'après-midi, Hana couchait sur le papier les derniers mots de son article sur le duc d'Avignon. Elle s'efforçait de le rédiger en toute impartialité, mais craignait que son objectivité journalistique n'ait été compromise par le sous-entendu du duc, qui lui avait fait comprendre à demi-mot qu'il avait une place pour elle dans sa campagne politique, voire son gouvernement, s'il était élu.

Son téléphone sonna et elle jeta un coup d'œil à l'écran : c'était Marcel, l'assistant de Pierre Valois.

— Mademoiselle Sinclair ! commença-t-il d'une voix agitée. Je sais que vous êtes proche de monsieur le Président, c'est pourquoi je vous informe qu'il est gravement malade. Je l'ai retrouvé par terre dans son bureau en train de vomir. Les secours l'ont conduit à l'unité de soins intensifs de l'hôpital Saint-Louis, où les médecins tentent de purger ce que l'on suppose être du cyanure. Ses fils sont avec lui, mais il demande à vous voir. Vous pouvez venir ?

— Bien sûr, Marcel ! s'empressa-t-elle de répondre. J'arrive tout de suite !

Elle était en train de rassembler ses affaires lorsque son portable retentit de nouveau.

— Marcel ?

— Veuillez patienter, je vous passe Sa Grâce, le duc d'Avignon, dit la même voix féminine que la fois précédente au bout du fil.

Hana fut tentée de raccrocher pour se précipiter à l'hôpital, mais elle contrôla son impulsion et patienta. Quelques instants plus tard, le duc fut en ligne.

— Mademoiselle Sinclair, j'espère que je ne vous dérange pas.

— Pour tout vous dire, Votre Grâce, je suis en route pour l'hôpital Saint-Louis. Mon parrain est gravement malade. Je n'ai pas le temps de vous parler, aujourd'hui. Je peux vous rappeler demain ?

Sans attendre sa réponse, elle raccrocha, se rua hors de la pièce et dévala l'escalier avant de sauter dans un taxi.

Le duc baissa un regard agacé sur le combiné de son

téléphone et le replaça lentement sur son réceptacle. Puis, il eut un déclic.

Étant donné les récents événements, et le fait que vous étiez présente aux funérailles de Jacqueline, j'en déduis, Mademoiselle Sinclair, que Pierre Valois est votre parrain. Voilà une information intéressante et précieuse que je n'ai pas l'intention de laisser passer. Ce n'était pas voulu de votre part, mais merci.

À L'HÔPITAL, Hana se rendit directement à l'unité de soins intensifs et s'arrêta devant la suite de Pierre. Deux gardes du corps en costume noir, munis d'oreillettes, étaient postés dans le couloir. Deux autres avaient déjà contrôlé son identité à l'entrée de l'unité et accepté de la laisser passer. Elle s'apprêtait à pousser la porte de la chambre lorsqu'elle entendit des éclats de voix à l'intérieur et s'arrêta pour tendre l'oreille. Son parrain s'exprimait avec colère.

— Philippe, le Premier ministre est un imbécile et un faible. Je ne serais pas surpris, une fois face à la crise que mon incapacité à gouverner va déclencher, qu'il se contente de démissionner et laisse quelqu'un prendre les rênes, ou bien reste au pouvoir pendant qu'un autre tirera les ficelles. Tu dois te préparer à prendre ma place pendant mon absence. Je ferai usage de mes pouvoirs de délégation pour te nommer responsable. Et si le Premier ministre venait à démissionner, il faut absolument que tu prennes le contrôle et que tu empêches une nouvelle élection. Jean-Louis Micheaux est bien trop populaire, en ce moment. Je vais avoir besoin de temps pour trouver ses points faibles et m'en servir. Mais il est encore trop tôt. Beaucoup trop tôt. Je n'étais pas préparé à un tel revirement de situation. Tu dois te montrer ferme pendant que je me remets.

— Entendu. Et quand j'aurai trouvé celui qui t'a fait ça, il en paiera le prix.

— Ne t'inquiète pas pour cela, du moins pour l'instant. Je doute que l'on trouve le coupable, de toute façon. Sabine ne serait pas assez stupide pour m'envoyer des chocolats empoisonnés signés de sa main. Et puis, elle fait partie de la famille. Quitte à soupçonner quelqu'un, mon choix se porterait plutôt sur son mari, mais la police va se charger de l'enquête. Tu as ma bénédiction, Philippe. Va, deviens le dirigeant dont la France a besoin.

— Tu peux compter sur moi.

Philippe quitta la pièce, mais Laurent resta et s'approcha du lit.

— Y a-t-il quoi que ce soit que je puisse faire pour toi, papa ?

— Non, mon garçon. Philippe va s'occuper de tout. Si tu veux te rendre utile, va donc voir si Hana est arrivée. J'aimerais lui parler.

Abattu par le manque de confiance de son père, Laurent Valois hocha tristement la tête et se retira. En sortant de la chambre, il aperçut Hana qui se tenait dans l'encadrement de la porte.

— Il demande à vous voir, dit-il, les yeux embués, avant de tourner les talons et de remonter le couloir d'un pas lourd, la tête basse.

Hana entra dans la pièce et sentit son cœur se serrer à la vue de son parrain bien-aimé, assis sur son lit d'hôpital, une perfusion dans le bras et des électrodes collées sur le torse reliées à un électrocardiogramme sur le mur.

En la voyant arriver, Pierre appela son garde.

— Stéphane ?

L'agent posté dehors pénétra dans la chambre.

— Stéphane, pourriez-vous fermer la porte, s'il vous plaît ? Je veux que personne ne nous interrompe pendant dix minutes.

— Bien sûr, Monsieur le Président, répondit le grand gaillard avant de quitter la pièce en refermant derrière lui.

— Hana, ma petite, ne fais pas cette tête d'enterrement. Je ne vais pas aussi mal que j'en ai l'air. Les médecins disent que si je n'avais pas vomi le chocolat empoisonné, je ne serais déjà plus de ce monde, mais heureusement, ce n'est pas le cas. Et puis, il existe des antidotes efficaces contre le cyanure.

Il désigna de la main la perfusion qui pendait à côté de son lit, étiquetée « hydroxocobalamine ».

— Ne t'inquiète pas pour moi. Ils ne m'ont pas eu, cette fois-ci, mais je suis prêt à parier que ce ne sera pas leur dernière tentative. Si je t'ai fait venir, c'est pour te demander un service, pour lequel tu vas devoir faire usage de tes talents de journaliste d'investigation. Voilà ce que j'ai en tête…

En sortant de la chambre du Président, Hana aperçut son grand-père, Armand, qui remontait le couloir en compagnie de Marco. Le premier semblait inquiet ; le second, fâché. Hana soupira et se prépara mentalement à une énième dispute.

— Tu te fiches de moi ? commença Marco avec colère. On en a déjà parlé, Hana. Comment se fait-il que je doive apprendre où tu te trouves de la bouche de ton grand-père ? Il voulait savoir pourquoi je n'étais pas déjà à tes côtés. À tes côtés où ça ? Je te croyais au travail ! Le secrétaire du président a contacté Armand pour le mettre au courant de la tentative d'assassinat, mais toi, tu ne pouvais pas m'appeler ?

Armand intervint pour soutenir Marco.

— Hana, je t'en prie. Je m'inquiète pour ta sécurité. La France n'est pas sûre, ces temps-ci. Tu ne sais pas tout. J'ai accès à des informations que tu ignores et je puis t'assurer que le pays est sur le fil du rasoir. Ça sent la révolution. Je serais plus rassuré si tu venais à Genève avec moi.

— Désolée, pépé, mais c'est chez moi, ici. J'habite en France, ma vie est en France, et j'en ai marre qu'on me traite comme une gamine. Je n'ai pas besoin de gardien. Et je ne pense pas que quiconque soit en train de fomenter une révolution.

— Ah oui ? rétorqua le vieil homme en levant les yeux vers l'écran suspendu au mur dans la salle des infirmières ouverte. Regarde !

Tous trois se tournèrent vers la télévision, où l'on voyait le duc, debout face à une marée de journalistes, qui s'exprimait en direct de l'entrée de l'hôpital. Le son était coupé, mais les sous-titres suffisaient à comprendre ce qu'il racontait :

Le Président se trouve présentement dans cet hôpital, dans un état de santé critique. Il n'est pas en mesure d'accomplir ses devoirs. J'invite donc le Conseil constitutionnel à prononcer son empêchement dans les plus brefs délais. À défaut, j'exhorte l'Assemblée nationale à se réunir en Haute Cour conformément à l'article 68 de la Constitution. La France a besoin d'un dirigeant et elle en a besoin maintenant ! Un dirigeant avec un plan pour gérer la crise actuelle avec compassion et retenue, pas avec brutalité et oppression. Et je vous le déclare, ici et maintenant : je suis le dirigeant porteur de ce plan. Je vous annonce aujourd'hui que moi, Jean-Louis Micheaux, duc d'Avignon, je me porte candidat à l'élection présidentielle.

ARMAND, Marco et Hana restèrent bouche bée à cette annonce, tout comme les infirmières qui regardaient aussi la télévision dans la salle de pause. Mais Hana ne fut pas aussi surprise que ses compagnons en entendant ces mots, car bien qu'elle ne puisse pas révéler les informations que son parrain lui avait confiées quelques instants plus tôt, elle se doutait bien que quelqu'un tenterait quelque chose incessamment sous peu.

Elle ne s'attendait tout simplement pas à ce qu'il s'agisse du duc.

CHAPITRE
DIX-HUIT

Impatient de voir ce que Blake avait découvert grâce à la caméra endoscopique, Michael vint se placer à ses côtés à la tête du tombeau pour voir ce qui s'affichait sur son téléphone.

Près du crâne de Clément se trouvait une fine feuille de métal martelé sur laquelle étaient inscrites des lettres qui reflétaient la lueur des LED de l'appareil et, sous celle-ci, un parchemin visiblement bien préservé malgré les années.

— Bizarre, murmura Michael. Qu'est-ce qui pourrait bien justifier d'être enterré avec le pape ? Un objet sentimental ? A-t-il été placé là au moment de l'inhumation ou bien plus tard, lorsque la tête de l'effigie a été brisée pour ouvrir le sarcophage ? Dans le second cas, en quelle année était-ce ? Tant de questions sans réponse. Je suggère qu'on prélève d'abord l'échantillon dont on a besoin, avant d'essayer de récupérer le document.

De nouveau, Ian et Michael actionnèrent les crics pour soulever un peu plus la dalle du tombeau, afin que Blake puisse glisser une main par l'interstice et prélever l'ADN au moyen de ses ustensiles.

Elle lança un regard hésitant à Michael.

— J'avoue que je ne suis pas très à l'aise à l'idée de mettre le bras là-dedans. Tu es sûr que ça ne va pas me retomber dessus ? Je n'ai pas envie de devenir manchot.

Karl éclata de rire.

— Je peux m'en charger, si vous le souhaitez. Je n'ai pas peur de perdre un bras.

— Merci, Karl, mais je devrais m'en sortir. Et je propose qu'on se tutoie.

Elle prit une grande inspiration et tira une chaise en bois pour s'en servir comme d'une table. Première étape : enfiler la blouse blanche stérile ramenée du laboratoire et deux paires de gants en latex stériles l'une par-dessus l'autre, en cas de déchirure.

— Pour bien protéger un échantillon d'une quelconque contamination, il faut d'abord le prélever dans les règles, expliqua-t-elle à ses compagnons. Ian, je vais avoir besoin de ton aide. On va procéder comme pour une opération chirurgicale : on considère que je suis désinfectée et que tu es contaminé.

Ian grimaça à ces mots.

— À présent que j'ai enfilé mes gants, je n'ai le droit de toucher qu'à des objets stériles. Toi, tu t'occupes de tout le reste. Je vais te guider.

— Ça marche. Dis-moi quoi faire. J'apprends vite.

— D'accord. Premièrement, j'ai besoin d'un endroit propre pour poser mes outils. Dans ma valise, tu trouveras des ustensiles stérilisés enveloppés dans des sachets de cellophane. Chacun d'eux a un côté transparent et un autre opaque. L'étiquette se trouve du côté opaque. Tu as le droit de toucher l'extérieur du paquet, mais pas l'intérieur. Je vais te demander de les ouvrir et de laisser tomber leur contenu soit dans ma main, soit sur le tissu stérile que l'on va étendre. Tu peux me trouver le sachet qui contient une serviette bleue ?

— D'accord, confirma-t-il en sortant l'objet en question.

— Parfait. Maintenant, tire les bords du paquet pour l'ouvrir et retourne-le dans ma main.

Ian obtempéra.

— Comme ça ?

— Oui, super.

Blake s'empara de la serviette et la déplia avec soin avant de la poser sur la chaise.

— La face supérieure est stérile. Essaye de ne pas trop te pencher au-dessus et ne la touche surtout pas. Passe-moi l'endoscope et le rouleau de fil de fer. Tu ouvres les sachets et tu mets le tout sur la serviette.

Ian obéit aux instructions et Blake saisit l'endoscope : un objet épais comme un crayon, composé de plusieurs sections escamotables, avec à son extrémité un petit anneau en métal, accompagné d'un câble multibrin d'un mètre de long. Elle attacha ce dernier à l'anneau et le repassa de nouveau à l'intérieur du cercle pour créer une sorte de lasso au bout de la sonde qu'elle pouvait resserrer en tirant dessus. Elle déroula toute l'extrémité de la sonde et l'inséra précautionneusement dans l'interstice entre le tombeau et la dalle.

— Michael, tu peux tenir l'endoscope pour que je voie la mâchoire inférieure ?

Michael s'approcha, prit l'appareil et glissa le câble à l'intérieur du tombeau.

À l'aide du lasso et tout en observant l'image qui s'affichait sur son iPhone, Blake attrapa l'os de la mâchoire dans la boucle et le tira pour le détacher du crâne. La mandibule ainsi libérée, elle enroula l'endoscope sur lui-même et la saisit de sa main libre pour l'extraire du tombeau.

— Il va falloir qu'on prélève quelques dents, pour les analyser. Le typage ADN de restes humains aussi anciens est un procédé destructif : on réduira les dents en poudre pour en extraire l'ADN afin d'avoir suffisamment de matière à profiler, et ce processus ne peut avoir lieu qu'au labo. Ian, j'ai besoin de la pince. Et mets le flacon en plastique sur la chaise, s'il te plaît.

Ian fouilla dans la valise et trouva ce que Blake lui demandait. Il plaça les objets sur la serviette stérile conformément aux instructions.

— Tu te débrouilles très bien, Ian. Si jamais ton boulot aux Archives finit par t'ennuyer, je peux peut-être te trouver un poste au labo.

— Pas question, rétorqua Michael, amusé. C'est du débauchage.

À l'aide de la pince, Blake préleva deux molaires, une canine et deux incisives dans le maxillaire inférieur. Les incisives supérieures auraient été préférables, mais pour les extraire, il aurait fallu sortir le crâne tout entier du tombeau.

Elle déposa son butin dans le flacon en plastique et vissa le bouchon, avant de répéter ses gestes en sens inverse pour replacer la mâchoire à côté du crâne et retirer la sonde.

— Ce n'est pas encore fini ; j'ai plus d'un tour dans mon sac. Ian, tu devrais trouver une autre sonde dans le sac, étiquetée « sonde magnétique ».

Ian trouva l'objet du désir de Blake et le déposa sur la serviette. D'un centimètre de diamètre et de vingt centimètres de long, la version magnétique était considérablement plus solide que la version à câble et se terminait par un puissant aimant en néodyme.

À l'aide de la sonde, Blake alla attraper la plaque métallique, qui bougea à l'approche de l'aimant. Lentement et avec la plus grande précaution, elle souleva la plaque, puis la fit glisser sous la feuille. En rétractant une à une les sections télescopiques de la sonde, elle remonta à la fois la plaque et le document jusqu'à pouvoir les extraire par l'interstice entre le tombeau et la dalle. Un sourire victorieux aux lèvres, elle déposa ses deux trésors sur la serviette.

— Pfiou ! Dans le genre stressant…

— Bien joué ! s'exclamèrent ses compagnons en l'applaudissant.

La plaque mesurait une quinzaine de centimètres de large sur vingt centimètres de long et à peine un millimètre d'épaisseur. En y regardant de plus près, on distinguait de délicates fleurs de lys et des plumes gravées avec précision sur ses bords.

Elle portait une inscription en latin que Michael traduisit à vue pour ses amis.

En l'an 1307 de notre Seigneur, je soussigné Clément, évêque de Rome et d'Avignon, par l'autorité infaillible de la Sainte Église, édicte et proclame que Philippe IV, de la maison Capet, est le roi et souverain oint de tout le royaume de France et de ses territoires, qui lui doivent obéissance, à lui et à ses descendants légitimes, pour tous les siècles à venir, contre tout usurpateur ou prétendant.

Clément V, Pontifex Pontificum

Le vingt-deuxième jour de novembre de l'an 1307

Il porta ensuite son attention sur le parchemin, qui

avait peu ou prou les mêmes dimensions, et sur lequel avait été rédigée à la main une lettre dans un français du XIVe siècle que Michael lut à voix haute.

Mon très chier Florian,

Longuement ay-je attendu vostre retour en Avignon, mais doubte ay-je moult que lors de vostre venue je ne soye plus céans. Pour ce me convient-il mettre par escript ce que de bouche vous eusse dit, aucunes choses desquelles vous prins commencement en vostre voiage jusques à Paris.

Comme vous sçavez par ma confession faicte à l'evesque de Nostre-Dame, le roy Philippe engendra un autre filz, le quatriesme né, en l'an de grâce mil deux cent quatre-vingt-trois. Il a pour nom Robert, de la maison Capet. Les causes et l'estat de sa nativité sont en ladicte confession, et je ne les rediray point icy. Sa mère trespassa, et luy est ores en l'aage de trente et un ans, maryé et père de deux filz, Henry et Hue. Je les ay envoyés en Bordeaux, soubz la cure et garde secreste de maistre Jerosme Baudet, evesque d'icelui lieu, qui m'est bon amy et loyal.

Me fie-je que vous ayez usé de ladicte confession pour recouvrer le tiers du tresor non prins par Philippe, du premier amassement caché en Nostre-Dame. Les deux autres tiers furent menés en Avignon et y sont bien et seurement tenus. Puisque de bouche ne vous le puis-je reveler, par escript vous donray seuls indices qui vous menneront, et nully autre, à trouver ledit tresor, que je vous laisse en garde.

Je vous requier que partie des deniers que je vous baille soient donnez à Baudette, et à Robert avec son lignaige, pour leur seurté et entretenement. En ma Bible privée trouverez-vous le moyen de descouvrir les tresors en Avignon, par les signes mis au revers de ceste lettre.

Vous ay aussi laissé l'édit d'Avignon, destiné à Philippe,

148

ainsi qu'il est contenu en la confession. Mais ne luy l'ay point baillé. Prenez garde qu'il ne vienne en ses mains. A l'encontre, luy ay baillé la bulle papale Pastoralis praeeminentiae, qui bien luy souffira.

Je n'ay point esté le pape que pensoye estre, Florian. Philippe fut un roy trop puissant et desmesurément impérieux, et trop souvent l'ay complais. Gardez vous de luy, et de cellui qui me succédera. Que Nostre Seigneur ait mercy de mon âme.

Vostre frère en charité et amour,

Bertrand

Le trentième jour de mars de l'an de grâce mil trois cent quatorze.

Curieusement, au dos du parchemin se trouvait toute une série de chiffres sans signification apparente, mais qui méritaient qu'on s'y attarde. Michael prit plusieurs photos des objets, puis demanda à Blake de les replacer dans la crypte.

— On pourra comparer la calligraphie manuscrite à celle du pape Clément, dit Michael. Je doute qu'il s'agisse d'un faux. J'imagine que la valeur de ce parchemin et de la plaque réside dans le contenu de leurs lignes, et non les documents eux-mêmes, alors ces photos sont amplement suffisantes. Et puis, on a seulement reçu l'autorisation de prélever des échantillons d'ADN, rien d'autre. Si l'on venait à douter de leur authenticité, on pourrait toujours revenir plus tard pour les récupérer. En attendant, on a un vol à ne pas louper, et j'ai des questions à poser à l'évêque de Bordeaux.

Après avoir retiré les planches de bois et redescendu leurs crics, Michael et Ian reposèrent lentement la dalle de marbre à sa place sur le tombeau, pendant que Blake rangeait ses instruments et ramenait le cric emprunté au recteur.

Toute l'équipe, outils compris, remonta à bord de la voiture de location, et ils mirent le cap sur Bordeaux.

Avant même d'arriver à destination, Michael avait passé un coup de fil pour organiser un échange avec l'évêque Allain Fournier. Comme convenu, l'intéressé vint à leur rencontre sur le parvis de la cathédrale pour qu'ils ne perdent pas de précieuses minutes à se garer, car il ne leur restait plus beaucoup de temps avant le départ de leur vol.

— Votre Excellence, nous avons réussi à prélever les échantillons nécessaires sur la dépouille du pape Clément.

Michael sortit son téléphone pour montrer à l'évêque les photos de la plaque martelée et de la vieille lettre.

— Étant donné le contenu de ce parchemin, nous aimerions prendre connaissance des archives de votre diocèse, notamment les éventuels registres de naissance, de décès ou de mariage en lien avec Robert Capet ou ses fils, Henri et Hugh.

Il expliqua rapidement les raisons de leur demande.

— Grand Dieu ! s'exclama Fournier. C'est une découverte formidable ! Si je puis me permettre, qu'avez-vous fait des objets en question ?

— Nous les avons remis dans le tombeau, pardi ! Personne ne nous a donné l'autorisation d'en extraire autre chose que l'ADN du pape. J'espère que l'on pourra, dans un avenir proche, revenir pour les étudier et les analyser plus en détail, mais nous avons obtenu ce que nous étions venus chercher. Puis-je demander l'aide de votre personnel ?

— Bien sûr. Et soyez assuré, père Dominic, que nous allons éplucher tous nos registres pour répondre à votre requête. Je mettrai l'archiviste au travail dès demain matin. J'espère qu'on pourra trouver quelque chose qui vous sera utile.

Michael remercia le vieil homme, et le groupe prit la route pour l'aéroport, Karl au volant, en faisant fi des limitations de vitesse.

Après leur départ, l'évêque retourna à son bureau et décrocha le téléphone.

Mais ce ne fut pas l'archiviste qu'il appela.

LA JOURNÉE AVAIT ÉTÉ LONGUE, et remplie d'ambitions politiques, pour le duc. Lui et son équipe avaient travaillé avec ferveur, mais discrétion, sur sa campagne présidentielle, en attendant son lancement officiel.

Lorsqu'il avait eu vent de l'état de santé du Président, il avait su que le moment était venu de rendre sa candidature publique. Désormais de retour dans sa suite présidentielle au George V, il se prélassait dans un fauteuil, un verre de vin à la main, en regardant le récap' de sa conférence de presse devant l'hôpital. Il posa son verre sur la table d'appoint et sortit son téléphone pour appeler son épouse, restée à Avignon

— Bonjour, mon cher, le salua Sabine Micheaux. Quelle journée vous avez eue ! Vous étiez sur toutes les chaînes de télévision, cet après-midi.

— Oui, mon amour, cela n'a pas été de tout repos. Vous seule savez combien j'attends ce moment depuis longtemps. Il me fallait une crise conséquente pour annoncer ma candidature, et elle m'a été servie sur un plateau.

Sabine resta silencieuse un instant, un sourire sur le visage.

— Vous voyez, Jean-Louis, le destin fait bien les choses. Vous êtes né pour devenir chef d'État.

— Espérons-le. Le pays est partagé. Je ne suis même pas certain que la moitié des Français affirmeraient que le soleil se lève à l'est, alors de là à choisir un dirigeant compétent…

— Un peu de patience. Ils finiront par entendre raison. Vous savez bien que vous inspirez les foules.

— Oui, et demain sera un autre jour rempli de discours dignes d'inspiration. J'ai été invité au rassemblement féministe à la mémoire de Simone de Beauvoir pour y prendre la parole à quatorze heures, au parc du Champ-de-Mars. Je m'attends à ce que l'événement soit un bazar pas possible. Il y aura non seulement des Gilets jaunes, mais aussi une contre-manifestation du Congrès national français à la même heure. Ces types du CNF m'inquiètent. Ce ne sont rien de moins que des fascistes. Oh, et j'ai engagé des gardes du corps de cette entreprise de sécurité que vous m'avez recommandée, pour renforcer notre équipe de protection. On n'est jamais trop prudent.

— Je suis heureuse de l'entendre, mon cher. Vous me voyez rassurée.

— Comment va Margot ?

— Bien. Elle regarde un film en anglais, en bas. Chéri, je suis d'accord sur le fait qu'il faut qu'elle soit bilingue, mais pourquoi choisir l'anglais ? Pourquoi pas l'espagnol ? L'allemand ? Voire le russe ou le chinois ? Même l'arabe serait plus utile. Ces Américains n'ont aucune originalité et leur cinéma est plus que médiocre.

— Qu'est-ce qu'elle regarde ?

— *La Panthère rose*, répondit Sabine en levant les yeux au ciel.

— Seigneur, quelle vieillerie ! s'esclaffa-t-il. Embrassez-la pour moi, voulez-vous ? Je dois y aller.

— Déjà ?

— J'ai une journée importante demain, Sabine. Je dois me reposer.

Il venait de terminer sa phrase lorsqu'une des membres de son équipe de campagne sortit de la salle de bains avec pour seul habit une serviette de toilette enroulée autour de son corps. Il lui adressa un clin d'œil en portant un index sur ses lèvres.

— Je suis sûre que ce sera un véritable succès. Je ne manquerai pas d'en parler à tous mes amis.

— Merci, ma chérie. Que ferais-je sans vous ? Bonne nuit, conclut-il en se levant pour accueillir la jeune femme au pied du lit.

— Bonne nuit, mon cher.

À peine le duc avait-il raccroché que Sabine rédigea un e-mail adressé à l'intégralité de son immense liste de contacts.

DEMAIN, à quatorze heures, le duc d'Avignon prendra la parole au rassemblement féministe du Champ-de-Mars. Ne manquez pas son discours et parlez-en à vos amis.

QUELQUES INSTANTS PLUS TARD, après une série de transferts de l'e-mail de Sabine Micheaux, un homme dans un entrepôt parisien reçut le message.

Il se mit à charger son pick-up Toyota blanc et appela son équipe. Ils avaient du pain sur la planche.

DIX-NEUF

Le lendemain, à cinq heures du matin, des vigiles vêtus de noir arrivèrent sur les lieux du rassemblement et sécurisèrent la zone où l'on montait la scène, entre la tour Eiffel et le Champ-de-Mars.

La police fit son apparition peu après, et les gardes expliquèrent qu'ils faisaient partie de l'équipe engagée pour assurer la sécurité de Jean-Louis Micheaux, qui devait s'exprimer un peu plus tard. Les forces de l'ordre ayant déjà été briefées sur le système de protection mis en place pour la journée, elles ne contestèrent pas leurs dires et n'exigèrent pas de voir leur pièce d'identité.

À six heures, le pick-up Toyota blanc s'approcha du poste de contrôle déjà établi par l'équipe du duc. Sur les portières du véhicule, des plaques magnétiques l'identifiaient comme appartenant à une entreprise de collecte et de recyclage des déchets. À l'arrière, la benne était remplie de poubelles rectangulaires en carton non dépliées, de sacs transparents et d'une poubelle en plastique verte pleine de sacs en papier marron d'une chaîne de restauration rapide. Les agents de la sécurité inspectèrent le pick-up et les documents du conducteur avec minutie, allant même jusqu'à vérifier sous le châssis à l'aide d'un miroir, pendant que la police les regardait faire, convaincue qu'ils effectuaient leur travail comme il se doit.

Une fois autorisé à passer, le véhicule s'avança dans la zone prévue pour l'accueil du public. À intervalles réguliers, il s'arrêtait et ses deux occupants mettaient pied à terre, chacun vêtu d'une combinaison de travail blanc sale, au dos de laquelle étaient imprimés les mots « Collecte et recyclage des déchets » en lettres vertes. Les deux hommes avaient une capuche relevée sur la tête pour se protéger de l'air glacial du petit matin et portaient des gants de protection en cuir, des lunettes de soleil, une moustache et une longue barbe.

Chaque fois qu'ils descendaient du pick-up, ils installaient une poubelle en carton accompagnée de son sac transparent. Et chaque fois, ils laissaient dans la poubelle un sac en papier marron au nom d'une chaîne de restauration rapide, qui tombait au fond avec un bruit sourd.

Quand le duo eut terminé, une vingtaine de poubelles avaient été montées un peu partout dans la zone où se rassembleraient les manifestants, dont deux près de la scène. Dans la moitié d'entre elles, ils laissèrent également des boîtes de Pringles, qui atterrirent, elles aussi, avec un bruit sourd.

Les deux hommes remontèrent à bord de leur véhicule et quittèrent les lieux en repassant par le poste de contrôle.

Ce matin-là, assise à son bureau, Hana tâchait de terminer

son article sur l'interview du duc quand son téléphone sonna.

— Mademoiselle Sinclair ? dit une voix féminine.

— C'est moi.

— Ne quittez pas, je vous passe le duc d'Avignon.

Hana patienta. Quelques secondes plus tard, le duc se manifesta.

— Hana, j'espère que je ne vous dérange pas, cette fois.

— Pas du tout, Votre Grâce. Je vous remercie.

— Comment se porte votre parrain ?

Hana réfléchit avant de répondre.

— Son pronostic reste préoccupant, répondit-elle prudemment.

— Je lui souhaite de se rétablir bien vite. Quoi qu'il en soit, je voulais vous demander si vous aviez eu vent de mon annonce d'hier.

— Comment aurais-je pu la louper ? Vous étiez sur toutes les chaînes. D'ailleurs, j'étais justement en train de terminer mon article sur notre interview de l'autre jour, pour le journal de cet après-midi.

— Loin de moi l'idée de vous voler votre temps, surtout si vous écrivez sur mon compte, gloussa-t-il, mais j'ai prévu de donner un discours aujourd'hui au Champ-de-Mars. J'espérais que vous pourriez y assister. Nous pourrions, une fois l'événement terminé, discuter de l'offre que je vous ai faite à demi-mot, l'autre jour. Maintenant que ma campagne est officielle, il est temps pour moi de vous présenter des propositions concrètes, surtout pour les postes importants à pourvoir dans notre équipe.

Émue à l'idée de se voir proposer un « poste important » dans une campagne présidentielle, Hana n'hésita pas.

— Oui, je dois pouvoir libérer du temps pour venir

vous écouter. Je peux amener quelqu'un ? Mon grand-père insiste pour que je sois accompagnée par un garde du corps partout où je vais, surtout par les temps qui courent. Je ne peux pas venir sans lui.

— Aucun souci. Je transmettrai le message à mon équipe qui vous laissera passer avec votre escorte. On vous emmènera en coulisses, là où la sécurité est au plus haut. Ma limousine blindée sera garée dans les parages, pour vous évacuer si jamais la situation dégénère. Et j'ai engagé les services de vigiles supplémentaires pour l'occasion. La zone sera ultrasécurisée, je puis vous l'assurer.

— Dans ce cas, je me ferai un plaisir d'être présente, conclut-elle avant de prendre congé.

Demander à Marco de l'accompagner à un événement où le duc ferait un discours serait probablement difficile à lui faire accepter, mais après tout, c'était lui qui insistait pour être à ses côtés à tout moment. S'il tenait à elle, il allait devoir ravaler ses opinions politiques. Elle l'appela et lui donna rendez-vous devant le siège du *Monde* à treize heures trente.

QUAND MARCO ARRIVA sur les lieux à pied, Hana l'attendait déjà à bord d'un taxi garé au bord de la route. Elle le héla et il monta, puis déposa un baiser sur son front.

— Bonjour, ma belle. On va où ?

Hana lui décocha un regard malicieux.

— On a rendez-vous avec quelqu'un à côté de la tour Eiffel, et si ça ne te plaît pas, tu peux rentrer à la maison.

— Aucune chance. Il y a un gros rassemblement prévu devant la tour Eiffel et il paraît que le duc va prendre la parole. Attends… Ne me dis pas qu'on va aller assister à son discours ?

— Pourquoi pas ? Je suis journaliste, Marco. Il m'a été assigné et je dois me tenir au courant des événements à son sujet. Cela implique d'aller partout où il va, d'écouter tout ce qu'il a à dire et de parler aux gens pour savoir ce qu'ils pensent de lui.

— Si tu veux savoir ce que j'en pense, je ne vais pas me priver pour te le dire.

— Il n'est pas aussi horrible que tu l'imagines, Marco.

— Ah oui ? C'est ce qu'on verra.

LES MESURES de sécurité mises en place par le duc empêchèrent le taxi de se rapprocher de la tour Eiffel, et Marco et Hana durent descendre pour finir le trajet à pied. Au dernier poste de contrôle, où le chauffeur les avait déposés, un membre de la campagne du duc et un vigile apparurent pour les escorter le reste du chemin. À mesure qu'ils se rapprochaient du lieu de l'événement, des chants scandés par la foule leur parvinrent aux oreilles.

La scène avait été dressée dans les jardins de la tour Eiffel. L'espace entre le monument et les bassins du Champ-de-Mars était noir de monde. L'avenue Gustave-Eiffel avait été bloquée pour servir de sortie de secours au duc en cas de problème, et sa limousine attendait, garée non loin de la scène, à l'abri des regards derrière une grande toile. De nombreux gardes veillaient au grain autour du périmètre bouclé et deux Ford Explorer noires se tenaient prêtes à escorter la limousine.

Une jeune femme en tenue de tous les jours s'exprimait sur scène, mais la foule s'agitait et s'époumonait de plus en plus. Des invectives étaient lancées et des slogans retentissaient au sud des jardins. Bien que présente en masse, la police avait reçu l'ordre de faire profil bas après le fiasco des funérailles de la Première dame et les émeutes qui avaient suivi l'attentat. Elle tâchait simplement d'éviter les disputes en séparant les différentes factions présentes dans la foule : l'extrême droite à l'est, la gauche au sud et les féministes dans le parc. D'un côté, les Gilets jaunes scandaient « Liberté, prospérité, sécurité » ; de l'autre, les partisans du Congrès National Français répétaient « La France aux Français » et « Le Congrès français » à n'en plus finir. À chaque minute qui passait, la tension et le niveau sonore augmentaient un peu plus.

Nerveux, Marco s'approcha d'Hana.

— Ne sors pas du périmètre de sécurité. Je vais monter au premier étage de la tour Eiffel pour évaluer la taille de la foule, voir si j'aperçois des fauteurs de troubles et vérifier nos issues de secours. Je reviens tout de suite. Ne bouge pas d'ici !

Et il partit en courant en direction du monument.

Au même instant, le duc sortit de sa limousine et vint à la rencontre d'Hana.

— Le moment est venu, déclara-t-il. Mon équipe me dit que la foule est à fleur de peau, mais si je dois devenir leur dirigeant, il me faut faire montre de fermeté. Si la situation dégénère, montez dans la limousine, Hana. Dites à votre homme d'en faire de même, quand il sera de retour. Nous n'avons pas l'intention de rester sur place, une fois le discours terminé. Nous discuterons au George V. Je dépêcherai une voiture pour vous ramener tous les deux au siège du *Monde*. Souhaitez-moi bonne chance !

Comme si elle avait reçu un signe, la jeune femme sur la scène cessa ses divagations de meeting électoral pour faire une présentation élogieuse du duc. L'intéressé arriva au petit trot pour prendre place devant la tribune, tandis que ses gardes se postaient sur les côtés et le devant de l'estrade.

Le duc ouvrit grand les bras, comme pour enlacer la foule.

— Chers Français, nous sommes ici aujourd'hui pour célébrer…

Une série de pétarades se fit soudain entendre dans les poubelles et la foule poussa des exclamations de frayeur.

Les poubelles en carton prirent immédiatement feu et les bombes fumigènes cachées à l'intérieur émirent d'épaisses volutes de fumée jaune. Le public paniqua et chercha l'origine de l'incident, incapable de dire si l'attaque provenait des forces de police ou des opposants politiques au duc. L'air s'emplit de cris et de hurlements au milieu de la confusion générale.

Puis, une deuxième vague d'explosions retentit, provenant cette fois de toutes les poubelles, sauf deux. Les bonbonnes cachées à l'intérieur des boîtes de Pringles s'élevèrent vers le ciel avec un sifflement et explosèrent à quatre mètres de hauteur. Une épaisse brume se déploya dans un rayon de vingt mètres et retomba sur la foule avec un bruit mouillé.

Stupéfaits, les gens restèrent figés, désormais aspergés d'une substance inconnue. Des senteurs nauséabondes envahirent l'air : certaines bonbonnes dégageaient une odeur de putois, d'autres celle d'œufs pourris. Les manifestants furent pris de haut-le-cœur et se mirent à tousser.

Pour finir, les bonbonnes restantes libérèrent leur contenu et les participants sentirent le gaz lacrymogène leur piquer les yeux, leur brûler la gorge et leur attaquer les poumons. Vint ensuite la nausée, et avec elle, d'incontrôlables vomissements.

La fumée jaune empirait la situation, bloquant la vue de sorte que personne ne savait par où s'échapper. Ayant perdu tous ses repères, la foule paniqua. Les gens se mirent à courir dans tous les sens, mais la visibilité étant considérablement réduite, ils se heurtèrent à leur voisin et trébuchèrent les uns sur les autres, sur le sol couvert de vomissures à l'odeur insupportable. Au loin, des sirènes hurlantes retentirent.

Marco venait tout juste d'atteindre la plateforme d'observation de la tour Eiffel lorsqu'il aperçut la fumée. *Merde !* jura-t-il. *Ce n'est pas le moment !*

Il fallait qu'il retourne auprès d'Hana au plus vite. Il se précipita vers l'ascenseur, mais ce dernier avait été mis hors service par mesure de précaution en raison de l'incident. Il ne restait plus que l'escalier. Il fonça vers ce dernier en bousculant les gens au passage, faisant usage des techniques apprises au sein des commandos pour traverser une foule dense au plus vite. Chaque coup de coude dans les côtes d'un touriste suffisait à le déplacer suffisamment longtemps pour pouvoir passer. Il reçut une litanie d'injures en retour, mais elles lui passèrent au-dessus de la tête. Tout ce qui comptait, c'était de retrouver Hana et de l'extraire de ce chaos.

Dès qu'elle vit les nuages jaunes s'élever au-dessus des têtes, Hana se précipita vers la limousine. Les deux Ford Explorer étaient déjà prêtes à partir, le personnel de sécurité à son bord. Comment avaient-ils pu se préparer aussi vite ?

Quelques minutes après qu'Hana fut montée, les portes de la limousine s'ouvrirent de nouveau et le duc s'assit à côté d'elle sur la banquette arrière, suivi de deux gardes du corps. La voiture se mit en route, suivant le premier SUV qui les conduisit jusqu'au poste de contrôle, tandis que le second fermait la marche. Chacun des trois véhicules était équipé de gyrophares dissimulés qui s'allumèrent pour ordonner aux autres usagers de la route de les laisser passer.

— Tout le monde va bien ? demanda le duc à la ronde.

Ses gardes du corps toussaient, mais ne semblaient pas blessés. Ils étaient postés sur le devant de la scène, se souvint Hana, avant de se mettre à trembler, paniquée.

— Marco ? Où est Marco ? lança-t-elle d'une voix suraiguë.

— C'est qui, Marco ? Votre garde du corps ? demanda le duc en toussant lui aussi.

— Oui. Il est monté sur la plateforme d'observation de la tour Eiffel pour évaluer la situation depuis les hauteurs, mais il n'est pas revenu.

Le duc se tourna vers le responsable de la sécurité.

— Appelez les gars qui sont restés sur place et dites-leur de chercher Marco. Avec un peu de chance, il a réussi à s'échapper avec le reste de l'équipe.

— Bien, Votre Grâce, confirma l'homme.

Mais Marco n'était pas avec le personnel du duc. Il était descendu de la tour par l'escalier à temps pour apercevoir la limousine escortée des SUV qui filait le long de l'avenue pour échapper à l'horrible scène derrière elle. Entre deux quintes de toux dues au gaz et à la fumée jaune, il réussit à sortir son portable et appela Hana.

Quand le téléphone de la jeune femme sonna, elle bondit sur son sac et décrocha.

— Marco ! Dieu merci ! Tu es où ? Ça va ?

— Je vais bien, répondit-il en toussant. Dis-moi que tu es dans la limousine.

— Oui, oui. Je suis avec le duc et son équipe. On est en route pour le George V.

— D'accord. Une fois sur place, restes-y ! Je te rejoins, mais ça risque de prendre un peu de temps.

Toujours au pied de la tour, il vit la foule en panique se précipiter dans sa direction et, dans le sillage de cette dernière, la fumée jaune et le gaz lacrymogène. Il tourna les talons et fila vers le nord, en direction de la Seine. Une fois sur la rive, il plongea dans le fleuve la tête la première.

CHAPITRE
VINGT

L e lendemain matin, comme à son habitude, Ian fut le premier à arriver au bureau. Après être sorti s'acheter un double expresso et le journal du jour au Caffè Pergamino, il s'installa devant son ordinateur pour lire les actualités. Les manifestations incessantes à Paris et la violente attaque terroriste au pied de la tour Eiffel faisaient les gros titres. Inquiet de savoir ses amis sur place, il tenta de se rassurer en se convaincant que Marco veillait sur eux. Du moins, il l'espérait. Il allait devoir en parler à son patron.

Quand son téléphone fixe sonna, il reposa le journal et décrocha.

— Bonjour, Ian.

— Oh, salut, Teri. Tu es sur le pont bien tôt, ce matin.

— Oui, j'espérais te parler. Michael a un appel entrant de la part de l'évêque Fournier en provenance de la cathédrale de Bordeaux, mais il ne répond pas sur son portable. L'évêque dit que c'est urgent. Tu peux prendre l'appel ?

— Michael a dû sortir courir. Passe-le-moi.

Quelques secondes plus tard, le contact fut établi.

— Bonjour, Votre Excellence. Je suis Ian Duffy, l'assistant du père Dominic. Que puis-je faire pour vous ?

— Bonjour, Ian. J'ai reçu les résultats de la recherche de registres demandée par le père Dominic, mais ça risque d'être difficile à expliquer au téléphone, pour ne pas dire complexe, alors je vais vous l'envoyer par mail après vous avoir résumé la situation. Vous êtes prêt ?

— Plus que jamais.

Fournier entreprit alors de décrire l'arbre généalogique complexe des fils de Philippe IV, ainsi que celui de leurs épouses et enfants respectifs, pendant que Ian s'efforçait de prendre des notes.

— Et pour finir, le fils de Philippe, Hugh, et la femme de ce dernier, Marie Micheaux, ont vécu à Bordeaux jusqu'à la fin de vie du père de cette dernière, Charles Micheaux, le duc d'Avignon. Charles n'ayant pas de fils, il a adopté Hugh, qui a pris le nom de Micheaux, pour que le fils de Marie et Hugh, Louis, puisse devenir Louis Micheaux et hériter du duché d'Avignon. Nous avons en notre possession le certificat de baptême original de Louis, au nom de Louis Capet. Quand Hugh a été adopté, Louis a été rebaptisé et confirmé sous le nom de Louis Micheaux, duc d'Avignon. À la mort de Charles, Hugh, Marie et Louis sont allés vivre à Avignon. Ce sont les dernières nouvelles que l'on a d'eux.

Ian prit une grande inspiration, suivie d'un sifflement admiratif.

— Vous aviez raison, Votre Excellence, c'est complexe. Merci pour ce travail formidable. C'est un rapport très élaboré de l'histoire de la famille. J'ai bien pris note de vos explications, mais un e-mail ne fera pas de mal. En attendant, j'informerai le père Dominic de vos trouvailles à son arrivée.

Ian mit fin à l'appel et appela le standard téléphonique. Voyant son nom s'afficher sur son tableau de bord, sœur Teri s'empressa de décrocher avant ses collègues.

— Alors ? Les nouvelles sont bonnes ? s'enquit-elle.

— Ça te dit d'en parler autour d'un café, prochainement ? Crois-moi, ça en vaut la peine.

— Bien sûr ! Rendez-vous dans une demi-heure ?

— Ça marche. On se retrouve au réfectoire.

Ian récupéra son ordinateur portable et se rendit sur place pour attendre Teri. Quand elle arriva un peu plus tard, il était tellement concentré sur ses recherches qu'il ne la vit pas s'asseoir sur la chaise à côté de lui. Surpris, il sursauta et manqua de renverser son café.

— Doucement, Ian. Tu n'as pas mal au cerveau à travailler aussi dur ?

Trop enthousiaste pour répondre à la boutade, Ian la laissa couler.

— Tu ne vas pas croire ce que j'ai trouvé ! On était à Bordeaux, hier, pour prélever des échantillons d'ADN sur la dépouille du pape Clément. Tu étais au courant ?

— Vaguement, mais je veux bien entendre les détails.

Ian lui relata leur passage à Uzeste, l'ouverture du tombeau, la découverte de l'édit d'Avignon et la lettre de Clément à Florian. Il conclut par les recherches de l'évêque qui avaient établi un lien de filiation entre Robert Capet, le fils du roi Philippe IV, et Louis Micheaux, duc d'Avignon dans les années 1330.

Ultraconcentrée, Teri comprit rapidement l'explication.

— Donc la maison Capet est devenue Micheaux et le trône est passé aux Valois ? Attends... Comment il s'appelle déjà ? Jean quelque chose. Ah oui, Jean-Louis !

Jean-Louis Micheaux. Tu crois qu'ils ont un lien de parenté ?

— C'est justement l'objet de mes recherches. Je suis connecté à la base de données généalogiques que j'ai créée pour VADNA. Oh, merde ! Oublie ce que j'ai dit. Tu n'as jamais entendu ce nom. Cela vaut mieux pour toi comme pour moi !

— Tu veux dire le programme du docteur Chaucer à l'université Sapienza ?

Ian resta bouche bée.

— Comment ça se fait que tu sois au courant ? chuchota-t-il, surpris. C'est top secret !

— Ian, le standard téléphonique voit passer tout ce qu'il se dit au Vatican. Il n'y a pas grand-chose qui nous échappe, pour être franche avec toi. Ce que l'on ignore, on s'en doute, et en général, on tape dans le mille, conclut-elle avec un petit sourire satisfait. Faut pas se fier aux apparences : on est plus malignes qu'on en a l'air.

— Je n'ai jamais pensé le contraire. Bref, tout cela pour dire que j'ai développé un programme qui croise les références de plusieurs bases de données généalogiques pour chercher des correspondances et combler les trous avec les informations manquantes. J'étais en train de m'intéresser à Louis Micheaux. J'ai trouvé son nom à lui, ainsi que celui de son père, Hugh, et de sa mère, Marie. Les Micheaux faisaient partie de l'aristocratie et étaient propriétaires terriens, alors leurs registres sont assez complets. Et tiens-toi bien : Louis n'a qu'un seul descendant de sexe masculin. Devine comment il s'appelle.

— Probablement Jean-Louis Micheaux. Mais si la maison Micheaux est la maison Capet, cela voudrait dire que Jean-Louis peut prétendre au trône de France !

— Sacrebleu, tu piges vite ! s'exclama Ian. Mais l'autre

objet qu'on a découvert dans la crypte, c'était une plaque de métal sur laquelle a été tamponnée une inscription indiquant que les véritables rois de France sont les descendants de Philippe IV, et ce jusqu'à la fin des temps ! Il peut donc tout à fait prétendre au trône. Attends un peu que je raconte ça à Michael !

Au même instant, Michael apparut derrière Ian, en quête d'une tasse de café pour bien commencer sa journée.

— Que tu me racontes quoi ? J'espère que c'est une bonne nouvelle.

— Ah, Michael. Assieds-toi, ordonna Ian en bombant le torse. Tu vas être épaté…

ÉPATÉ COMME IL SE DEVAIT, Michael retourna à son bureau, un peu plus tard ce matin-là, et découvrit l'e-mail de l'évêque Fournier, les notes de Ian et les résultats de la base de données. Il était en train de prendre connaissance de tout cela lorsque Ian passa la tête dans l'encadrement de la porte.

— Michael, allume CNN sur ton PC. Ça chauffe encore en France.

Dans une nouvelle fenêtre de son navigateur, Michael ouvrit le site Internet du journal télévisé pour voir les actualités en direct. Son écran fut soudain rempli d'images chaotiques au pied de la tour Eiffel. Stupéfait, il regarda la police et les pompiers s'occuper des malades et des blessés. Le cadre sautait chaque fois que le cameraman était assailli par une quinte de toux.

Du gaz flottait encore dans l'air et attaquait les poumons des personnes sur place, même les nombreux agents des forces de l'ordre, qui étaient équipés de masques respiratoires. La présentatrice expliqua aux téléspectateurs que l'on avait identifié le type de gaz : du DM, ou de l'Adamsite, un agent de guerre chimique qui provoquait des vomissements et des éternuements. En bas de l'écran défilaient les gros titres sensationnels :

Attaque terroriste à Paris : des centaines de personnes malades. Aucun décès à déclarer. De nombreux blessés légers. L'incident a eu lieu alors que le duc venait tout juste de commencer son discours.

Le reportage montra alors une vidéo enregistrée un peu plus tôt, sur laquelle le duc se tenait debout les bras écartés devant la foule, au moment où une fumée jaune commençait à s'élever dans les airs. Son équipe de sécurité le faisait prestement descendre de scène pour le conduire jusqu'à sa limousine, la caméra de la chaîne de télévision suivant chacun de ses mouvements. Le cameraman zooma sur le duc au moment où un garde du corps le poussait à l'intérieur du véhicule à côté d'une jeune femme aux cheveux châtains et au visage familier.

Seigneur ! Hana ! Elle se trouvait sur place lors de l'attaque ! Mais où était passé Marco ? La caméra suivait la limousine qui démarrait en trombe pour s'éloigner de la scène, escortée de deux autres véhicules, gyrophares allumés. Puis, le reportage revint aux images retransmises en direct de la foule mal en point toujours sur place. Michael bondit sur son téléphone pour appeler Hana, mais entendit le reporter préciser que l'attaque avait eu lieu un peu plus de deux heures plus tôt. Il s'arrêta en pleine action et écouta le reste du reportage, au cas où il lui apprendrait de nouvelles informations importantes.

Apparemment, la situation commençait tout juste à

s'apaiser grâce au travail des forces de l'ordre surchargées qui avaient été envoyées pour gérer la catastrophe. Pompiers et ambulances avaient été dépêchés de tout Paris pour transporter les plus gravement touchés à l'hôpital. Les dégâts étaient tels que Michael fut soulagé de savoir qu'Hana s'était rapidement échappée des lieux.

Philippe Valois, au nom de son père, avait déclaré l'état d'urgence et dépêché l'armée, qui savait comment gérer une décontamination de masse. Au bout d'un temps certain, la police avait établi un périmètre de sécurité autour de la zone et guidé les manifestants vers les issues de secours pour y recevoir les soins appropriés. Sur leur passage, les pompiers avaient projeté des jets d'eau au-dessus de la rue, lavant ainsi la foule des agents chimiques.

Les gens avaient été séparés en deux groupes, hommes et femmes, pour ôter leurs vêtements contaminés, et ils durent enfiler des combinaisons Tyvek blanches en attendant de récupérer leurs affaires. Leurs effets personnels furent glissés dans des sacs en plastique étiquetés à leur nom qui leur seraient rendus une fois décontaminés.

La Croix-Rouge internationale avait monté un abri pour accueillir les victimes pendant le processus. La police allait devoir interviewer chaque témoin, au cas où quelqu'un aurait aperçu un comportement suspect.

Fasciné par la scène, Michael envoya une prière pour les personnes affectées et remercia le Seigneur qu'Hana ait été évacuée au tout début de la catastrophe. Il récupéra son téléphone et composa le numéro de son amie, qui décrocha au bout de quelques sonneries.

— Hana ! Est-ce que ça va ?

— Oui, je suis dans la suite du duc, à l'hôtel George V. Il m'avait demandé de couvrir l'événement. Marco vient d'arriver, il y a une minute. Il était sur la plateforme d'observation de la tour Eiffel quand les bombes fumigènes ont explosé. Il n'a pas réussi à me rejoindre avant que je ne quitte les lieux et a dû sauter dans la Seine pour éviter le gaz lacrymogène et échapper, à la nage, à la scène de chaos au pied de la tour. Ça lui a pris deux bonnes heures pour me rejoindre, avec tous les blocus des forces de l'ordre et les véhicules de secours dans les rues. Oh, Michael. C'était horrible. L'armée est partout en ville. Ils s'occupent de décontaminer la zone pour que les pompiers et les ambulanciers puissent procurer les premiers soins nécessaires aux victimes.

— Je suis rassuré d'apprendre que tu vas bien. Je t'ai vue à la télévision, dans la limousine du duc au moment où il montait à bord. Je me demandais où était Marco.

— Pour tout te dire, Marco n'a pas passé beaucoup de temps avec moi, ces derniers temps. Ça commence à m'agacer qu'on me fasse suivre par un gardien partout où je vais, même si je dois avouer que Paris n'est pas sûre, en ce moment.

— Je comprends ce que tu ressens : je dois me faire escorter par un membre de la Garde suisse chaque fois que je mets le pied hors du Vatican.

— Je dois y aller, Michael. Marco vient de sortir de la douche et le duc va lui trouver des vêtements secs. On devrait rentrer à la maison prochainement. Tu voulais autre chose ?

Michael hésita.

— Euh, oui, mais ce n'est pas important. Ça attendra. Tu as déjà trop de choses à gérer. Si tu veux, tu m'appelles demain et on pourra en discuter.

— D'accord, à demain. Merci d'avoir pensé à moi, Michael, conclut-elle avant de raccrocher.

Michael soupira de soulagement.

Au moins, elle était saine et sauve. Ce n'était pas le bon moment pour lui parler de l'arbre généalogique du duc. Entendre sa voix lui avait fait plaisir. C'était presque comme au bon vieux temps. Presque. Il lui parlerait plus tard.

VINGT-ET-UN

L e lendemain matin, après son jogging de dix kilomètres, le père Michael passa devant le kiosque à journaux Edicola. Apercevant *Signor* Bucati assis sur son tabouret, il s'approcha de l'auvent à rayures.

— *Buongiorno*, Luigi. Vous lisez quoi ? lui demanda-t-il en italien.

— Ah, père Michael ! J'ose espérer que vous n'allez pas dégouliner sur mes journaux, cette fois-ci.

Michael s'esclaffa.

— Pas aujourd'hui, non.

Le vendeur lui montra la couverture de son livre : *Méditations* de Marc Aurèle.

— Le stoïcisme m'apaise par les temps qui courent. Vous avez vu ce qu'il se passe en France ? C'est horrible !

— Oui, et mon amie est toujours là-bas. Je vous avoue que je ne suis pas rassuré pour elle. Mais vous lisez les stoïciens ? Vous m'en voyez surpris.

— Quoi ? Vous pensiez qu'un simple vendeur de

journaux n'était pas capable de comprendre les travaux des grands philosophes ? Qu'il ne saisirait pas la différence entre le rationalisme et l'existentialisme ? *Porca miseria !* J'ai été professeur de philosophie à l'université de Padoue, vous savez. Le kiosque, c'est pour payer ma retraite. Je passe ma journée assis dehors à écouter les commérages du quartier et à lire tout mon soûl. Et je suis payé pour le faire ! Je m'estime chanceux.

— *Scusi, professore.* Je ne voulais pas vous offenser. J'étais juste étonné : même auprès des philosophes, les stoïciens ne sont pas des plus populaires.

— Je ne sais pas. Ils ont l'air d'avoir gagné en popularité, ces derniers temps. Mais assez parlé de philosophie. Comment allez-vous jeune homme ? Vous semblez plus enthousiaste, aujourd'hui.

— Ça va un peu mieux, oui. Mais je dois filer. Je repasserai, d'accord ?

— *Si, si.* Je l'espère bien. Je souhaite tout le meilleur à votre amie en France. *Ciao, padre.*

De retour à son appartement, Michael prit une douche, enfila sa soutane et son col romain, puis se rendit au bureau. Il était impatient de discuter avec Hana, et désireux de clarifier et de comprendre ce qu'il s'était dit dans la fosse de Notre-Dame, l'autre jour. Et puis, il ne lui avait toujours pas annoncé leur découverte au sujet de la généalogie du duc.

Il s'assit devant son ordinateur, ouvrit son navigateur et se connecta au site de CNN pour voir les dernières actualités de l'attaque terroriste de la veille. La vidéo montrait des jeeps militaires et des troupes partant des quatre coins de France pour rejoindre Paris. Une équipe de reporters était en train de filmer devant le palais présidentiel, où des soldats installaient des blocus routiers et des postes de contrôle. Deux hommes en uniforme à l'air peu commode s'approchèrent des journalistes pour leur ordonner de cesser de filmer. L'un d'eux tendit la main vers la caméra juste avant que l'image ne s'éteigne. CNN s'empressa de passer à un autre reportage pendant qu'ils tentaient de récupérer le contact avec leur équipe sur le terrain.

La vidéo suivante, en direct de l'Assemblée nationale, montrait des soldats en train de faire sortir les députés du bâtiment. Le cameraman zooma au moment où un militaire posait une chaîne cadenassée sur les portes de l'édifice, rendant les lieux inaccessibles.

Puis l'image revint sur le présentateur de CNN en studio : « On m'apprend que le ministre de l'Intérieur va donner une conférence de presse d'ici peu. Nous serons bien sûr en direct pour vous transmettre son discours. »

Michael était médusé. Jamais il n'aurait cru voir une telle scène de son vivant. On l'aurait dit tout droit sortie d'un manuel scolaire sur la Seconde Guerre mondiale ou la Révolution française. L'histoire se déroulait sous ses yeux, et elle ne lui plaisait pas. Où pouvait bien être le Président Pierre Valois ? Y avait-il eu un coup d'État ? Avait-il perdu la vie ? Ce genre de mesures draconiennes ne ressemblait pas au personnage, ni même à la France, d'ailleurs. Et que fichait l'Union européenne ?

Ses pensées se tournèrent vers Hana. Elle était là-bas, au milieu de ce chaos.

Les chances qu'elle l'appelle étaient minces. Elle devait être submergée par les événements. Où était-elle ?

~

HANA SE TROUVAIT EFFECTIVEMENT au beau milieu du chaos, en cet instant précis. Des soldats avaient fait irruption au siège du *Monde* et mis les presses à l'arrêt. L'Internet et les lignes téléphoniques fixes avaient été coupés. Les portables reliés aux satellites fonctionnaient encore, pour le moment. Un colonel accompagné de ses assistants et d'une équipe de sécurité était entré en trombe dans le bureau de l'éditeur en chef et avait déclaré que le journal était désormais sous contrôle militaire. Le ministre de l'Intérieur devait clarifier la situation dans un discours prévu prochainement. En attendant, aucun article ne sortirait de ces bureaux. Tout nouveau reportage devait être approuvé par le colonel et ses délégués avant d'être imprimé ou posté en ligne.

L'éditeur était furieux.

— C'est un scandale ! Je ferai tout ce qui est en mon pouvoir pour que la vérité se sache !

— Je me doutais bien que vous réagiriez de la sorte, répondit le colonel avec calme. Monsieur, vous êtes en état d'arrestation. Vous allez rester avec moi ici, et nous allons regarder le discours du ministre de l'Intérieur ensemble. Alors vous comprendrez pourquoi ces mesures sont nécessaires.

Le colonel alluma TF1 sur le poste de télévision dans le bureau de l'éditeur. On y voyait les marches de l'Élysée retransmises en direct. Un grand drapeau tricolore se dressait derrière le pupitre, aux côtés d'un autre, arborant le sceau présidentiel. Des militaires – officiers en uniforme de cérémonie et soldats en tenue de camouflage, armés de fusils et vêtus de gilets pare-balles aux poches remplies de chargeurs – étaient postés devant le portique. Une petite foule de citoyens se tenait devant l'estrade.

Philippe Valois sortit par la porte d'entrée et s'avança.

Il portait un uniforme de général, son grade avant qu'il ne quitte l'armée et entre au gouvernement de son père en tant que ministre de l'Intérieur.

Après une pause assurée, il commença son discours.

MES CHERS compatriotes et citoyens du monde. Le Président Valois, qui comme vous le savez, a été empoisonné dans un acte de pure lâcheté, demeure hospitalisé dans un état critique. Quant au Premier ministre, au vu de son incapacité à protéger le peuple français du récent attentat terroriste, il a présenté sa démission, qui a été acceptée par le Président, lequel m'a autorisé à assumer ses responsabilités en son nom.

En ma qualité de chef d'État par intérim, et en celle de ministre de l'Intérieur, et compte tenu des actes de violence sans précédent perpétrés ces derniers jours qui ont causé la vie de plusieurs de nos concitoyens et blessé de nombreux autres – des événements qui mobilisent lourdement les services de secours déjà surchargés –, j'ai pris l'inévitable décision d'instaurer la loi martiale pour une durée limitée, avec effet immédiat.

Tant que la crise durera, les mesures d'urgence suivantes resteront en vigueur : premièrement, un couvre-feu obligatoire sera instauré dans Paris et dans les métropoles françaises de plus de cinquante mille habitants. Une liste des villes concernées sera diffusée via les canaux de communication officiels. Dans le cadre de ce couvre-feu, nul ne pourra circuler dans les rues le soir sans autorisation préalable des autorités locales. Des dérogations seront accordées aux travailleurs essentiels en fin de journée. Tous les autres individus seront tenus de rester chez eux entre 22 h et 6 h.

Deuxièmement, l'ensemble des médias a été placé sous contrôle national pour toute la durée de la crise. Les annonces officielles et les informations relatives aux événements en cours resteront autorisées, mais la presse ne devra en aucun cas miner les efforts du gouvernement pour enrayer la violence.

Et enfin, tous les voyages à destination ou en provenance de la France sont interdits jusqu'à nouvel ordre. Les demandes d'exception seront examinées et approuvées au cas par cas par mon bureau exclusivement. D'autres mesures pourront être mises en place si celles que j'ai listées se révélaient insuffisantes. J'invite l'ensemble des Français à coopérer avec les autorités et à signaler tout individu suspect ou activité illégale le plus rapidement possible. Ensemble, nous vaincrons les forces qui cherchent à nous diviser et à nous conquérir.

Vive la République et vive la France ! Liberté, égalité, fraternité !

VALOIS ACCOMPAGNA ces derniers mots d'un poing fermé levé vers le ciel. Puis, après un geste d'au revoir de la main, il s'éloigna du pupitre sous un tonnerre d'insultes et de huées proférées par la foule rassemblée au pied des marches du palais présidentiel. Les militaires s'empressèrent de former un cordon autour du ministre pour empêcher les gens de s'approcher de lui tandis qu'il retournait à l'intérieur du bâtiment.

Scotchée par ce discours, Hana fixa l'écran de son ordinateur, ébahie. La page Internet qu'elle était en train de consulter fut soudain redirigée vers le site du gouvernement. Elle tenta d'accéder à un autre site, mais en vain. Le gouvernement avait véritablement pris le contrôle de la presse, présageant d'un avenir inquiétant.

Elle décrocha le combiné de son fixe : aucune tonalité. Son deuxième réflexe fut de sortir son portable pour appeler son grand-père, mais une voix robotique lui annonça que la ligne était occupée.

Elle tenta ensuite de contacter Marco : le téléphone ne sonna même pas et tomba directement sur la messagerie. Ce fut alors qu'elle se souvint que le portable de Marco avait été endommagé après son plongeon dans la Seine et qu'il se trouvait présentement dans un sachet de riz sur la table de la cuisine en espérant qu'il remarche un jour.

Marco devait forcément être au courant de la situation. Il ne tarderait pas à la rejoindre. Qui d'autre pouvait-elle appeler ?

Michael ! Elle composa le numéro sur son portable et, à son grand soulagement, une sonnerie retentit. Michael décrocha presque immédiatement.

— Hana ! Ça va ? Qu'est-ce qu'il se passe en France ?

— Oh, Michael. C'est horrible. Il y a des soldats partout dans l'immeuble. Ils ont mis les presses à l'arrêt, suspendu les reportages et coupé l'Internet et les lignes téléphoniques. Je suis même étonnée d'avoir réussi à te contacter. Tu peux me rendre un service et appeler mon grand-père pour lui dire que je vais bien ? Je n'arrive pas à l'avoir.

— Pas de souci. Y a-t-il autre chose que je puisse faire pour toi ? Je suis mort d'inquiétude, Hana. Tu peux venir à Rome ou à Genève ?

— Non, les voyages sont interdits jusqu'à nouvel ordre et les déplacements limités en soirée. Je ne sais même pas si je peux sortir du pays alors que j'ai la nationalité franco-suisse. Philippe a perdu la tête !

— Il doit se dire que la situation nécessite de prendre le taureau par les cornes, mais vu d'ici, ça m'a tout l'air d'un coup d'État.

Michael entendit des éclats de voix au bout du fil.

— Je dois y aller, Michael. Les militaires nous ont ordonné de descendre. Qu'est-ce que tu voulais me dire, hier ?

— Euh, deux choses, mais l'une d'elle attendra. On a déniché des informations intéressantes sur ton ami le duc. Il s'avère que le pape Clément a écrit un édit proclamant que la famille de Philippe IV était l'héritière légitime du trône de France. Et d'après nos recherches généalogiques, Jean-Louis Micheaux est le seul descendant masculin de Philippe IV, ce qui fait de lui le roi de France, du moins en nom et en titre !

— C'est difficile à croire. Tu peux m'envoyer une preuve ? Je suis d'avis qu'il faut mettre le duc au courant. Si j'étais lui, je voudrais qu'on m'en informe, surtout compte tenu de la situation actuelle.

— D'accord. Je te transmets ça par SMS et par mail aussi, juste au cas où. J'espère qu'au moins l'un des deux te parviendra.

— Merci pour tout, Michael. J'ai repensé à ce qu'il s'est passé à Notre-Dame, et je voulais te dire que…

Sur ces mots, la communication fut interrompue. Michael essaya de rappeler Hana dans la seconde, mais il fut redirigé vers la boîte vocale. Il lui envoya l'édit d'Avignon et une copie de l'arbre généalogique compilé par Ian par SMS, puis par mail.

C'était tout ce qu'il pouvait faire pour l'instant, hormis espérer et prier.

VINGT-DEUX

U n message sévère diffusé via le système de sécurité du siège du journal *Le Monde* ordonna à toutes les personnes présentes sur les lieux de se rendre immédiatement dans le hall du bâtiment au rez-de-chaussée. Des soldats armés fouillèrent l'intégralité des bureaux pour s'assurer que tout le monde avait obéi à l'injonction. Les récalcitrants furent escortés jusqu'aux ascenseurs et escaliers les plus proches.

Tout en descendant à pied du quatrième étage, Hana parvint à passer un coup de fil à une collègue du *Figaro*, qui décrivit une scène similaire, avec irruption de l'armée dans leurs locaux et occupation illégale. Le reste des médias français devait probablement subir le même sort. Malgré sa colère face à une telle injustice, Hana se contenta de suivre les ordres pour le moment, en attendant qu'une opportunité se présente et lui permette d'agir… ou de s'échapper.

Deux tables pliantes avaient été installées dans le hall d'entrée et un soldat était assis devant chacune d'elles. Le personnel du journal fut divisé en deux files : une pour les journalistes et une pour les membres de l'administration. Chacun dut remplir un formulaire pour décliner son identité et le poste occupé dans l'entreprise, après quoi on leur confia des badges de couleurs différentes.

C'est un scandale ! fulmina Hana intérieurement. *Où est passée la démocratie ? Le duc est forcément au courant. Il doit pouvoir faire quelque chose, mais comment le contacter ? Et que fiche Marco ?*

Quand tout le monde fut passé, Hana et ses collègues furent conduits sans ménagement hors du bâtiment, sans que personne ne leur explique la raison d'un tel traitement. L'armée était en train d'ériger des grillages autour de la grande place pour contenir la foule, mais la zone se remplissait plus vite qu'il n'en fallait aux soldats pour la barricader.

Profitant de l'occasion, Hana se faufila discrètement vers l'arche voûtée, au milieu du bâtiment, et s'éclipsa par le passage qui n'avait pas encore été bloqué.

La voyant passer, l'un des soldats voulut l'intercepter, mais quelqu'un le héla dans son dos et il jeta un regard derrière lui. Le temps qu'il se retourne, Hana avait disparu.

Bon, et maintenant, qu'est-ce que je fais ? se demanda-t-elle une fois à bonne distance. *Direction la maison. Marco y sera peut-être. On décidera de la suite ensemble.*

Sur le chemin longeant la Seine qui menait à son appartement, elle dut se cacher plusieurs fois dans une allée adjacente ou une boutique ouverte pour éviter d'être repérée par les militaires de plus en plus présents dans les rues. Elle les vit arrêter les piétons – surtout ceux à la peau plus foncée – pour les interroger. S'ils s'en prenaient à elle, le badge de couleur qu'elle avait en poche lui vaudrait-il un traitement de faveur ou, au contraire, la mention de journaliste suffirait-elle à éveiller les soupçons ? Dans le doute, elle préférait ne pas prendre le risque de se faire épingler.

Quand elle finit par arriver chez elle, Marco n'était pas là et il n'avait laissé aucun mot. *Merde !* Où pouvait-il bien être ?

Elle ouvrit un tiroir, sortit un calepin, commença à écrire un message à l'intention de Marco, puis s'arrêta. Et si quelqu'un fouillait leur appartement en leur absence ? C'était peu probable, mais on ne savait jamais. Elle réfléchit et eut une idée.

> *Je vais rendre visite à un ami pour voir si tes vêtements mouillés sont secs. Rendez-vous là-bas.*

Pas de nom et une formulation cryptique que seul Marco pourrait comprendre.

Avec une détermination nouvelle, Hana sortit de l'appartement, verrouilla derrière elle et se mit en route pour le George V, à quelques rues de chez elle.

À mesure qu'elle approchait de l'hôtel, les barricades militaires sur les ponts de la Seine se firent de plus en plus nombreuses. La situation était hors de contrôle. Le pont Alexandre-III, celui de la Concorde et celui des Invalides étaient tous soit fermés, soit bloqués par un poste de contrôle de l'armée. Impossible de les traverser. Elle poursuivit son chemin jusqu'au pont de l'Alma, où les troupes du ministre de la Défense venaient tout juste d'arriver, et s'empressa de passer de l'autre côté de la rive avant qu'elles ne se mettent à réguler la circulation. Il ne faudrait pas longtemps pour que le nord de Paris soit entièrement coupé du sud, et pour alors, elle ne pourrait plus rentrer chez elle ni aller travailler. De toute manière, ce n'était pas comme si elle avait un bureau où se rendre.

Quand elle atteignit le Four Seasons George V, les trois entrées voûtées étaient gardées par des hommes en uniforme de combat noir, armés de fusils, mais n'affichant aucun insigne militaire. À première vue, ils ressemblaient à l'équipe qui avait géré la sécurité pendant la manifestation, mais sensiblement plus armés et mieux protégés. Ils l'interceptèrent lorsqu'elle voulut entrer.

— Excusez-moi, rétorqua-t-elle avec aplomb en se donnant des airs autoritaires. Je suis Hana Sinclair. J'étais au rassemblement d'hier en compagnie du duc. Je fais partie de son équipe et je dois le voir immédiatement pour une affaire de la plus haute importance. Il a demandé à me voir. Vous avez certainement reçu l'ordre de me laisser passer.

Elle patienta, faussement irritée, ce qui n'était pas très difficile à feindre. Le garde contacta quelqu'un sur sa radio et un troisième homme s'approcha avec un presse-papier.

— Bonjour, Mademoiselle Sinclair. Effectivement, le duc vous a inscrite sur la liste VIP. Suivez-moi, je vous prie. Je vais vous escorter jusqu'à sa suite. Maintenant que vous êtes là, je vais aussi vous attribuer un véhicule. Nous partons dans une heure. Si l'on ne vous informe pas de la suite des événements à l'étage, veuillez repasser par mon bureau au rez-de-chaussée pour que je vous explique votre mission. Nous faisons tout notre possible pour ne laisser personne derrière.

— Euh… et on va où ?

— On rentre à Avignon. Ce sera plus sûr que de rester ici.

L'agent de la sécurité la conduisit à l'étage par le même ascenseur qu'elle avait emprunté lors de sa visite précédente. Dans le penthouse du duc, le chaos rivalisait avec celui des manifestations, mais sans la fumée et les produits chimiques. Des gens couraient dans tous les sens, les bras chargés de boîtes et d'ordinateurs. Certains poussaient des piles de cartons sur des chariots à roulettes en direction du monte-charge. Apparemment, le duc déménageait, et à grand-hâte.

Hana arrêta un homme qui passait devant elle avec une pile d'archives.

— Excusez-moi, où se trouve le duc ? demanda-t-elle avec empressement.

— Dans la résidence. Vous savez où c'est ?

— Oui, merci.

Et elle pressa le pas vers la résidence attenante à l'espace de travail.

Le duc était assis à son bureau et tapait à toute vitesse sur son ordinateur portable. Il se leva de sa chaise et cria sur l'un des employés qui venait d'arriver avec un diable.

— Non, non, non. Laissez les meubles. Si on survit jusqu'à ce week-end, on récupérera le mobilier plus tard. Prenez juste les armoires à fichiers et les ordinateurs. Et n'oubliez pas les valises dans la chambre.

Jean-Louis se tourna et aperçut Hana dans l'entrée.

— Hana ! Comme je suis content de vous voir. J'avais peur que vous n'ayez été attrapée dans la cohue. Quel imbécile, ce Philippe ! Ça va lui revenir en pleine face, vous pouvez me croire. Vous avez eu mes messages ?

— Non. Les lignes téléphoniques et la connexion Internet du *Monde* ont été coupées. C'est à peine si j'ai réussi à m'échapper quand ils ont regroupé les journalistes sur la place. Je n'ai rien reçu de votre part.

— Et vous êtes quand même venue ici ? Ce doit être un signe. Votre garde vous accompagne ?

— Marco ? Non, j'ignore où il est. Son téléphone ne marche plus depuis qu'il a plongé dans la Seine, hier, pour échapper à l'attaque chimique. Il n'était pas à mon appartement ni au siège du journal. Je lui ai laissé un message crypté que seul lui peut comprendre pour lui dire de me retrouver ici.

— J'espère qu'il va faire vite. Il lui reste un peu moins d'une heure s'il veut se joindre à nous. On ne pourra pas l'attendre. Avignon sera plus sûr que Paris. Mon domaine pourrait résister à une armée tout entière. Enfin, une armée, façon de parler… Attendez… Si vous n'avez pas reçu mes messages, pourquoi êtes-vous venue jusqu'ici ?

— Pour être honnête, je n'avais nulle part où aller. Quand je suis partie, les militaires étaient en train de parquer les journalistes dans une enceinte comme du bétail. Il y a des postes de contrôle sur tous les ponts de la Seine. Je ne peux même pas rentrer chez moi ou aller au travail. C'est honteux, Votre Grâce. Il faut faire quelque chose ! Oh, et j'oubliais : j'ai des informations importantes à vous transmettre de la part de mon ami, le père Dominic, responsable des Archives apostoliques du Vatican. Cela vous concerne.

— Eh bien ça devra attendre, Hana. Tout comme le sujet des messages que je vous ai envoyés.

Hana était sur le point de protester lorsqu'un garde en uniforme noir entra dans la pièce, un presse-papier et un talkie-walkie à la main.

— Il nous reste trente minutes à tout casser, Votre Grâce. Ça va être coton, mais on sera prêts. L'armée est en train de déployer des blocus et des postes de contrôle dans toute la ville. Il est probable que l'on doive faire un petit détour pour les éviter, mais en l'état actuel des choses, on peut encore rentrer à Avignon. Nos hommes surveillent les routes et nous conseillent en temps réel en cas de changement.

— Merci, Gérard. Appelez le rez-de-chaussée et dites-leur de placer Hana Sinclair dans ma limousine. J'ai des choses à lui dire sur le chemin. Hana, vous devriez aller m'attendre dans la voiture. C'est déjà suffisamment le bazar ici, et ça ne va pas aller en s'arrangeant à mesure que l'heure de départ approchera. Je ne voudrais pas vous perdre dans la confusion.

— D'accord, Votre Grâce. Je vous remercie.

Hana se dirigea vers l'ascenseur et descendit les huit étages jusqu'au parking souterrain, qui offrait un spectacle de pandémonium savamment organisé.

Une demi-heure plus tard, le duc apparut, toujours aussi ponctuel, et fut le dernier homme à monter à bord de la longue limousine blindée, aux côtés d'Hana, de ses assistants et de ses gardes du corps.

Pendant que le chauffeur réglait le GPS sur Avignon, à quelque sept heures de route vers le sud, sans compter les éventuels détours, Hana essaya de passer un coup de fil, mais le réseau était soit surchargé, soit bloqué. Le SMS de Michael lui était bien parvenu, heureusement, et elle admira avec émerveillement l'édit et l'arbre généalogique du duc qui s'affichaient sur l'écran de son smartphone.

Par la fenêtre, Hana remarqua la véritable escorte présidentielle qui accompagnait la limousine : camions de déménagement, SUV et véhicules d'escorte les encadraient de tous côtés, avec à leur bord l'équipe de la campagne présidentielle du duc et ses agents de sécurité. Elle pria pour qu'on les laisse passer aux points de contrôle.

Quand elle jeta un dernier regard au George V qui

s'éloignait derrière eux, elle aperçut une silhouette qui courait derrière le convoi, lequel n'avait aucunement l'intention de s'arrêter. Était-ce Marco ? Si oui, il était trop tard et Hana ne pouvait rien y faire, à son grand désarroi.

Peu après, le cortège s'engagea sur l'autoroute A6. Pendu à son téléphone satellite, le duc donnait des instructions à quelqu'un à l'autre bout du fil. Quand il eut terminé, il reposa son appareil, poussa un grand soupir de soulagement et se tourna vers Hana.

— Alors ? Qu'est-ce que votre ami du Vatican avait de si important à me dire que vous avez risqué votre peau en plein coup d'État pour m'en informer ?

— Vous pensez vraiment que c'est un coup d'État ? Philippe a dit que le président lui avait donné l'autorisation d'agir pour préserver la République. Non pas que je le croie sur parole, bien sûr.

— Même si Pierre Valois a confié à son fils certains pouvoirs exceptionnels pour faire face à l'urgence, les actions dont nous avons été témoins dépassent ce que le Président en personne aurait été en mesure d'ordonner. On ne peut pas fermer l'Assemblée comme ça, censurer la presse, ni couper l'Internet. Cela va clairement à l'encontre de la liberté d'expression, même en cas de loi martiale. Non, Philippe convoite la présidence depuis trop longtemps et j'imagine qu'il ne s'attendait pas à ce que son père lui cède la place sans rien dire. Si vous voulez mon avis, il a saisi l'opportunité qui s'est présentée. Je le soupçonne presque d'avoir commandité ces attaques terroristes pour déclencher une crise à son avantage.

— Je connais Philippe depuis longtemps, Votre Grâce, de nombreuses années même. Je ne prétendrais pas être proche de lui, mais je sais qu'il a toujours été patriote. Il est issu d'une grande famille de loyalistes français qui remonte à plusieurs siècles, et jusqu'à présent, il avait pris cet héritage et ses fonctions ministérielles très au sérieux. Ces agissements ne lui ressemblent pas. Personnellement, je doute qu'il ait orchestré les attentats.

— Hana, vous n'imaginez pas ce que les gens sont capables de faire lorsque le pouvoir et la politique sont en jeu. Mais revenons-en à nos moutons : qu'aviez-vous à m'annoncer ?

Assise à côté du duc sur la banquette arrière, Hana se pencha vers lui, pour éviter de divulguer l'information haut et fort aux autres personnes présentes dans l'habitacle.

— Apparemment, murmura-t-elle, après la découverte de la dépouille inhumée à Notre-Dame, le père Michael a mené l'enquête. Il a ouvert le tombeau du pape Clément V à Uzeste pour y prélever un échantillon d'ADN et le comparer à celui du corps retrouvé dans la cathédrale. Mais ils ont aussi trouvé des documents en lien avec le roi Philippe IV. Clément aurait publié un édit d'Avignon déclarant les descendants de Philippe comme légitimes souverains perpétuels du royaume de France.

— D'accord, mais en quoi ça me concerne ?

— Il se trouve que la maison Capet s'est alliée, ou plutôt a été adoptée par la maison Micheaux, peu après la mort des rois capétiens, à l'époque où les Valois sont montés sur le trône. Et d'après les recherches généalogiques de mon ami, vous êtes aujourd'hui le seul descendant homme encore vivant du roi Philippe IV. En vertu de l'édit d'Avignon et du sceau infaillible de la Sainte Église, Votre Grâce, vous êtes donc roi de France !

CHAPITRE

VINGT-TROIS

P our la deuxième fois en deux jours, Marco regarda
la femme qu'il aimait s'éloigner à bord de la
limousine du duc. Ses tentatives pour faire arrêter
le convoi furent vaines, ce qui ne le surprit pas. De toute
manière, il avait bien une idée de leur destination. La
grande question, c'était comment allait-il réussir à les y
rejoindre sans trop de difficultés. En attendant, il se réjouit
de savoir Hana saine et sauve, pour le moment.

Tout de même, outre l'amour qu'il lui portait, il était
aussi responsable de sa sécurité. Il fallait qu'il trouve un
moyen d'aller à Avignon coûte que coûte.

Mais avant cela, il avait quelques affaires à régler.

QUAND LES NOUVELLES qui lui arrivaient de la capitale
dégénérèrent de mal en pis, Michael se leva pour faire les
cent pas dans l'étroitesse de son bureau tout en enchaînant
les expressos. Le pays finirait bien par trouver une solution

à ce bazar, mais il s'inquiétait pour Hana, qu'il n'arrivait pas à se sortir de la tête. Il était sur les nerfs. Et la caféine qu'il avait ingérée n'aidait pas. Pas vraiment le meilleur des combos.

Ian choisit ce moment pour frapper à la porte.

— Michael ?

— Quoi ? cracha-t-il.

Voyant l'expression choquée de Ian, il se rattrapa.

— Seigneur Dieu ! Pardon, Ian. Je suis un peu stressé. Qu'est-ce que tu voulais ?

— J'ai Blake Chaucer en ligne pour toi. Elle a essayé de te joindre plusieurs fois aujourd'hui, mais ton téléphone était occupé.

— Oui, je tente de contacter Hana depuis ce matin. On a été coupés quand la loi martiale a été déclarée en France et je n'arrive pas à l'avoir depuis. Je veux juste m'assurer qu'elle va bien. J'ai même appelé Marco plusieurs fois, mais il ne répond pas. J'ai réussi à discuter avec Armand qui est à Genève, et il est tout aussi inquiet que moi.

— Et qu'est-ce que je dis au docteur Chaucer ?

— Ah oui, c'est vrai. Passe-la-moi sur mon fixe, merci.

Ian s'en retourna à son bureau. Quelques instants plus tard, le téléphone de Michael sonnait.

— Salut, Blake. Tu as trouvé quelque chose ?

— À en croire l'empreinte génétique, la dépouille de Notre-Dame est un proche parent de Clément V et, étant donné la temporalité, je dirais qu'il s'agissait probablement de son frère. Puisque le pape n'avait qu'un seul frère, cela voudrait dire qu'il s'agit du cardinal Florian de Got.

— Tu en es sûre ?

— Michael, les scientifiques sont rarement certains à 100 % de quoi que ce soit. Il n'est pas impossible que les similitudes des deux profils soient dues au hasard, même s'il existe une chance sur des milliards. Plus il y a de personnes dans la base de données, plus les chances de trouver une empreinte similaire augmentent. C'est le problème de la loterie. Je sais que tu ne voulais probablement pas en entendre autant, mais n'attends pas d'une scientifique qu'elle t'explique un concept complexe, à moins que tu n'aies une heure à tuer, conclut-elle en rigolant. Et puis, on s'est peut-être trompés quelque part. Personne n'est infaillible, contrairement au pape lorsqu'il proclame une monarchie française éternelle.

— Oui, enfin, l'infaillibilité papale n'est pas ce que les gens s'imaginent, rétorqua Michael. Même le pape peut se tromper. Regarde un peu l'histoire et toutes les fois où les papes se sont fourvoyés ou ont causé du tort. En fait, la doctrine de l'infaillibilité papale est limitée à des cas très spécifiques. Elle ne s'applique qu'aux questions de foi et de morale, et le pape doit s'exprimer *ex cathedra*, c'est-à-dire depuis la chaire de saint Pierre, en tant qu'enseignant universel et avec l'autorité des Apôtres. Ce n'est que dans l'exercice de ce rôle précis, lorsqu'il définit un dogme, qu'il est considéré comme infaillible.

« D'ailleurs, l'infaillibilité papale n'a été utilisée que deux fois dans l'histoire. La première par Pie IX, en 1870, pour déclarer le dogme de l'Immaculée Conception, et la seconde en 1950, par Pie XII, pour proclamer celui de l'Assomption de Marie. Certains considèrent une poignée d'autres cas comme relevant de l'infaillibilité, mais seuls ces deux-là sont largement reconnus comme tels. Je pourrais continuer, mais c'est probablement déjà plus que ce que tu ne voulais entendre, conclut-il avec un petit rire taquin.

— Cela signifie-t-il que les dires de Clément dans l'édit d'Avignon ne sont pas infaillibles ?

— Tout à fait, puisque la monarchie française ne relève ni de la foi ni de la morale, et que Clément ne s'est pas exprimé *ex cathedra*. Et comme la doctrine n'a pas été spécifiquement reconnue – même si l'on disait que les papes en avaient toujours la possibilité –, cela ne compte pas. Il aurait pu affirmer que ses paroles étaient infaillibles, ça ne les aurait pas rendues infaillibles pour autant.

— Pourtant, je puis t'assurer que de nombreux catholiques, et même des croyants d'autres confessions, sont persuadés que le pape bénéficie d'une infaillibilité sans bornes, affirma Blake avec certitude. Je suis catholique et c'est ce qu'on m'a appris étant enfant. Ce qui veut dire que cet édit pourrait être utilisé pour proclamer la légitimité d'un roi de France, en supposant que l'on puisse identifier un descendant. Mais bon, comme ça fait longtemps, il doit y avoir des centaines de prétendants potentiels, rien qu'en prenant les hommes.

— Il s'avère que non : il n'en existe qu'un seul.

— Comment tu le sais ?

— Parce que l'évêque Fournier m'a appelé hier pour me donner les résultats de ses recherches généalogiques sur Robert Capet. Il s'avère que les fils de Robert se sont mariés à la maison Micheaux, qui a été adoptée par la famille et a pris son nom, pour que ses descendants puissent hériter du duché d'Avignon. Ian a entré les informations dans une base de données généalogique de sa création et découvert que le duc d'Avignon actuel est l'unique descendant masculin du monarque Robert Capet.

— C'est fou ! Cela veut dire que si le duc découvre l'existence de cet édit et son lien de parenté, il pourrait se déclarer roi de France et arguer que l'Église est tenue de le soutenir dans sa démarche. Heureusement pour nous, je ne vois pas comment il pourrait le découvrir par lui-même.

Michael se redressa subitement sur sa chaise.

— Mon Dieu ! J'en ai parlé à Hana, une amie journaliste qui travaille sur la très probable campagne présidentielle du duc. Je n'ai pas pensé à lui expliquer cette histoire d'infaillibilité qui ne s'applique pas, mais le public risque de l'interpréter autrement. À mes yeux, il était inconcevable que quiconque décide de se déclarer roi. La démocratie est forte et bien implantée en France. Du moins, c'est ce que je croyais. Ces derniers jours, ça n'en a pas trop l'air. Mais tu as parfaitement raison : l'argument du soutien de l'Église pourrait bien faire pencher la balance en sa faveur. Dommage qu'Hana soit injoignable depuis ce matin. Impossible pour moi de clarifier les choses.

— D'accord, tiens-moi au courant, Michael, et si tu as besoin de quoi que ce soit, n'hésite pas.

— Promis. Merci, Blake. Espérons que l'on parviendra à refermer le couvercle de la boîte de Pandore que j'ai ouverte.

— N'oublie pas qu'une fois que tous les maux du monde s'en sont échappés, il restait encore l'espoir, tout au fond, pour survivre aux malheurs répandus sur Terre.

— C'est vrai, concéda Michael d'un ton légèrement fataliste, mais certains considèrent aussi cela comme une illusion trompeuse. Prions pour qu'il s'agisse bien de l'espoir…

VINGT-QUATRE

A u terme d'un trajet de sept heures, le duc et son équipe étaient enfin arrivés, très tôt le lendemain matin alors qu'il faisait encore nuit, au Palais des papes, redevenu le siège du duché d'Avignon depuis le retour de la papauté à Rome en 1377. Sur la route, Jean-Louis Micheaux, ses conseillers et Hana – dont le statut au sein de la campagne électorale restait indéterminé – avaient eu le temps de discuter de leur plan d'action, à présent que Philippe Valois s'était emparé du pouvoir et avait imposé la loi martiale.

Une fois au château, chacun avait reçu une chambre dans les quartiers réservés aux invités. Quelques privilégiés étaient logés dans la résidence principale pendant que les autres, dont Hana, avaient été dirigés vers l'hôtel adjacent qui appartenait et était géré par la famille Micheaux.

Construit en 1252, le Palais des papes était composé de deux édifices principaux – un grand au sud et un plus petit au nord –, tous deux dotés d'une vaste cour intérieure, de nombreuses tours crénelées et de hautes flèches pointues. Si le bâtiment sud avait été transformé en hôtel et centre de congrès, celui du nord servait encore de résidence officielle au duc, avec ses bureaux administratifs attenants. Au nord du palais se trouvait Notre-Dame des Doms d'Avignon – plus communément appelée la cathédrale d'Avignon – ainsi que les splendides jardins qui se dressaient au-dessus des immenses falaises de calcaire blanc surplombant le Rhône.

UN PEU PLUS TARD DANS la matinée, quelqu'un était venu frapper à la suite d'Hana pour lui annoncer que le petit-déjeuner était servi dans la résidence principale. À son arrivée dans la salle à manger, elle trouva de nombreuses personnes déjà rassemblées autour d'une longue table en bois, le duc présidant la scène à une extrémité. Tout le monde avait l'air aussi éreinté qu'Hana, surtout Jean-Louis, dont les yeux rouges étaient gonflés par le manque de sommeil. Hana se demanda même s'il avait dormi. Il ne s'était pas rasé et sa barbe naissante dessinait une ombre grise sur sa mâchoire.

— Bonjour ! lança Hana avec enthousiasme en souriant aux nouvelles têtes. Quelles sont les actualités ?

— Bonjour, Hana, l'accueillit le duc en se levant par courtoisie quand elle prit place. J'espère que vous avez réussi à dormir un peu. Comme vous l'aurez probablement deviné à mon apparence négligée, je n'ai pas encore mis le pied dans ma chambre, mais peu importe. Nous avons passé le reste de la nuit à discuter de l'incroyable nouvelle que vous m'avez annoncée et, sur conseil de mon équipe, j'ai pris certaines décisions que je vais partager avec vous dès que vous aurez répondu à quelques questions.

Perplexe, Hana plongea un regard inquisiteur dans celui du duc.

— Pour être totalement franc avec vous, mes conseillers me disent que je fais trop facilement confiance et que vous n'avez pas encore clairement indiqué dans quel camp vous vous rangiez. Vous avez des contacts proches avec la famille Valois, et je les comprends, mais cela ferait aussi de vous une parfaite espionne. Alors pardonnez-moi, Hana, mais je dois vous le demander de but en blanc : à qui va votre loyauté ?

Stupéfaite d'entendre le duc prononcer ces mots, Hana sentit, plus qu'elle ne vit, deux agents de sécurité vêtus de noir se positionner dans son dos, à une distance respectable, mais prêts à réagir.

Elle repensa à ce que son parrain, Pierre Valois, le Président de la République française, lui avait demandé de faire sur son lit d'hôpital. Non, elle n'était pas là pour espionner le duc.

— Votre Grâce, ma loyauté va à la France et à tout ce qui signifiera un meilleur avenir pour elle. En l'état actuel des choses, je ne pense pas que Philippe Valois œuvre dans l'intérêt du pays, même si je ne doute pas qu'il en soit persuadé lui-même. Et en toute honnêteté, étant donné vos aspirations politiques, je ne suis pas convaincue que vous agissiez dans cette optique non plus. Alors peut-être pourrai-je vous donner une réponse plus précise une fois que vous m'aurez détaillé vos ambitions.

L'expression du duc passa d'un air de reproche sévère à celui d'acceptation prudente.

— Bien dit, mademoiselle. Je n'en attendais pas moins de votre part. Votre intégrité est l'un des traits que j'admire le plus chez vous, et c'est la raison pour laquelle j'espère de tout cœur que vous accepterez de vous joindre à mes efforts pour l'avenir de la France. Mais vous êtes suisse, il me semble, non ?

— Je suis suisse de naissance, oui, mais j'ai vécu en France la majorité de ma vie d'adulte et j'ai la double nationalité.

Le duc se leva et contourna lentement la table.

— Vous étiez présente lorsque j'ai annoncé ma candidature à l'élection présidentielle, et je suis navré que cela ait dû se faire aux dépens de Pierre Valois, mais je crois sincèrement que sa présidence met notre nation en danger et qu'il est temps pour lui de céder la place.

« La situation a changé depuis, et je crains que l'on ne voie jamais la couleur de ces élections que j'ai appelé à organiser. Comme vous le savez peut-être, j'ai fait des études d'histoire, et le passé nous a maintes fois montré que lorsque des gens comme Philippe Valois prennent le pouvoir, ils n'y renoncent pas si facilement. Si la manière dont il a annoncé la loi martiale laisse entendre que ce sera un état temporaire, je puis vous assurer qu'il trouvera des raisons de prolonger l'état d'urgence indéfiniment. Il n'est pas bien difficile d'inventer des menaces invisibles : ingérence étrangère, immigration, crime, terrorisme. Et comme je le disais hier, s'il n'existe pas de véritable ennemi, il suffit d'une crise pour accuser quelqu'un de l'avoir fomentée, indépendamment des véritables causes.

Une employée passa devant les gardes dans le dos d'Hana pour déposer une assiette devant elle : du pain grillé, de la gelée de coings, des suprêmes d'orange et du café. Hana saisit une tranche et se mit à la tartiner tout en écoutant le duc.

— Compte tenu des mesures désespérées prises par

Philippe, j'estime que la seule réponse adéquate se trouve dans une riposte de même ampleur. C'est pourquoi, à treize heures cet après-midi, j'ai l'intention de m'adresser au peuple en direct de la cathédrale d'Avignon, où l'archevêque me proclamera roi de France en vertu de l'édit d'Avignon rédigé par le pape Clément V et, espérons-le, avec la bénédiction de notre Sainte Mère l'Église de Rome.

Hana manqua de s'étouffer avec son quartier d'orange.

— Vous allez vous déclarer roi de France ?

— En quelque sorte, oui. Mais la nuance se trouve dans le fait que, selon l'édit, j'ai le droit d'être reconnu comme tel, par décret perpétuel et infaillible du pape. Et c'est là que vous entrez en jeu, Hana. J'aimerais que vous contactiez votre source au Vatican afin que le pape Ignace reconnaisse et valide l'édit d'Avignon, et confirme mon couronnement par l'archevêque.

« Je perçois votre hésitation, Hana, alors permettez-moi de préciser ma pensée. Mon annonce peut donner l'impression que je suis tout aussi mégalomane que Philippe, mais je vous promets que ce n'est pas le cas. Je possède déjà plus de richesses que je ne pourrai en dépenser même si je vivais trois cents ans. Je suis à la tête d'un vaste empire de sociétés et de fondations. Je n'ai aucunement besoin de diriger la France. Pour être franc, ça m'a tout l'air d'être un fardeau écrasant pour bien peu de récompenses à la clé.

« Mais je suis convaincu que mon titre de duc d'Avignon, qui se transmet dans ma famille depuis le roi Philippe IV, s'accompagne de certaines obligations envers le peuple d'Avignon et, plus généralement, celui de France : celles d'agir dans l'intérêt des citoyens et d'assumer la lourde responsabilité de gouverner ce grand pays de la manière la plus juste et la plus efficace possible, si la situation l'exige. Et comme nous avons pu le voir, ce moment est arrivé.

« J'ai donc pris la décision d'établir une monarchie constitutionnelle, ce qui fera certes de moi un chef d'État du point de vue administratif – une sorte de PDG, si l'on veut – mais avec un peuple qui aura voix au chapitre et dont les droits et les privilèges seront farouchement défendus. Je serai un roi bienveillant, Hana. Alors qu'en dites-vous ? Puis-je compter sur votre soutien dans ce grand projet ?

Hana resta sans voix. Quand elle avait annoncé au duc les trouvailles de Michael, jamais elle n'avait imaginé qu'il agirait en conséquence. C'était plutôt un lien de parenté notable pour un homme que la plupart de son entourage considérait comme un aristocrate propriétaire terrien, voire de sang noble.

Mais se déclarer roi et s'emparer du gouvernement était on ne peut plus bizarre ! Et plus elle y réfléchissait, plus cela ressemblait aux agissements de Philippe, qui avait pris la place du dirigeant de ce pays, du moins dans les faits à défaut de par les urnes, avec une apparition publique en tenue militaire qui ressemblait à s'y méprendre à un coup d'État dans un pays du tiers-monde. Que penserait son parrain de toute cette histoire ? Et où était-il, d'ailleurs, en ces temps de crise constitutionnelle ? Elle regretta de ne pas pouvoir lire dans son esprit à cet instant précis.

— Votre Grâce, vos mots me paraissent sincères, et j'ose espérer qu'ils sont véridiques. Cela dit, j'ignore si je peux entrer en contact avec le Vatican, encore moins m'arranger pour que le pape se penche sur l'édit d'Avignon et votre arbre généalogique, et vous reconnaisse comme souverain légitime. Ce genre de décision prend du temps et nécessite de délibérer longuement. Il est impossible que cela se produise d'ici treize heures aujourd'hui. Je ne peux rien vous promettre, mais pour être honnête avec vous, je ne suis même pas sûre que ce soit une bonne idée d'essayer.

Un bref éclair de colère traversa les yeux du duc, puis ses yeux se radoucirent.

— Très bien dit, une fois de plus. Mais le temps presse, nous ne pouvons pas nous permettre de nous attarder sur ces questions. Au fait, avez-vous rencontré mon équipe ?

Le duc fit un tour de table pour présenter chacun de ses conseillers, jusqu'à la dernière personne assise à sa droite, une femme séduisante à l'air patricien, vêtue plus élégamment que les autres.

Il se leva pour venir se placer derrière elle et posa les mains sur ses épaules dans un geste affectueux, tout en regardant Hana assise en face de l'inconnue.

— Et voici mon épouse et ma meilleure conseillère, la duchesse d'Avignon, Sabine Micheaux, née Valois.

Une fois de plus, Hana s'efforça de ne pas laisser transparaître sa surprise. Sabine était une Valois ? Comment se faisait-il que Pierre ne le lui ait jamais dit ?

Sabine tendit une main gantée de noir assortie à sa jupe.

— Enchantée, mademoiselle Sinclair, ronronna-t-elle. Et oui, mon père était le frère de notre Président. Je suis navrée de vous apprendre que ce n'est autre que mon cousin, Philippe, qui a mis Paris sens dessus dessous.

Le petit-déjeuner terminé, Hana fut raccompagnée dans sa suite par l'un des gardes, qui se posta devant sa porte pour s'assurer qu'elle avait tout ce qu'il lui fallait... et qu'elle n'irait nulle part sans autorisation.

Le duc lui avait donné un téléphone satellite avec lequel, lui avait-on dit, elle pourrait appeler son ami au Vatican, le père Dominic. Son premier réflexe fut de contacter son grand-père, Marco, et même ses collègues du *Monde*, mais Jean-Louis avait pris les devants et programmé le numéro de Michael sur la touche de numérotation rapide de l'appareil pour l'empêcher d'appeler quiconque, hormis Michael et le duc lui-même.

Consciente qu'elle était retenue captive, Hana se laissa choir dans un fauteuil de sa chambre et appuya sur la touche pour joindre Michael. Le téléphone sonna plusieurs fois, mais personne ne décrocha, et elle tomba sur la messagerie. Elle y laissa un message dans lequel elle exposait la demande du duc à l'intention du pape et le caractère insistant et urgent de sa requête. Elle restait néanmoins partagée quant à l'issue de cette situation. Au fond d'elle, elle désapprouvait le choix de Jean-Louis et espérait que Michael ne donnerait pas suite. D'un autre côté, elle craignait que Michael ne lui reproche d'avoir provoqué ce dilemme en se confiant au duc, ce qu'elle avait effectivement fait. Pourtant, elle mourrait d'envie d'entendre sa voix.

Elle savait toutefois, ou plutôt elle espérait, qu'il la rappellerait dans tous les cas.

Mais Michael ne la rappela pas, du moins pas avant treize heures.

Peu avant le couronnement, le duc vint se renseigner auprès d'Hana, qui lui expliqua n'avoir reçu aucune nouvelle du Vatican.

— Je ne vais pas les attendre indéfiniment, lâcha-t-il, agacé. De toute manière, cette proclamation n'a pas besoin de l'aval du Vatican. Le pape risque de regretter son manque de réaction. Et puisque vous n'avez pas été capable de remplir votre mission, vous resterez ici, en qualité d'invitée, et pourrez regarder la cérémonie à la télévision dans votre chambre. Vous me décevez, Hana. Vous m'avez laissé croire que vous aviez des contacts fiables au Vatican. Nous déciderons que faire de vous après mon discours.

La cérémonie du couronnement ne se fit pas en grande pompe, contrairement à ce que l'on aurait pu attendre d'un roi qui monte sur le trône, puisqu'après tout, l'équipe du duc n'avait disposé que d'un laps de temps limité pour préparer l'investiture.

Émile Renard, l'archevêque d'Avignon, fut chargé de reproduire les rites historiques pour accompagner le sacre, cette traditionnelle onction du souverain avec l'huile sainte consacrée qui confère au couronnement sa légitimité, ce qu'il fit docilement, mais sans grand enthousiasme. Renard n'était pas parvenu à obtenir l'autorisation du Vatican pour exécuter les ordres qu'il avait reçus, mais craignant que Jean-Louis ne lui rende la vie difficile, il se soumit à contrecœur aux exigences du futur roi.

En préparation au couronnement, le duc enfila un simple costume gris, taillé sur mesure, sur lequel il superposa un manteau d'hermine bordé de zibeline, qui lui avait été transmis par ses ancêtres au fil des générations. Une écharpe de satin bleu foncé portant ses armoiries et ses couleurs lui barrait le torse, par-dessus un bouquet de décorations militaires épinglées sur son cœur. Même dans cette tenue sobre, il avait fière allure, et la courte cérémonie se déroula avec solennité et majesté.

Louis XX, de son nom de règne, était désormais le soi-disant roi de France.

AU TERME DU COURONNEMENT, le roi se présenta sur le portique de son palais, entre les deux flèches, entouré de son personnel de sécurité en uniforme noir. Des haut-parleurs et un système d'enregistrement audiovisuel avaient été installés pour l'occasion, et retransmettaient le son et l'image en direct sur Internet et auprès des médias du monde entier. Le roi Louis commença son discours :

Chers Français, chères Françaises,

Je me suis adressé à vous, il y a deux jours, pour vous demander de voter pour l'avenir de notre pays bien-aimé. Depuis lors, cette possibilité a été anéantie par la prise de pouvoir brutale et infondée de Philippe Valois et la loi martiale qu'il a imposée.

Entre-temps, j'ai été informé que des recherches historiques légitimes ont découvert qu'un édit d'Avignon infaillible proclamé par le pape Clément V affirmait, sans équivoque, que les descendants du roi Philippe IV, de la maison Capet, seraient éternellement les légitimes souverains de France.

Il a également été prouvé que je suis le seul descendant masculin vivant de cette lignée, et une preuve de cette parenté sera transmise aux médias et publiée sur le site royal. Par conséquent, j'ai accepté en ce jour mon obligation sacrée de diriger la France en tant que roi légitime, en opposition à l'usurpateur qui a organisé un coup d'État militaire contre le peuple français. Je monte sur le trône pour mettre en place une monarchie constitutionnelle, dans laquelle les droits et privilèges du peuple seront respectés, et où la classe dirigeante servira et soutiendra le peuple plutôt que de l'asservir et de l'opprimer.

J'en appelle désormais à vous, citoyens de France : unissons-nous pour résister à l'oppression militaire de notre pays et à l'usurpateur, le ministre Philippe Valois. Ensemble, nous rendrons à notre nation sa grandeur.

Vive la France ! Vive la France ! Vive la France !

CHAPITRE
VINGT-CINQ

Assis à son bureau Napoléon or et blanc dans le salon doré de l'Élysée, le président par intérim, Philippe Valois, fulminait.

Il venait de regarder, avec un mélange de dégoût et d'admiration, le duc d'Avignon s'autoproclamer roi de France. Ce n'était pas vraiment une surprise en soi : Pierre avait été prévenu de cette manœuvre par l'évêque de Bordeaux, qui l'avait lui-même entendu dire de la bouche d'un messager envoyé par le timoré évêque d'Avignon.

Philippe avait beau détester Jean-Louis Micheaux sur un plan personnel, et refusait de le considérer comme souverain, jamais il n'aurait imaginé que le duc irait aussi loin dans sa démarche. Certes, Jean-Louis avait clairement laissé entendre qu'il se présenterait aux élections présidentielles, mais de là à se proclamer roi, il y avait un monde ! Et pour cela, il vouait à cet homme un certain respect teinté de rancune. Ce type avait du cran.

D'un autre côté, il était agacé de ne pas y avoir pensé en premier. Si la monarchie devait être restaurée, sa lignée à lui était tout aussi noble que celle du duc, et beaucoup plus récente. Le dernier vrai capétien était Charles IV, mort en 1328. La maison Valois avait régné depuis cette date jusqu'en 1589, lorsque les Bourbons étaient montés sur le trône.

Alors voilà, ils en étaient là : le duc, en tant qu'héritier de la branche aînée de la maison Capet, bénéficiait peut-être d'une plus grande légitimité selon la loi salique, mais la monarchie avait été remplacée par une république démocratique à la fin du XVIIIe siècle.

Certes, Philippe avait suspendu cette démocratie au moyen d'un coup d'État militaire et il n'avait aucunement l'intention de céder ce pouvoir, mais il se montrerait bienveillant dans son rôle de dictateur. Il fallait se rendre à l'évidence : il savait mieux que quiconque ce qui était dans l'intérêt de la France ; mieux, en tout cas, que les représentants élus ballottés par les humeurs des électeurs et le poids des lobbies. Il avait vécu toute sa vie, ou presque, au milieu des grands puissants de ce pays, se nourrissant des théories de la gouvernance qui régnaient dans la sphère politique, plus que tout autre responsable en exercice ou n'importe quel candidat présidentiel.

Non, le duel entre monarchie et démocratie, pour ne pas dire autocratie, ne se réglerait ni devant les tribunaux, ni devant l'Église. Il se jouerait dans l'opinion publique, ou par la force.

Il décida qu'il tenterait d'abord de faire pencher la première en sa faveur. Une grande partie de la population le soutenait déjà. Ses conseillers avaient estimé que s'il devait y avoir une élection présidentielle, un premier tour l'opposant uniquement au duc se solderait par un résultat très serré. Le seul facteur impossible à prévoir était l'éventuelle présence d'autres participants dans la course, qui risquaient de grignoter des voix d'un côté ou de l'autre. C'était ainsi que l'issue serait tranchée : le gagnant ne serait pas le meilleur des deux, mais celui qui perdrait le moins de voix au profit des candidats tiers et de leurs partis respectifs. Un paramètre trop imprévisible pour miser dessus.

Non, son plan à lui était clairement le bon. Le duc avait augmenté la mise ; à Philippe de suivre et de relancer pour rester en jeu.

Voyons un peu ce qu'il a dans le ventre, songea-t-il en se dirigeant vers la salle de crise.

Michael avait passé la majeure partie de la journée enfermé dans le laboratoire de restauration des Archives apostoliques, où il supervisait le travail des techniciens chargés de retirer avec précaution les fils d'or de la manche de Florian de Got. Le processus était extrêmement fastidieux et dura plusieurs heures, qui se déroulèrent sous tension, au moyen de loupes grossissantes et de pinces chirurgicales de haute précision pour ne pas endommager les parchemins. Et il ne se terminerait pas avant au moins quatre ou cinq jours.

Assis sur une chaise, Michael examinait, fasciné, les photographies qu'il avait prises de l'édit d'Avignon et de la lettre de Clément à son frère Florian. *Pourvu qu'Hana n'ait pas partagé ces informations avec le duc*, songea-t-il.

— Bon, je retourne à mon bureau, lança-t-il à l'équipe. Prévenez-moi dès que vous aurez réussi à libérer le premier rouleau.

Ce n'est qu'une fois arrivé qu'il vit la notification sur son téléphone indiquant la présence de nouveaux messages, dont l'un provenait d'Hana ! *Zut !* Il aurait dû prendre son portable avec lui.

Il composa le numéro de la messagerie et écouta la boîte vocale :

> *Michael, c'est Hana. Je t'appelle pour te dire que le duc a décidé, sur la base de l'édit d'Avignon, de s'autoproclamer roi de France. Il souhaite que le Vatican reconnaisse et valide l'édit, et, par la même occasion, sa légitimité à monter sur le trône. Je t'avoue que si je soutenais sa candidature aux élections présidentielles, cette histoire de monarchie m'inquiète fortement.*
>
> *Je suis chez lui, à Avignon, et je doute qu'on m'autorise à quitter les lieux. Cela n'a pas été clairement annoncé, mais on a posté un garde devant la porte de ma chambre. J'imagine qu'ils veulent se servir de moi pour obtenir l'approbation du pape par ton intermédiaire. J'ai conscience que ce genre de chose ne se fait pas dans la seconde, mais si tu pouvais prévenir le Saint-Père et me rappeler au plus vite avec sa réponse, ça m'arrangerait.*
>
> *J'espère qu'on pourra se parler vite. Tu me manques.*

Elle concluait son message en lui donnant le numéro du téléphone satellite duquel elle l'appelait, et le message prit fin.

Michael sentit un nœud se former dans son estomac et la colère bouillir dans ses veines. Il appela Nick Bannon.

— Nick, c'est Michael. J'ai besoin de parler au pape et au secrétaire d'État immédiatement. C'est urgent.

— Je peux savoir la nature du problème pour en informer Sa Sainteté ?

— Vous n'allez pas le croire, mais le duc d'Avignon a l'intention de se faire couronner roi de France, si ce n'est déjà fait ! Il veut que le Vatican valide l'édit qu'on a trouvé dans le tombeau de Clément V et qu'il reconnaisse sa légitimité à monter sur le trône. Et bien que je n'en sois pas certain, je crois aussi qu'il retient Hana contre son gré.

— D'accord, je vois l'urgence. Le Saint-Père est en réunion. Il aura fini d'ici une demi-heure. Je vais repousser les autres rendez-vous et demander au cardinal Greco de se joindre à vous. Soyez là dans trente minutes.

— J'y serai. Merci, Nick.

VINGT MINUTES PLUS TARD, Giovanni Greco, secrétaire d'État du Vatican, arriva au Palais apostolique et se dirigea vers les bureaux du Saint-Père. Il y trouva Michael qui discutait avec Nick en attendant que le pape ait terminé.

— Merci d'être venu, Votre Éminence, dit Michael en lui serrant la main.

— Quand Nick Bannon ordonne de sauter, on ne demande pas pourquoi, mais à quelle hauteur, plaisanta le cardinal en souriant. De quoi s'agit-il, père Dominic ? J'étais en train…

— Pardon de vous interrompre, *signori*, les coupa Nick en apercevant un voyant s'allumer sur son bureau, mais Sa Sainteté va vous recevoir.

Il appuya sur le bouton caché sous sa table pour déverrouiller la porte et un petit clic se fit entendre. Sans attendre, il escorta les deux hommes dans le bureau du pape Ignace, qui se leva pour accueillir ses visiteurs et prendre Michael dans ses bras.

— Restez, Nick, dit le pape. Vous serez probablement amené à gérer certains détails de cette histoire.

Tout le monde prit place dans les fauteuils blancs confortables installés près des fenêtres qui donnaient sur la place Saint-Pierre.

Michael leur exposa la situation, en commençant par ses trouvailles dans les cathédrales de Paris et d'Uzeste, l'édit d'Avignon et les parchemins en cours d'analyse, avant de conclure par le probable couronnement du duc d'Avignon. Captivés, les trois hommes l'écoutèrent avec attention et, quand il eut terminé son récit, un silence choqué retomba pendant que chacun digérait la nouvelle et imaginait les potentielles ramifications de cette étrange nouvelle, déclenchée une fois de plus suite à une mystérieuse découverte du père Dominic.

— Dis donc, Michael, tu as le don pour te mettre dans des situations compliquées, dit le pape avec un petit sourire entendu. Quant à la demande du duc – ou devrais-je dire le roi ? – une décision de cette nature nécessiterait au minimum un mois ou plus de recherches et de délibération. Tu n'es pas sans savoir que les choses avancent à une vitesse d'escargot, par ici.

« En attendant, je propose que l'on récupère et authentifie l'édit original et la lettre de Clément V à son frère Florian. J'aimerais également que le docteur Chaucer vérifie le lien de parenté du duc. Non pas que je doute de sa parole, mais nous devons être absolument certains qu'il est bien le descendant qu'il prétend être, avant que le Saint-Siège ne se prononce sur la question. Si ces documents s'avèrent authentiques, il n'est pas impossible qu'il puisse effectivement revendiquer la couronne, mais il ne faut pas se précipiter. La France est une république démocratique, après tout, et les tribunaux français auront certainement leur mot à dire.

« Et qu'en est-il de mon vieil ami Pierre Valois, dans toute cette histoire ? Aux dernières nouvelles, il avait été hospitalisé. Nick, voulez-vous bien vous renseigner pour moi ? Organisez un appel téléphonique, si possible.

— Bien sûr, Votre Sainteté. Je m'en occupe de ce pas.

Et Bannon quitta la pièce.

— Quant à mademoiselle Sinclair, poursuivit le pape, j'ai bien peur de ne rien pouvoir faire pour elle en l'état actuel des choses. Je conçois que cela va te chagriner, Michael, et je comprends ton inquiétude, mais je t'en prie, ne te lance pas dans une entreprise irréfléchie, comme celle de te précipiter en France pour la secourir. Elle ne court peut-être aucun danger, et puis monsieur Picard veille toujours sur elle, non ?

— Je doute que Marco soit avec elle en ce moment, étant donné les restrictions imposées par Philippe Valois. Il doit être frustré par la situation, tout comme Armand.

Une expression renfrognée passa sur le visage du pape. Ses vieux amis, qu'il avait rencontrés à l'époque de la guerre, étaient tous deux dans une situation difficile, et même en tant que pape, il ne pouvait rien y faire, ou presque.

Il se tourna vers le secrétaire d'État.

— Cardinal Greco, je vous nomme responsable de cette affaire et des revendications royales du duc, qui tombent dans le cadre de vos fonctions. Michael mettra les ressources des Archives à votre disposition, si nécessaire. Merci de me tenir informé de vos progrès, tous les deux.

Sur ces mots, il appuya sur un bouton situé sur une petite table adjacente et le père Bannon revint dans la pièce.

— Nick va vous raccompagner. J'ai besoin de quelques minutes pour préparer ma prochaine réunion.

Une fois hors du bureau et la porte refermée derrière lui, Bannon se tourna, incrédule, vers ses interlocuteurs.

— Vous n'allez pas le croire, mais je viens d'apprendre que Philippe Valois a exigé que le Vatican non seulement refuse de reconnaître les revendications du duc, mais qu'il les dénonce publiquement. Et il a l'intention d'assiéger le Palais d'Avignon !

Il leur montra une feuille de papier.

— Voici la demande de désaveu officielle. Elle m'a été transmise par l'archevêque de Paris et, avec elle, une série de menaces très claires, accompagnées d'une liste d'éventuelles conséquences si nous ne reconnaissions pas Philippe Valois comme chef d'État légitime et lui préférions le duc d'Avignon. Je vous invite, messieurs, à donner à cette affaire toute l'urgence qu'elle mérite. Nous ne voudrions pas nous retrouver du mauvais côté de l'Histoire. Je vais immédiatement en informer le Saint-Père.

VINGT-SIX

Tout le reste de la journée, Michael hésita à appeler Hana sur le téléphone satellite du duc. Il voulait entendre sa voix, s'assurer qu'elle allait bien, qu'elle gardait le moral malgré les circonstances inhabituelles de sa présumée détention.

Mais la ligne était probablement surveillée, pour ne pas dire sur écoute, et la dernière chose qu'il souhaitait, c'était bien d'offrir au duc des armes à utiliser contre Hana. Lui répondre depuis le Vatican, officiellement ou officieusement, risquait de faire inutilement monter la pression et de la mettre dans une situation délicate. Et il était hors de question qu'il lui laisse entendre qu'il avait envie de voler à sa rescousse malgré l'interdiction du pape.

Non, pour le moment, la meilleure chose à faire pour elle, c'était d'attendre de voir comment les choses évolueraient… Et cette idée le désespérait et l'exaspérait au plus haut point.

Allongé sur son lit ce soir-là, il espéra, en vain, que le sommeil l'emporte, mais impossible de se détendre.

Il se releva, enfila un pantalon de jogging, un t-shirt, et se rendit à l'église Santa Maria della Pietà proche de chez lui, l'une des neuf chapelles du Vatican et celle dans laquelle il se sentait le plus en paix, devant son humble autel entouré d'une petite abside intime qui lui rappelait celle sous laquelle il avait servi comme enfant de chœur dans le Queens, à New York.

Sans surprise, l'édifice était vide à cette heure avancée de la nuit. Il alluma deux cierges, sortit le rosaire qu'il avait enfoui dans sa poche avant de partir et s'agenouilla devant le vieux banc de bois qui faisait face au grand crucifix érigé derrière l'autel.

C'était dans ces moments-là, lorsqu'il se sentait le plus démuni, qu'il se tournait vers Dieu, en dehors de ses obligations quotidiennes de l'office des laudes et des vêpres. Et comme il n'était pas du genre à se trouver souvent démuni, rien que cette idée le perturbait. *Pourquoi on ne se parle pas plus que ça, Toi et moi ? Et à qui reprocher ce manque de communication, hein ?*

Il entama « Je vous salue Marie » et laissa le rythme répétitif de la prière l'envahir, tout en égrenant les perles de son rosaire à la lueur des cierges qui tremblotaient dans l'obscurité.

Au terme d'un long jogging dans les charmants quartiers pittoresques de Rome, Michael rentra chez lui, se doucha et enfila sa soutane, puis se rendit aux Archives à pied par les jardins papaux.

Il s'arrêta d'abord dans le bureau de Ian et s'approcha de son assistant dans son dos.

— Bonjour, Ian.

L'Irlandais sursauta, surpris, et ses joues prirent une teinte aussi cramoisie que ses cheveux roux.

— Michael ! Tu m'as fichu la trouille ! J'étais tellement concentré sur mon travail que je ne t'ai pas entendu entrer. Qu'est-ce que tu voulais ?

— Qu'est-ce que ça donne, cette histoire de nombres sans queue ni tête au dos de la lettre de Clément à Florian ?

— Je suis justement en train de creuser la question, et je t'avoue que ce n'est pas de tout repos. Au début, je ne savais même pas par où commencer. Tout ce que j'avais comme point de départ, c'était une liste de numéros et le conseil de Clément m'invitant à utiliser sa Bible personnelle pour localiser le trésor. Autrement dit, pas grand-chose.

« J'ai donc essayé de trouver cette fameuse Bible, en commençant par Avignon et Uzeste. J'ai appelé le recteur d'Uzeste, mais ça ne lui disait rien, alors je me suis tourné vers la cathédrale d'Avignon dans l'espoir de m'entretenir avec le curé, mais impossible de le joindre. Pareil avec celui de Notre-Dame de Paris. J'en ai donc parlé au docteur Ginzberg et on a réfléchi ensemble à un moyen de résoudre le problème. Il en est ressorti qu'il valait mieux chercher du côté des versions de la Bible disponibles à l'époque.

« Tu n'es pas sans savoir que c'était avant l'invention de l'imprimerie. Tous les livres étaient copiés à la main, ce qui représentait un travail monumental et ne se faisait pas en un jour. Autant te dire qu'il n'y en avait pas beaucoup en circulation. Clément possédait probablement la Vulgate en latin, fournie par l'Église pour un usage professionnel, mais ce n'était pas la sienne.

« Étant donné qu'il a fait déménager la papauté à Avignon et qu'il était Français, j'ai donc creusé du côté des traductions en français. Et il s'avère qu'il existe une version française, accompagnée de commentaires historiques, qui a été publiée avant que Clément ne devienne pape : la Bible historiale, produite en 1295 par un moine répondant au nom de Guyart des Moulins. Je suis prêt à parier que c'est celle-là que Clément utilisait personnellement. Et comme le hasard fait bien les choses, on a en a justement une copie dans les Archives.

« Une fois les infinies possibilités réduites au nombre de deux – la Vulgate et la Bible historiale –, il ne me restait plus qu'à comprendre ce que signifient tous ces nombres. Comment quelqu'un laisserait un message codé numéroté à l'aide d'une Bible ? Qu'est-ce qu'il y a dans une Bible ? Des livres. Et qu'est-ce qu'il y a dans ces livres ? Des chapitres. Et chacun d'eux contient des pages et des vers, qui eux-mêmes sont composés de mots. Parmi eux, lesquels sont numérotés ? Tous ! Au début, j'ai cru que les chiffres faisaient référence aux chapitres et aux vers, mais il m'aurait fallu savoir dans quel livre les chercher. Et puis j'ai appris que les chapitres et les vers n'ont pas été numérotés avant 1382, donc ça ne collait pas.

« En revanche, il pouvait s'agir des numéros des pages et des mots. J'ai lu suffisamment de romans d'espionnage pour savoir que les messages codés sont souvent composés d'une liste de numéros appariés de façon à représenter un numéro de page et un mot sur ladite page. Une clé de déchiffrement des plus classiques, en somme. À moins de savoir dans quel livre chercher, personne ne serait en mesure de décoder le message, même s'il était révélé au grand jour. Le secret réside donc dans l'identité du livre. Et il existe une multitude de solutions pour identifier un livre, comme le code-barre, l'ISBN ou encore une marque laissée sur la couverture.

« Dans notre cas, Clément avait indiqué à Florian dans quel livre chercher, car son frère aurait su quelle Bible il utilisait pour son usage personnel : c'est pourquoi j'en conclus que la réponse est la Bible historiale. Tu me suis ?

— Pas vraiment, mais continue.

— J'ai donc essayé d'associer les paires de nombres aux numéros de page et aux mots sur ces pages, en commençant par l'Ancien Testament. La phrase n'avait aucun sens. Je suis donc passé au Nouveau Testament, et ça m'a donné le message suivant : « Une moitié à travers la crypte où nul homme ne dort. Le séjour des morts, la femme stérile, la terre qui n'est pas rassasiée d'eau ; l'autre moitié où les eaux au-dessus de la terre se séparent des eaux en dessous. »

Ian leva vers Michael des yeux brillant d'excitation.

— Cela me dit quelque chose, dit Michael en essayant de se souvenir pourquoi ces mots sonnaient familiers à ses oreilles. On dirait le début de la Genèse. Tu as cherché sur Internet ?

Ian hocha la tête.

— Oui : « Le séjour des morts, la femme stérile, la terre, qui n'est pas rassasiée d'eau », c'est un passage des Proverbes. Et cette histoire d'eaux séparées, ça vient de la Genèse. Cela me fait penser à une grotte ou des catacombes, mais j'ignore ce que cela peut bien vouloir dire, et je sais encore moins comment je pourrais dénicher un trésor à l'aide de ces indices.

— Il faut que j'aille à Avignon, de toute façon, même si…

Dominic s'interrompit. Il ne pouvait pas parler à Ian de la situation d'Hana. Décidément, cette ville était la réponse à toutes leurs questions.

— Continue tes recherches, Ian, et vois si tu peux

trouver d'autres liens avec Avignon. J'ai des trucs à régler. On en reparle plus tard.

Il se dirigea vers son bureau tout en se demandant comment il allait réussir à atteindre Avignon sans se faire attraper par les forces de Micheaux ou celles de Valois, et venait à peine de franchir la porte que son téléphone sonna.

— Allô, Michael ? C'est Marco. Tu as des nouvelles d'Hana ?

Michael ne cacha pas sa surprise.

— Marco ? Tu n'es pas avec elle ? Je croyais que tu étais censé la protéger !

— Je sais, je sais, répondit Marco d'un ton coupable. C'est une longue histoire. Non, je ne suis pas avec elle, mais j'ai une idée d'où elle se trouve. Elle t'a appelé ?

— Oui, elle est à Avignon avec le duc, ou le roi ; je ne sais pas comment il se fait appeler, désormais. J'ai comme l'impression qu'elle est retenue contre son gré. Je ne lui ai pas parlé, mais elle m'a laissé un message et m'a donné un numéro de téléphone satellite pour la rappeler. Je n'ai pas essayé encore ; je n'ai pas très confiance en cette ligne.

— Bon, c'est déjà une bonne nouvelle, fit Marco, soulagé. Au moins, je sais où elle est. Il va juste me falloir trouver un moyen d'y aller. Tu ne saurais pas comment pénétrer discrètement dans le Palais des papes, par le plus grand des hasards ?

— Ian travaille actuellement sur des documents qui laissent entendre la présence d'un trésor que le pape Clément aurait caché à Avignon, soit dans le palais, soit dans la cathédrale. Les indices ne sont pas très clairs, mais il se pourrait qu'il y ait une grotte ou des catacombes qui relient la rivière au palais. On pourrait peut-être entrer par là. Ian planche sur le sujet. Cela dit, je ne sais même pas si on peut passer en France, en ce moment, encore moins atteindre le Palais des papes.

— Attends, Karl et Lukas ne sont pas fans de spéléologie ? Ils savent peut-être quelque chose sur les grottes du pays d'Avignon.

Michael réfléchit une seconde, puis se frappa le front du plat de la main.

— Mais oui ! Je suis même allé explorer une caverne avec eux, une fois. Karl est en poste à la porte Sainte-Anne, à cette heure-ci. Je vais lui passer un coup de fil. Ne raccroche pas…

Il mit Marco en attente et appela la guérite sur une seconde ligne.

— *Pronto*, sergent Dengler à l'appareil.

— Karl, c'est Michael. Est-ce que tu sais s'il y a des grottes ou des cavernes à Avignon ?

— Bien sûr ! Avignon est bien connue des amateurs de spéléologie. Il y a tout un réseau qui traverse la région. J'ai même entendu dire que certaines étaient uniquement accessibles via le Rhône. On parle plutôt de plongée spéléologique, dans ce cas. Les autres sont en plein air et nécessitent d'escalader des falaises pour les atteindre. Mais la plupart sont pleines de boues, ce qui rend leur exploration dangereuse et, surtout, pas très drôle ni très agréable à l'œil. Pourquoi ?

— Tu sais s'il y en a sous le Palais des papes ?

— Hum, peut-être. Ça ne me dit rien, mais je peux vérifier pendant ma pause, si tu peux attendre jusque-là.

— Pas vraiment, non. C'est urgent. Il y a moyen que tu te fasses remplacer, le temps de trouver la réponse ? C'est important.

Karl réfléchit un moment.

— Ça marche. Je m'en occupe et je te rappelle dès que j'en sais plus.

Michael reprit Marco en ligne.

— Bon, visiblement la théorie de la grotte est possible, mais va nécessiter quelques recherches. Karl va regarder et il me recontacte au plus vite. Je te passe un coup de fil dès que j'ai du nouveau.

— Super, merci. En attendant, je vais essayer de trouver un moyen pour que tu viennes à Avignon. Et ne va pas t'imaginer que je vais te laisser faire cavalier seul dans cette affaire. À très vite.

Après avoir trouvé un collègue pour le remplacer, Karl se rendit directement dans sa chambre dans les baraques de la Garde suisse et alluma son ordinateur portable. Il consulta les sites de spéléologie qu'il avait l'habitude de suivre et interrogea les internautes, qui lui en apprirent beaucoup.

Karl rappela Michael.

— C'est bon, j'ai trouvé. Visiblement, il existe bien des cavernes sous-marines qui relient le Rhône aux jardins du palais, mais elles n'ont pas encore été bien explorées. Le Rhône est connu pour être un fleuve extrêmement boueux, donc la grotte doit l'être aussi, ce qui implique une visibilité très réduite. Personnellement, ce n'est pas un endroit où j'aurais envie d'aller faire de la spéléologie.

— Même pour aller sauver Hana ? Il semblerait qu'elle se trouve au palais et qu'elle y soit retenue contre sa volonté par le duc d'Avignon.

— *Contre sa volonté ?* Depuis quand ? Tu es sûr ?

— Non, mais tous les indices pointent dans cette direction. J'ai l'intention de trouver un moyen de la ramener quoi qu'il en coûte, et Marco m'accompagne. Tu viens avec nous ?

— Tu n'as même pas besoin de poser la question. Et Lukas sera de la partie aussi.

— D'accord, prépare le matériel nécessaire et tiens-toi prêt. On risque de partir d'un moment à l'autre. Marco est en train de nous chercher un moyen de transport.

Quand Michael rappela Marco, le Français décrocha presque immédiatement.

— Bon, apparemment, il y a bien une caverne sous-marine dans le Rhône qui conduit aux jardins du palais. Ça, c'est confirmé. Il existe peut-être d'autres moyens d'accéder à cette grotte. Apparemment, c'est un véritable labyrinthe, là-dessous. Ce serait grâce au bon type de calcaire, si j'ai bien compris.

— Super. Et je t'ai dégoté un moyen de transport. Sois à l'aéroport de Rome Ciampino demain matin, à cinq heures tapantes. Armand t'envoie son jet privé. Les pilotes vont te faire passer discrétos, en aller simple. Quand on aura sauvé Hana, il faudra se cacher en France jusqu'à ce que la situation s'apaise ou trouver un moyen de retourner en Italie sans se faire prendre. L'avion ne pourra pas décoller une seconde fois, à moins que tu n'aies des pouvoirs magiques diplomatiques dont je n'ai pas connaissance et que tu saches faire des miracles. C'est ça, il nous faudrait un miracle diplomatique. Enfin bref, la France, c'est mon rayon. Je réussirai peut-être à sortir un lapin de mon chapeau, le temps venu. Je serai là pour t'accueillir à l'atterrissage.

Les choses s'accéléraient. Michael sentit son pouls battre dans ses veines. Il rappela Karl.

— On décolle de Ciampino à l'aube à bord du jet d'Armand. Marco nous attend à Avignon. Il va falloir que vous vous fassiez porter pâles, toi et Lukas, le temps de quelques jours. Et c'est totalement officieux : le pape m'a ordonné personnellement de ne pas agir.

— T'inquiète, Michael. On est là pour toi et pour Hana.

— Merci, tu es un véritable ami. Je savais que je pouvais compter sur toi.

CHAPITRE
VINGT-SEPT

K arl et Lukas avaient passé toute la nuit à passer des coups de fil pour récupérer le matériel d'escalade et de plongée nécessaire pour leurs exploits du lendemain.

Le premier fut pour leur magasin de location préféré à Rome : l'un des plus grands fournisseurs d'Italie, où ils empruntèrent différentes choses dont ils risquaient d'avoir besoin. Le propriétaire était un ancien membre des Navy SEAL à la retraite et gérait, à côté, une affaire lucrative consistant à équiper, dans le plus grand secret, les unités militaires de l'armée, les services de renseignement et les agences de sécurité privées de la région méditerranéenne.

Karl avait rassemblé la plupart du matériel nécessaire pour une expédition de spéléologie, mais puisqu'il s'agissait potentiellement d'une mission de secours, il savait qu'il allait peut-être devoir faire le chemin inverse en compagnie de grimpeurs inexpérimentés, dont Hana. Il ajouta donc au compte des harnais, casques, lampes frontales et tenues pour trois personnes supplémentaires, juste au cas où. Il prit aussi un trépied, un treuil et un téléphone satellite de secours. L'intégralité du matériel prit toute la place dans sa Jeep Wrangler, qu'il chargea avec l'aide de Lukas, avant de se rendre à l'heure au rendez-vous à l'aéroport Ciampino. Il faisait encore sombre lorsqu'ils arrivèrent au terminal d'aviation d'affaires, d'où les appareils privés étaient autorisés à décoller.

Sur le tarmac, le pilote et le copilote procédaient aux contrôles prévol du jet d'Armand.

Michael, qui avait pris un taxi pour venir du Vatican, était déjà sur place, et il aida Karl et Lukas à charger leurs affaires dans la soute du jet.

— Tu es sûr qu'on va avoir besoin de tout ce bazar, Karl ? demanda-t-il.

— Pour être franc, je n'ai pas la moindre idée du matos qui sera nécessaire, mais je préfère être prévoyant, quitte à ce qu'on n'utilise pas tout. Je n'ai pas envie de me retrouver bête s'il manque quelque chose. Il y a des vies en jeu, ne l'oublions pas. Moi, je peux grimper avec un lacet et un porte-clés, s'il le faut, mais ce n'est pas le cas de tout le monde. On a aussi fait un crochet par l'armurerie du Vatican. D'après les informations qui nous parviennent, Avignon pourrait se transformer en zone de guerre d'ici notre arrivée.

Karl alla garer la Jeep à l'extérieur du terminal, et tout le monde monta à bord du Dassault Falcon.

— Messieurs, annonça la voix du pilote dans les haut-parleurs, j'ai rempli mon plan de vol à destination d'Avignon sous couvert de mission humanitaire pour Médecins Sans Frontières. La Direction générale de l'Aviation civile nous a accordé l'autorisation d'atterrir de manière temporaire, mais la situation semble tendue. Ils se sont montrés méfiants quand je leur ai dit qu'on voulait se rendre à Avignon.

« Je prévois donc de suivre la trajectoire habituelle au-dessus de l'océan dans l'espace aérien international pour l'essentiel du trajet, mais au moindre signe d'hostilité, je redescendrai à deux cents pieds et couperai les feux de navigation, le transpondeur et l'ADS-B. Il n'y a ni radar, ni armes, ni système antibalistique à bord. Alors, si on en arrive là, il faudra voler le plus discrètement possible. Je vais vous demander de mettre vos ceintures et de rester assis. On devrait atterrir dans moins d'une heure.

QUAND IL EUT REÇU l'autorisation de décoller, le jet roula lentement jusqu'au bout de la piste, mit les gaz et décolla. Le copilote brancha la fréquence radio du contrôle aérien sur l'interphone cabine pour que l'équipe puisse suivre toutes les communications du trafic aérien pendant le vol, et le commandant appela le contrôle aérien d'Avignon.

— Falcon Hotel Bravo Four Two Alpha à Avignon-Provence.

Le contrôleur répondit aussitôt.

— Falcon Four Two Alpha, prenez le cap deux huit cinq, montez au niveau de vol deux six zéro, contactez Avignon Approche sur un deux zéro point huit sept cinq à soixante-quinze milles du VOR d'Avignon.

— Bien reçu, Avignon. Falcon Four Two Alpha, cap deux huit cinq, montée niveau de vol deux six zéro et contact Avignon Approche sur un deux zéro point huit sept cinq à soixante-quinze milles de distance.

— Falcon Four Two Alpha, affirmatif. Bon vol.

• • •

L'AVION VOLAIT depuis une trentaine de minutes lorsque la voix du commandant retentit de nouveau dans les haut-parleurs.

— Avignon Approche, ici Falcon Hotel Bravo Four Two Alpha à soixante-quinze milles au sud. Demandons l'approche pour l'atterrissage piste trois cinq.

— Falcon Four Two Alpha, descendez au niveau de vol un six zéro, puis prenez à droite, cap trois cinq pour la piste trois cinq.

Le pilote confirma la bonne réception des instructions de la tour de contrôle, mais quelques minutes plus tard, de nouvelles directives leur parvinrent.

— Falcon Four Two Alpha, je vous informe que le ministère de la Défense a annulé vos visas. Atterrissage refusé. Virez à droite cap un sept cinq, puis montez au niveau de vol un six zéro. Deux Dassault Rafales sont en chemin pour vous intercepter et vous escorter hors de l'espace aérien français.

Des Rafales ? L'armée envoyait l'artillerie lourde ! Il fallait réfléchir vite.

— Avignon Approche, Falcon Four Two Alpha, reprit le pilote. Déclarons situation d'urgence. Nous n'avons pas assez de carburant pour retourner en Italie. Je répète : déclarons situation d'urgence. Nous n'avons pas assez de carburant pour retourner en Italie.

— Bien reçu, Falcon Four Two Alpha. Atterrissage autorisé piste trois cinq. Restez sur cette fréquence et préparez-vous à recevoir d'autres instructions.

Le commandant repassa sur le canal de communication interne pour s'adresser à ses passagers.

— Bon, c'est là que les choses se corsent. On a l'autorisation d'atterrir, mais l'armée de l'Air française n'a pas l'air d'être sur la même longueur d'onde que l'aviation civile. On passe au plan B.

Le pilote coupa le transpondeur d'identification ainsi que les feux de navigation, et fit piquer le nez de l'appareil. L'avion perdit rapidement de l'altitude avant de se redresser à soixante mètres au-dessus du niveau de la mer, cap sur la côte. Ils volaient désormais sous une épaisse couche nuageuse marine, ce qui rendait leur détection plus difficile pour les Rafales.

Mais la tour d'Avignon insista.

— Falcon Four Two Alpha, vous avez disparu des radars et du transpondeur. Répondez, terminé.

Silence. Quelques secondes s'écoulèrent, puis l'un des chasseurs français prit la parole.

— Avignon Approche, ici Rafale One Three Hotel Oscar. Pas de contact visuel. Aucun Falcon en vue. Falcon Four Two Alpha, ici l'armée de l'Air One Three Hotel Oscar. Vous violez l'espace aérien français. Répondez immédiatement.

Sans un mot, le pilote fit descendre l'appareil et passa en trombe au-dessus de la campagne provençale, avant de se poser sur la piste trente-cinq de l'aéroport d'Avignon-Provence.

La tour de contrôle s'adressa alors au Rafale.

— One Three Hotel Oscar, ici Avignon Approche. Falcon Four Two Alpha a déclaré une situation d'urgence et vient de se poser chez nous. Nous n'avons plus aucun contact radio avec le pilote. C'est peut-être un problème technique.

— Avignon, ici One Three Hotel Oscar. S'il est au sol, ce n'est plus notre problème. One Three, terminé.

. . .

Le pilote du Dassault Falcon se hâta de rejoindre le terminal Signature privé d'aviation d'affaires, où Marco les attendait au volant d'un minivan noir. Même à travers les vitres des hublots, les passagers entendaient des sirènes s'approcher rapidement : la police et les pompiers de l'aéroport d'Avignon étaient en route.

Le commandant conduisit le jet jusque dans le hangar du terminal et s'empressa de faire descendre l'escalier avant même que l'avion ne se soit totalement arrêté. Dès qu'il cessa de rouler, toute l'équipe dévala les marches et se précipita vers la voiture, leurs bagages à la main, tandis que le matériel de spéléologie restait dans la soute.

Dès que tout le monde fut à bord, Marco fit demi-tour et fonça vers la porte donnant sur le tarmac, par laquelle l'avion venait de s'engouffrer. Il mit le pied au plancher pour l'atteindre avant que le jeune homme de la sécurité posté là n'ait eu le temps de la refermer, malgré ses efforts évidents. Le véhicule passa in extremis. Le pauvre garde dut ensuite la rouvrir pour laisser entrer la police qui venait d'arriver. Quand les forces de l'ordre atteignirent enfin le jet, Marco et son équipe avaient disparu dans les petites rues sinueuses d'Avignon.

Toute l'équipe était surexcitée.

— Oui ! s'écria Marco en fermant le poing en signe de victoire. On leur a bien montré, à ces bâtards ! Et ne vous inquiétez pas pour les pilotes. Je viens de parler à Armand qui est déjà en contact avec l'ambassade de Suisse. Ils vont s'en sortir sans problème. Nous, par contre, on est probablement déjà recherchés par la police.

« Quoi qu'il en soit, j'ai fait un peu de reconnaissance autour du Palais des papes. Je n'ai pas l'impression qu'on doive nécessairement plonger pour y pénétrer. Il y a une espèce de porte dans la falaise. Si on parvient à l'ouvrir, on devrait tomber directement sur les catacombes. En attendant, je vous emmène chez un vieux pote à moi qui possède un garage dans le coin. Il est parti en vacances en Grèce en attendant que le calme retombe en France. Ce n'est pas le grand luxe, mais au moins, on pourra y cacher le van. Et puis, ça me permettra de vous expliquer mon plan pour secourir Hana.

VINGT-HUIT

— Il y a de fortes chances qu'Hana se trouve au Palais des papes, affirma Marco, mais la question, c'est où exactement. Et ça, on n'en a pas la moindre idée. C'est bien le problème. Les entrées sont surveillées par les mecs de la sécurité. Je les ai vus, de loin, ériger des fortifications, avec barricades et sacs de sable, comme s'ils se préparaient à tenir un siège.

« Il y a trois édifices : l'hôtel, qui fait aussi centre de conférence, la résidence principale avec les bureaux, et l'église. Et puis les jardins qui séparent la cathédrale et le fleuve. Tout ce beau monde est construit sur une colline de calcaire qui surplombe le Rhône. Et entre ce dernier et la falaise, on a le boulevard de la Ligne.

« J'ai eu le temps de faire un peu de reconnaissance depuis mon arrivée, hier. Il y a deux portes bleu-gris dans la falaise au niveau de la rue, juste sous les jardins, avec un escalier qui mène aux jardins sur la gauche. Le reste de la façade nord n'est que falaises à pic, avec quelques cavernes visibles, mais rien n'indique que ces dernières mènent effectivement au réseau souterrain du palais. Les autres points d'entrée sont trop bien gardés pour qu'on s'y risque ; il va donc falloir opter pour les grottes ou les portes en question. J'ai examiné les serrures : ce sont des verrous à pêne dormant que je peux crocheter en moins d'une minute.

Karl releva la tête de son téléphone sur lequel il était en train de lire quelque chose.

— On a reçu des infos de l'armée suisse et de l'OTAN, interrompit-il. Philippe a mobilisé toute une brigade de véhicules blindés et d'infanterie mécanisée de Nîmes. Ils ne sont pas encore en route, mais une fois en marche, il ne leur faudra pas longtemps pour atteindre Avignon. Je parierais sur vingt-quatre heures ou moins. L'équipe du duc est forcément au courant, puisqu'ils se préparent à résister à une attaque. Ce qui veut dire qu'on ne doit pas traîner. Il nous faut un plan d'action et quand on sera à l'intérieur, on devra faire vite. Si ça se trouve, il y a déjà des commandos dans le coin qui sont venus en éclaireurs pour analyser les lieux et faire un rapport à leurs supérieurs. Si Philippe a un peu de jugeote – et compte tenu de son passé militaire, je m'attends à ce que ce soit le cas –, il aura aussi établi une surveillance par drones, qui seront éventuellement armés et accompagnés de parachutistes. Le temps presse.

— Karl a raison, acquiesça Marco. Je prévois de commencer l'opération au crépuscule, ce soir. Cela nous laissera un plus grand laps de temps pour manœuvrer sous couvert de l'obscurité. J'ai amené des vêtements noirs pour tout le monde, mais à la réflexion, je pense qu'on ne pourra pas entrer discrètement. Les chances qu'on se fasse repérer sont trop grandes. Je pense qu'il est préférable d'entrer sans se cacher. J'ai donc aussi pris des gilets de sécurité, des casques et des ceintures à outils, ainsi que quelques barricades, des cônes de signalisation orange et du ruban de délimitation de travaux. On va installer un petit chantier fictif sur la rue, près des portes bleues, pour pouvoir crocheter les serrures ni vu ni connu et pénétrer dans le palais. Personne n'ira se douter que des ouvriers qui travaillent au vu et au su de tous sont en train d'entrer par effraction.

— Bonne idée, confirma Karl. Est-ce qu'on sera armés ?

— Moi, oui, mais je n'ai pas réussi à me procurer d'autres armes en si peu de temps. J'espère que vous avez amené les vôtres.

— Bien sûr. Lukas et moi, on a nos SIG P220. On a aussi pris de plus gros joujoux, mais il a fallu les laisser dans la soute de l'avion à l'aéroport. J'ai bien peur qu'on n'ait rien pour Michael.

Michael eut un petit rire sans joie.

— Pas de souci. Je préfère ne pas être armé. Même si je me retrouvais contraint de tirer, je ne suis pas sûr d'être capable d'appuyer sur la détente. C'est contraire à ma vocation de prêtre.

— D'accord, fit Marco. Mais je précise quand même que Jésus lui-même a dit à ses disciples, peu avant d'être crucifié, de vendre leurs vêtements pour acheter des épées…

— Je ne sais pas pourquoi, mais je suis étonné que tu saches ça, commenta Michael.

— C'est une devise qui revient souvent dans certains groupes ou unités militaires, surtout aux États-Unis.

— Eh bien puisqu'on en est à citer Luc, quelques vers plus loin, Jésus affirme que deux épées suffisent. En l'occurrence, on en a trois, donc ça devrait être bon.

• • •

MARCO S'ÉTAIT PROCURÉ un petit bateau à moteur, un Jon boat en aluminium, qui leur permettrait de traverser le Rhône et d'accoster sur un petit quai de la rive opposée qu'il avait repéré plus tôt.

Leur équipement sous le bras, le petit groupe alla se cacher sous les arbres denses qui bordaient le fleuve en attendant que la nuit tombe.

Quand l'heure fut venue, ils traversèrent la rue, installèrent leur chantier fictif et délimitèrent la zone à l'aide du ruban de signalisation et des cônes orange. Au-dessus de leur tête, la falaise de calcaire s'élevait sur trente-six mètres de hauteur avant de fusionner avec les murs des jardins.

Un presse-papier à la main, Karl penché par-dessus son épaule, Michael discuta du crochetage de serrure avec le garde suisse en allemand pour plus de discrétion, au cas où des passants les entendraient.

Penché sur la serrure, à la lueur de la lampe que Lukas tenait pour lui, Marco inséra un tendeur dans le barillet et se servit d'un crochet à goupilles pour faire sauter les pênes. Comme prévu, il lui fallut à peine trente secondes pour déverrouiller la porte, qu'il entrouvrit lentement. À l'intérieur, tout était sombre et silencieux. Un à un, tous les membres de l'équipe se faufilèrent par l'entrebâillement, et ils refermèrent derrière eux, sans pour autant verrouiller à clé au cas où ils devraient ressortir précipitamment.

Marco régla sa lampe torche militaire sur le niveau de luminosité le plus faible et balaya les environs. Les parois du tunnel en calcaire grossier s'élevaient au-dessus d'un sol en béton. Le passage étroit faisait un peu plus d'un mètre de large pour deux bons mètres et demi de hauteur, et, à vue d'œil, s'étirait sur une centaine de mètres plein sud, vers la cathédrale et le palais, mais à cette distance, il s'arrêterait pile sous les jardins.

La main enroulée sur l'extrémité du faisceau, Marco laissait tout juste passer quelques rayons entre ses doigts écartés pour voir où il mettait les pieds. Dans son dos, les autres le suivaient en file indienne : d'abord Karl, une main posée sur l'épaule de Marco, l'autre tenant son arme ; puis Michael, la main droite sur l'épaule gauche de Karl. Lukas fermait la marche, dans la même position, et surveillait leurs arrières.

La petite équipe avança avec précaution le long du tunnel, à la lueur de la lumière tamisée. Au bout de trente mètres, un passage latéral s'ouvrit sur la gauche. D'une cinquantaine de mètres, il était plongé dans la pénombre et se terminait par une porte fermée. Comme ils se trouvaient encore sous les jardins, ils décidèrent de continuer tout droit, et finirent par atteindre une fourche au bout du couloir.

Le chemin se divisait en deux : un vers la gauche, l'autre vers la droite. Obligés de choisir, ils optèrent pour celui de gauche. Il devait bien y avoir quelque chose au bout de chacun d'eux. Et puis, si la voie était sans issue, ils reviendraient sur leurs pas. Le passage continuait sur une trentaine de mètres avant de virer sur la droite, où une porte en bois avait été creusée dans la paroi de gauche.

Marco se pencha contre le battant et y colla l'oreille.

— J'entends des bruits mécaniques, chuchota-t-il à ses compagnons rassemblés autour de lui. On dirait un moteur ou une sorte de pompe. Je n'ai pas l'impression qu'il y ait des gens.

Il tourna la poignée le plus silencieusement possible ; la porte n'était pas verrouillée.

Après avoir pris soin d'éteindre sa lampe torche, il

ouvrit lentement la porte, laissa s'écouler quelques secondes, puis se risqua à jeter un coup d'œil.

Personne. Rien que des machines industrielles.

À présent qu'il était certain que la pièce était vide, Marco entra, ralluma la lumière et balaya les environs de son faisceau. Il ne s'était pas trompé : il y avait bien plusieurs pompes et, sur l'un des murs, un système de filtration de l'eau, avec des tuyaux disparaissant dans le plafond.

— J'ai vu un lac dans le jardin pendant mon repérage, hier. On doit être dessous. De toute évidence, c'est un couloir de service.

Ils rebroussèrent chemin jusqu'à la fourche, Marco en tête, et empruntèrent l'autre passage, qui filait tout droit.

Le couloir s'arrêta brusquement, une cinquantaine de mètres plus loin, sur une porte rouge foncé creusée sous une arche voûtée.

— On touche au but ! murmura Karl d'un ton excité. Hana est là, quelque part, et on ne partira pas sans elle.

Marco essaya la poignée. Cette fois, c'était verrouillé. Il sortit ses outils de crochetage pour l'ouvrir pendant que Karl tenait la lampe.

Après une bonne minute à farfouiller dans la serrure, le mécanisme céda dans un cliquetis métallique, et la poignée accepta de tourner.

De nouveau, Marco éteignit sa torche et entrouvrit la porte. Un courant d'air froid et humide s'engouffra par l'interstice, et avec lui une odeur de moisi.

Ils avaient trouvé les catacombes.

Marco poussa un peu plus la porte et jeta un coup d'œil à l'intérieur. C'était mort.

Il ralluma sa lampe et observa les environs avec prudence. Ils étaient dans une grande grotte souterraine naturelle au haut plafond de calcaire rugueux. Karl et Lukas, en tant que spéléologues confirmés, étaient tous deux émerveillés par la variété de concrétions qu'ils avaient sous les yeux : coulées stalagmitiques, stalagmites, stalactites, mondmilchs et perles des cavernes.

— Cette grotte est magnifique ! Il est rare de trouver des perles et des mondmilchs en France, du moins, je n'en ai jamais vu dans celles que j'ai explorées, murmura Lukas en désignant ses trouvailles du doigt.

Plusieurs niches avaient été creusées dans les parois de la caverne et renfermaient visiblement de vieilles dépouilles, enveloppées dans des linceuls en lambeaux qui laissaient saillir des os ici-et-là. Dans certaines poches d'argile s'entassaient, pêle-mêle, des morceaux de squelettes, issus manifestement de plusieurs individus différents. Au bout de la caverne, contre le mur, douze sarcophages de marbre étaient alignés à l'horizontale. Leur couvercle et leurs flancs étaient ornés de sculptures funéraires délicates, et chacun portait l'effigie ciselée de son occupant, accompagnée de guirlandes de feuilles de chêne, soutenues par des Victoires. La rangée avait été alignée à un mètre environ du mur derrière elle.

— Cette caverne a dû servir de chambre funéraire aux papes successifs qui ont régné à Avignon au fil des décennies, supposa Michael. Une chose est sûre, ils ne sont pas inhumés sous la basilique Saint-Pierre. Il y a eu sept papes à Avignon. Les douze tombeaux que l'on voit là doivent en inclure d'autres, à l'exception bien sûr de la dépouille du pape Clément qui repose à Uzeste. Et je vois aussi des ducs et des duchesses dans le lot. Même la reine de Navarre est là.

Pendant que Michael, Karl et Lukas s'émerveillaient devant l'objet de leur spécialité, Marco entreprit d'explorer la grotte, qui mesurait une centaine de mètres de long sur quinze mètres de large. Il remarqua une porte, à l'extrémité sud de la grotte, et deux autres sur les côtés, creusées dans les parois de calcaire.

L'objectif de cette mission étant de sauver Hana, Marco se dirigea vers la porte du milieu.

Michael resta quelques instants en arrière pour examiner les tombeaux. Une plaque gravée indiquait qu'ici reposait la reine de Navarre ayant vécu au début du XIVe siècle. Il se souvint de l'extrait des Proverbes décodé par Ian. Se pouvait-il qu'il ait devant lui la « crypte où nul homme ne dort » ? Il contourna le tombeau et remarqua qu'aucun couvercle de pierre ne recouvrait la tête. En braquant sa lampe torche à l'intérieur du trou béant noir, il vit que les os avaient été poussés sur le côté, révélant une trappe ouverte dans le sol et des marches qui descendaient vers une salle souterraine. La base en marbre du tombeau avait dû être retirée à dessein, mais dans quel but ?

Michael appela ses compagnons. Quand tout le monde fut rassemblé autour de lui, il leur raconta le message codé et la possibilité qu'une partie du trésor de Clément se trouve sous le sarcophage de la reine.

Marco lui rappela qu'ils étaient là pour sauver Hana, pas pour chercher des trésors, et Michael venait tout juste de lui signifier son accord lorsqu'ils entendirent des pas en provenance d'une des portes latérales de la grotte.

— Vite ! Descendez, ordonna Marco dans un murmure. Éteignez toutes les lampes et taisez-vous.

VINGT-NEUF

Toute l'équipe se précipita sous le tombeau par la trappe et atterrit dans une grande pièce, au centre de laquelle se trouvaient une table et une chaise, cette dernière étant occupée par un ours en peluche. Ce fut tout ce que Michael eut le temps de voir avant que Marco n'ordonne l'extinction des feux. Lukas et Michael s'accroupirent derrière la table pendant que Karl et Marco se cachaient de part et d'autre de l'entrée. Au-dessus de leur tête, les pas se rapprochèrent, inexorablement.

Un rayon de lumière apparut en haut de la trappe et se rapprocha lentement en rebondissant sur les marches. Quand le faisceau entra finalement dans la salle, Marco agrippa le bras qui tenait la lampe torche de sa main gauche et tira le nouveau venu à l'intérieur de la salle, son Glock prêt à tirer, le doigt sur la détente. Karl braqua sa lampe et son pistolet sur l'inconnu, mais baissa aussitôt le second, imité par Marco, en apercevant la fillette que Marco avait attrapée et qui se mit à crier.

Surpris de voir une enfant ici, Marco s'adressa à elle d'une voix douce.

— Doucement, doucement. Tout va bien. Personne ne va te faire de mal. Qu'est-ce que tu fais ici, toute seule ?

La petite fille jeta un regard apeuré vers Karl. Des larmes se mirent à couler sur ses joues rebondies et son menton tremblota lorsqu'elle vit les deux hommes armés, tout de noir vêtus.

Voyant qu'elle ne posait aucun danger, Michael et Lukas s'approchèrent à leur tour, et Michael s'accroupit à sa hauteur.

— Bonjour, je suis le père Michael, je suis prêtre, et voici mes amis. Tu ne crains rien avec nous. Comment tu t'appelles ?

Il avait ouvert la fermeture éclair de sa veste pour laisser entrevoir son col clérical, ce qui sembla rassurer la petite.

— Margot, murmura-t-elle d'une voix à peine audible.

À ces mots, Marco fut soudain pris de vertige dans l'espace confiné. Il recula d'un pas et tendit la main pour se retenir au mur, une réaction qui n'échappa pas à Karl et Lukas.

Michael insista.

— Qu'est-ce que tu fais ici toute seule, Margot ?

— Je suis venue jouer avec le roi Teddy, répondit-elle en pointant du doigt l'ours en peluche sur la chaise qui, Michael ne l'avait remarqué avant, portait des bijoux et un casque de Viking en or.

— Et si on remontait en haut pour discuter, Margot, suggéra Michael.

Elle hocha la tête et, sans examiner davantage la grande salle sombre, les membres du petit groupe gravirent un à un les marches menant aux catacombes.

— Est-ce que quelqu'un sait que tu es ici ? poursuivit Michael, une fois de retour dans la grotte.

Margot hésita un instant.

— Je suis venue pour échapper à ma nounou et dire bonjour à mon grand-père.

— Ton grand-père est inhumé ici ?

— Oui, mais j'ai pas le droit de venir toute seule. Faut pas le dire sinon je vais être punie.

Au même instant, des pas lourds résonnèrent derrière la porte la plus proche. Ils n'avaient que quelques secondes pour se cacher avant que le nouveau venu n'arrive. Il fallait faire vite.

— Nous non plus, on n'a pas le droit d'être ici, expliqua Michael. Tu sais quoi ? Si tu remontes sagement avec cette personne sans dire que tu nous as vus ici, on ne dira rien à personne et tu ne te feras pas punir, ça marche ?

Margot hocha énergiquement la tête et lui adressa un grand sourire.

— D'accord, mais vous ne pouvez pas rester très longtemps. Les gardes descendent souvent ici pour fumer, comme ils n'ont pas le droit de le faire dans le palais. Ils ne devraient pas tarder à prendre leur pause.

Sa petite lampe torche à la main, la fillette s'approcha de la porte pendant que Michael, Marco, Karl et Lukas se précipitaient derrière le tombeau, où ils s'accroupirent en éteignant toutes les lumières.

La porte s'ouvrit et la large carrure d'une femme apparut dans l'encadrement, la lumière du couloir dans son dos se déversant dans la chambre funéraire.

— Margot ? Margot ? Tu es là ?

La petite fit un pas en avant.

— Combien de fois va falloir que je te le répète ? Il ne

faut pas venir ici. C'est un lieu pour les morts, pas pour les vivants.

— Pardon.

— Allez, viens. C'est l'heure de ton bain. Et si je t'attrape encore ici, tu vas avoir affaire à moi.

Sa voix s'amenuisa à mesure qu'elle remontait l'escalier avec Margot, après avoir refermé la porte derrière elle.

Cachés derrière le tombeau, les quatre hommes restèrent silencieux dans le noir pendant plusieurs minutes, en espérant que Margot n'irait rien dire qui mette la puce à l'oreille des gardes.

Quand il parut évident que personne ne descendrait de sitôt, Marco reprit la parole.

— Pfiou! C'est pas passé loin. Rien ne garantit que la gamine n'ira pas mentionner notre présence ici. On ne peut pas prendre le risque. Je suggère qu'on abandonne la mission et qu'on réévalue la situation.

Ses compagnons acquiescèrent d'un signe de tête.

— Ça va, Marco? demanda Karl pendant que Lukas faisait le guet. Tu n'avais pas l'air dans ton assiette, quand on était dans la salle sous le tombeau.

Marco hésita un instant.

— Oui, c'est juste que je ne suis jamais passé à deux doigts de tirer sur un gosse.

Il se détourna, sans en dire plus.

Les quatre compagnons traversèrent la grotte et le tunnel en sens inverse jusqu'à l'entrée, démontèrent leur barricade et ramassèrent leurs cônes, puis traversèrent la route et s'éloignèrent à bord de leur Jon boat.

Des coups de feu dans leur dos leur firent tourner la tête. Un bateau de patrouille venait de tirer des fusées éclairantes au-dessus du palais pour signaler leur présence et lancer un avertissement.

Ils s'en étaient sortis de justesse.

CHAPITRE

TRENTE

Tôt le lendemain matin, Ian était en train de peaufiner le design de sa base de données documentaire à son bureau lorsque Giancarlo Borsetti, le responsable du laboratoire de restauration du Vatican, appela pour parler à Michael.

— Il est actuellement en déplacement en France. Je peux vous aider ?

— Ah, je vois. Oui, Ian. Nous avons enfin terminé d'extraire les fils d'or des parchemins et nous nous apprêtons à démarrer la tomographie à rayons X. J'ai pensé que Michael aimerait être présent.

— C'est vrai, mais je suis sûr qu'il ne voudrait pas que votre travail soit retardé à cause de lui. Je me ferai un plaisir de venir à sa place, si cela ne vous dérange pas.

— Pas le moins du monde. Vous êtes le bienvenu dès que vous avez un moment. À très vite.

• • •

Lorsqu'il arriva au laboratoire de restauration, Ian fut accueilli par Ekaterina, qui le conduisit jusqu'à la salle d'instrumentation, où le docteur Borsetti les attendait.

Après avoir échangé quelques banalités, Borsetti inséra les parchemins dans la chambre d'analyse, sous l'œil attentif de Ian, pendant que le docteur Ugo Tibaldi, l'autre technicien de laboratoire, surveillait l'opération depuis le poste de contrôle.

Tibaldi referma le capot pour protéger les observateurs des rayons X et démarra l'appareil. Une série de cliquetis et de bourdonnements se fit entendre lorsque la tête à rayons X balaya la zone pour analyser les rouleaux.

Pendant qu'ils attendaient que l'instrument ait terminé son travail, Tibaldi expliqua le processus à Ian.

— La microtomographie est une approche innovante permettant d'analyser le contenu de parchemins sans les dérouler. Cette méthode détecte la présence d'encres galloferriques, en particulier celles utilisées au Moyen Âge, puis établit une cartographie tridimensionnelle indiquant l'emplacement précis de l'encre sur le document, déterminé à partir d'images issues d'une série de coupes aux rayons X.

« Le logiciel combine ensuite ces données avec la manière dont le parchemin est enroulé ou plié, et calcule la position exacte de l'encre à la surface. Ainsi, nous pouvons produire une image du document tel qu'il apparaîtrait une fois déroulé. C'est une technique absolument remarquable et inestimable pour nous aider à transcrire les millions de rouleaux qui se trouvent dans les Archives.

Quelques instants plus tard, le grand écran d'ordinateur devant eux commença à afficher la première page du rouleau, qui se chargea lentement en partant du haut avant de se remplir progressivement.

Ekaterina, qui parlait français, lut les phrases à mesure qu'elles apparaissaient et les traduisit pour ceux qui ne comprenaient pas la langue.

À Guillaume de Baufet, evesque de Paris, en la cathédrale de Nostre-Dame de Paris

Le premier jour de mars de l'an de grâce mil trois cent quatorze

Mon très chier frère evesque,

Je doubte moult que je ne puisse aller jusques à Paris, ni que vous puissiez venir céans avant que Nostre Seigneur ne me rappelle à luy. Pour ce, envoye-je mon frère, Florian de Got, portant ceste, ma dernière confession.

Seigneur, pardonnez-moy, car j'ay péché. Je n'ay point esté le bon berger de la Sainte Eglise que Dieu m'avoit ordonné d'estre. J'ay succombé aux temptations de puissance et de richesses. Du tresor des Normans, trouvé dessoubz la cathédrale que vous édifiez, vous sçavez que le roy Philippe en print la plus grant portion pour sa part royale. Le remanent fut départy en trois pars : l'une est demourée là, ensevelie dessoubz les cryptes soubz les fondations ; les deux autres furent menées céans en Avignon. Je les ay séparées et cachées ès caverneaux et catacombes dessoubz le palais des papes. Florian recevra enseignement pour les recouvrer à son retour. A vous ay mandé par autre escript la manière de disposer du remanent qui là demoure. Souvenez-vous du vers clef du sermon que je vous envoiay à propos de l'avarice : Matthieu, chapitre sixiesme, verset vingt. C'est chose souveraine. Vostre clerc a les moyens de déchiffrer le demeurant.

Encore vous confesse-je que l'édit d'Avignon, que je préparay pour Philippe, est faux, et jamais ne luy en fis-je délivrance. Quand Jeanne de Navarre trépassa en l'an mil trois cent et cinq, Philippe print autre femme et l'engrossa. Je bénis leur mariage quant l'affaire fut apparue. L'enfant naquit et eut pour nom Robert, de la maison Capet. Il fut prestement envoyé à la cathédrale de Bordeaux pour que l'evesque Baudette se chargeât de son élevage, car ses cousins menaçoient sa vie, voulant usurper son droit au trône.

Mais sur son lit de mort, la mère confessa qu'elle avoit esté auparavant mariée, et que son premier espoux vivoit encor : si est-ce qu'elle ne povoit justement épouser Philippe. Robert est donc bastard, et nul héritage royal ne se peut fonder sur son lignaige. Faictes sçavoir ceste vérité à l'evesque Baudette en temps que vous jugerez bon.

Enfin, honte ay grandement de toute l'affaire des chevaliers du Temple. Tout fut par le vouloir de Philippe : je n'eusse point deu complaire à ses requestes.

Peu de loisir me demeure pour amender mes faictz. Que Dieu ait mercy de mon ame.

Clement V, évesque de Rome, PP.

Comprenant les implications de cette lettre, Ian resta coi. Cette lettre prouvait en toute limpidité que les prétentions au trône du duc étaient infondées. Jean-Louis Micheaux ne pouvait pas être roi ! Ian préféra garder le silence en présence des autres et décida d'en parler à Michael en premier.

Le second parchemin était une suite de lettres et d'espaces sans signification apparente.

— Ian, dit Borsetti, visiblement perdu. Toi qui as travaillé sur les lettres de Florian, est-ce que ça te parle ?

— Je viens tout juste de finir de déchiffrer un message codé du pape Clément à son frère, mais il s'agissait d'une clé de substitution numérique double. Ce n'était pas de la tarte. En revanche, ce qu'on a sous les yeux ici est une autre histoire. Je crois que j'ai trouvé de quoi m'occuper pendant les prochains jours. Je vais envoyer un message à Michael pour le mettre au courant de notre découverte.

TRENTE-ET-UN

L e lendemain de son couronnement, à peine arrivé en salle de crise, Philippe ordonna à la sixième brigade légère blindée de prendre position à Avignon.

Peu après, trente-deux VBCI – des véhicules blindés de combat d'infanterie semblables à des chars à huit roues et équipés d'un canon de 25 mm de diamètre, d'une mitraillette de calibre .30 et d'un lance-grenades – quittèrent la base militaire nîmoise pour se rendre à Avignon. Dans leur sillage suivait une armada composée de jeeps, de camions de troupes, de camions essence, de véhicules de transmission, d'un hôpital de campagne, d'une cuisine mobile et de postes de commandement de brigade. Peu importait la durée du conflit : Philippe était prêt à tenir.

À leur arrivée à Avignon, les trois-quarts des VBCI encerclèrent le palais des papes, pendant que le reste restait en réserve. Armés de fusils d'assaut FAMAS, les soldats évacuèrent les civils dans un rayon d'un kilomètre autour de l'édifice, tant pour la sécurité de ces derniers que pour éviter que des citoyens hostiles n'attaquent les troupes.

Toutes les routes menant au palais furent fermées à la circulation, barricadées, et des points de contrôle érigés pour gérer les entrées et les sorties. Conformément aux instructions de Philippe, l'eau, le gaz, l'électricité et les moyens de communication du palais avaient été coupés, et aucun ravitaillement de nourriture ou de carburant n'était autorisé à passer. Les lieux ainsi assiégés, les troupes maintinrent leur position dans l'attente de nouveaux ordres.

Le château disposait d'un groupe électrogène de secours et de suffisamment de gazole pour tenir trois jours, mais en rationnant son utilisation, ils pouvaient survivre une semaine. Ils avaient toujours accès au téléphone et à l'Internet satellite basé au Luxembourg, hors de portée des coupures ordonnées par Philippe. Dans la cour, des générateurs solaires alimentaient les radios des forces de sécurité du duc. Ils ne tomberaient pas à court de sitôt.

Assis sur le muret de pierre entourant la grande croix blanche érigée sur l'avenue de l'île de la Barthelasse, juste en face du palais des papes, Michael observait le monument religieux en songeant à Hana. À quoi pensait-elle ? Que faisait-elle ? Pourquoi la séquestraient-ils ? Il n'arrivait pas à comprendre.

Debout à côté de lui, Marco surveillait l'autre rive, en essayant de trouver un moyen de pénétrer dans l'enceinte à présent que l'édifice était assiégé. Karl et Lukas, quant à eux, rattrapaient leur sommeil en retard au garage.

Marco porta une paire de jumelles à ses yeux et observa l'infanterie qui se déplaçait autour des fortifications et des véhicules blindés.

— Ils ont dû amener toute une brigade, dit-il à Michael. Je vois six VBCI, rien que de ce côté. Il y en a probablement autant sur les trois autres faces.

Michael jeta un bref coup d'œil par-dessus son épaule pour voir de quoi il parlait, puis s'en retourna à sa contemplation du crucifix, sans parvenir à cesser de s'inquiéter pour Hana.

— Sur le pont d'Avignon, on y danse, on y danse…, se mit à chantonner Marco tout en poursuivant sa surveillance.

— Tu crois que c'est le moment de chanter ça ? lui reprocha Michael, irrité de le voir aussi enjoué alors qu'Hana se trouvait en danger.

— Pardon, j'ai pas pu résister. Chaque fois que je vois le pont, ça me rappelle cette comptine de mon enfance.

— On devrait peut-être…

La sonnerie de son téléphone satellite interrompit les propos de Michael.

— Allô ?

— Michael, c'est Ian. Comment ça se passe, à Avignon ?

— Bof. Hier soir, on a failli se faire capturer par une gamine dans les catacombes, et aujourd'hui, on dirait que la moitié de l'armée française est campée autour du Palais des papes. Et toi ?

— Le docteur Borsetti a terminé d'extraire les fils d'or des parchemins et a passé les documents aux rayons X. Tu ne croiras jamais ce qui est écrit dessus ! C'est incroyable. Au fait, super sympa, Ekaterina. Elle m'a fait visiter le labo et m'a montré toutes les machines qu'ils…

— Ian ! Qu'est-ce qu'il y avait d'écrit sur les parchemins ?

— Ah oui, c'est vrai. Figure-toi que Clément y confesse qu'il n'a pas été un très bon pape, mais que c'est la faute du roi Philippe. Il dit qu'il y a deux trésors cachés sous le Palais des papes et un autre sous Notre-Dame de Paris. Et surtout, que l'édit d'Avignon était un faux ! Que le mariage de Philippe avec la mère de Robert n'était pas valide puisque cette dernière était déjà mariée, et que Robert était donc un fils bâtard. Oh, et aussi qu'il était désolé pour l'histoire de Templiers.

— Ian, tu es certain que Clément a affirmé que l'édit était un faux ?

— Absolument. Il l'a rédigé sous la contrainte, parce que Philippe l'y a obligé, mais il ne le lui a jamais remis, et ce n'est que plus tard qu'il a appris la vérité concernant la mère de Robert. Ce qui signifie que l'édit n'a aucune valeur, du moins en ce qui concerne Robert. Et puisqu'il n'existe aucun descendant direct de la maison Capet, il n'y a pas de succession remontant à Philippe. Donc le duc d'Avignon ne peut pas être roi.

— Incroyable, s'émerveilla Michael. Il faut que je trouve un moyen d'en informer Hana. Je te rappelle plus tard. Merci, Ian.

Il raccrocha.

— Marco ! Tu ne vas pas croire ce que je viens d'apprendre !

Marco n'ayant pas encore été mis au courant des événements, Michael commença par lui raconter sa découverte de la dépouille de Florian de Got et des manuscrits à Notre-Dame de Paris.

— On a ramené les parchemins au Vatican pour les analyser, et ça a pris plus de temps que prévu parce qu'on avait un problème avec… Bref, peu importe. Ce qui compte, c'est que Ian vient de me révéler ce qui était écrit sur ces rouleaux. Et parmi les confessions du pape Clément, l'une d'elles confirme que l'édit d'Avignon, le seul et unique document sur lequel le duc a basé ses revendications du trône de France, est invalide, ce qui l'exclut de la lignée royale.

— Il faut prévenir Hana pour quelle puisse dire au duc de cesser cette mascarade ! s'exclama Marco. Quand ce sera fait, il ne nous restera plus qu'à la faire sortir du palais et de laisser quelqu'un d'autre se charger de Philippe.

Michael composa le numéro de téléphone satellite qu'Hana lui avait transmis. Il y eut une première sonnerie, un clic, puis une autre sonnerie, différente cette fois. L'appel fut transféré et Hana décrocha.

— Michael ? dit-elle, la voix pleine d'espoir.

— Oui, Hana. C'est moi. Je suis avec Marco. Tout le monde se fait un sang d'encre pour toi.

— Oh, Michael. Je suis tellement contente de t'entendre. Je suis retenue dans ma chambre depuis mon arrivée. Je n'ai aucune idée de ce qui se trame dehors, mais de ma fenêtre, je vois des chars. Attends… Marco est avec toi ? Tu es où ?

— On est juste là, en face du palais, sur l'autre rive du Rhône. On voulait te secourir, et on a réussi à accéder aux catacombes qui courent sous le palais, hier soir, mais on a dû battre en retraite pour ne pas se faire prendre. Et toi ? Comment tu te sens ?

— Honnêtement, ça va. Le duc… euh, le roi Louis ne me fera pas de mal. Il refuse juste que je parte tant qu'il n'aura pas reçu l'aval du pape. Tu as des nouvelles de ce côté ? Le Vatican a l'intention de reconnaître sa légitimité au trône ?

— Je doute, mais cela n'a plus d'importance, Hana. J'ai plein de choses à te raconter, mais pour faire court, on a déchiffré des parchemins trouvés à Notre-Dame. C'est la raison qui m'a amené là-bas, l'autre jour. L'un d'entre eux est l'ultime confession du pape Clément V, dans laquelle il confirme que l'édit d'Avignon est invalide car la seconde épouse du roi Philippe IV était encore mariée à un autre quand elle a eu son fils... Ce qui signifie que l'ancêtre du duc était un enfant illégitime et que le duc ne descend donc pas de la famille royale !

— Seigneur, souffla Hana. Je ne sais pas comment il va prendre la nouvelle, Michael. Tu crois que je devrais lui dire ?

— Ne vous tracassez pas, mademoiselle Sinclair, dit la voix de Jean-Louis sur la ligne, nul besoin de m'annoncer quoi que ce soit. J'ai tout entendu.

TRENTE-DEUX

E ncerclé par les troupes de Philippe, et au vu des informations qui lui étaient récemment parvenues au sujet de la lignée royale, Jean-Louis Micheaux dut se rendre à l'évidence : c'était fini. Il ne servait plus à rien de continuer cette démonstration de force ridicule.

À la première heure le lendemain matin, il réunit toute son équipe dans la grande salle. Assis devant ses conseillers, Sabine et Hana, il prit une grande inspiration et s'exprima.

— J'ai reçu des nouvelles pour le moins inquiétantes, hier soir, et je n'ai une fois de plus pas fermé l'œil de la nuit, tant il m'a fallu réfléchir pour prendre une décision. Vous vous souvenez certainement de ce qui nous a amenés au point où nous en sommes aujourd'hui : un décret du pape Clément V datant d'il y a sept siècles, dans lequel il affirmait que les descendants de Philippe IV seraient à jamais les héritiers légitimes du trône de France.

« Il s'avère néanmoins que ce fait était erroné. Une analyse plus approfondie de la correspondance a mis à jour des éléments nouveaux : il semblerait que le pape soit revenu sur sa parole, qu'il ait été forcé d'écrire ces lignes par le roi Philippe IV, mais que lors de sa dernière confession sur son lit de mort, il ait renié l'édit d'Avignon.

« Bien que l'on puisse arguer que ce document reste valide, la généalogie du roi Philippe ne joue pas en ma faveur, puisque l'enfant de sa deuxième femme, duquel je descends, aurait été conçu alors qu'elle était encore l'épouse d'un autre, ce qui fait de mon ancêtre, un bébé né hors mariage. Ses descendants ne peuvent donc pas prétendre au trône.

Des exclamations de stupeur s'élevèrent autour de la table, de toutes les bouches sauf de celle d'Hana, qui était au courant, et celle de Sabine, qui fixait son époux d'un regard d'acier.

— Nous sommes encerclés par des forces supérieures aux nôtres, poursuivit le duc d'un ton résigné. Contrairement à nous, elles disposent d'armes, de victuailles et de personnel militaire en abondance. Bien que l'on puisse résister un moment, ils tiendront forcément plus longtemps que nous. S'ils envahissent les lieux, il pourrait y avoir des morts, ce que je refuse d'accepter. J'ai donc décidé de me rendre, à la condition que tous ceux qui ont joué un rôle dans ma campagne et mon règne, aussi bref fût-il, ne soient pas inquiétés.

Pour la première fois, Sabine se leva et prit la parole. Déjà grande de taille, elle semblait surplomber l'assemblée ainsi dressée dans sa robe ébène. Et elle était furieuse.

— Non ! exigea-t-elle. Je n'abandonnerai pas maintenant. Ni face à Philippe ni face à quiconque. J'ai trop fait pour que vous en arriviez là, Jean-Louis. Je refuse que vous sacrifiiez tous mes efforts. C'est hors de question !

Choqué que son épouse l'humilie en public, le duc eut une expression de surprise et de stupeur.

— De quoi parlez-vous, Sabine ? Vous êtes restée à Avignon tout le temps que j'étais à Paris pour travailler sur ma campagne. Alors éclairez ma lanterne, je vous prie : qu'avez-vous fait pour que j'en arrive là ?

La duchesse le fusilla des yeux en contournant la table et reprit d'une voix pleine de colère.

— Vous croyez vraiment que toutes ces manifestations, toutes ces attaques dont vous avez joyeusement profité... Vous croyez qu'elles sont arrivées par hasard ? Que c'était un coup de chance ? C'est moi qui ai créé ces opportunités idéales pour vous. Vous aviez besoin d'une crise, même de plusieurs, pour que le peuple soit mûr pour la révolution. Sans moi, vous n'auriez eu aucune chance de devenir président, encore moins roi. Toutes ces années, et en particulier ces dernières semaines, c'est moi qui vous ai poussé sur cette voie. C'est grâce à moi que vous en êtes là aujourd'hui. J'ai fait de vous l'homme que vous êtes.

La mâchoire du duc lui tomba. Il fixa sa femme, incrédule. Avait-elle perdu la raison ?

— C'est vous qui étiez derrière toutes ces attaques ? Tous ces morts ? Espèce de meurtrière ! Vous rendez-vous compte ? Des gens ont été massacrés... Leur sang est sur vos mains.

— Mieux vaut leur sang que celui de toute la France. Leur sacrifice ne sera pas vain et servira à établir un nouvel ordre, avec nous à sa tête. Soit nous sortons, ensemble, la France de la sombre époque qu'elle traverse, soit je le ferai toute seule.

À cet instant, le bruit terrifiant des pales d'un hélicoptère se fit entendre au-dessus du palais et fit trembler la salle et ses occupants. Toutes les têtes se tournèrent vers les grandes fenêtres voûtées pour voir un engin de transport militaire Aérospatiale Puma se poser dans la cour, au nord-est du bâtiment. Dans le ciel, deux hélicoptères Airbus Guépard décrivaient de grands cercles autour du complexe, prêts à intervenir.

Sabine s'avança vers les vitres. Philippe venait de descendre du Puma, accompagné de son équipe, et avançait d'un pas confiant vers l'entrée du palais.

La duchesse pivota pour faire face à la salle et lança un ordre à l'équipe de sécurité.

— Descendez au rez-de-chaussée avec le duc, faites-le sortir sur le perron et refermez à clé derrière lui, dit-elle avant de pointer un doigt vers Hana. Et remettez-la dans sa chambre jusqu'à ce que j'aie décidé si elle peut encore m'être utile.

Le responsable de la sécurité s'avança dans le dos du duc, accompagné de deux autres gardes, et le saisit par les aisselles.

— Hé, protesta Jean-Louis. Vous ne pouvez pas me faire ça ! Vous travaillez pour moi, je vous rappelle. Arrêtez !

— Pas exactement, Votre Grâce. Nous sommes à la solde de la duchesse, répondit fermement l'homme. Les seules fois où nous avons obéi à vos ordres, c'était lorsqu'ils venaient d'elle. C'est elle qui a signé notre contrat ; c'est donc à elle que va notre loyauté. Veuillez nous suivre.

Une fois dans le hall du palais, les gardes ouvrirent la porte d'entrée, poussèrent le duc ébahi dehors et refermèrent derrière lui sans oublier de tirer le verrou.

Feignant un air assuré, le duc balaya les environs du regard, tira sur les pans de sa veste et ajusta les poignets de sa chemise. De l'autre côté de la cour, en compagnie d'un groupe d'hommes et entouré d'un contingent de soldats, Philippe était en train d'installer des enceintes, visiblement pour s'adresser aux occupants du palais. Voyant le duc en haut des marches, les soldats le mirent en joue.

Jean-Louis hésita un instant, puis, d'un pas aussi digne et formel que possible, il s'approcha de Philippe.

Il avait franchi la moitié du chemin lorsque quelques soldats furent envoyés pour l'intercepter. Leurs fusils braqués sur lui, ils le fouillèrent et, ne trouvant aucun objet dangereux, le firent pivoter pour lui attacher les mains dans le dos.

Philippe s'interposa.

— Ce ne sera pas nécessaire. Il est seul et n'est pas armé. Amenez-nous deux chaises et l'auvent. J'aimerais entendre ce qu'il a à dire.

TRENTE-TROIS

L e duc d'Avignon fut accompagné sous un auvent portable et resta debout pendant que l'on allait chercher un siège pour Philippe. Puis, un garde dans son dos le fit asseoir en lui appuyant sur les épaules. En face de lui, Philippe croisa les jambes, entrelaça les doigts autour d'un genou et fixa Jean-Louis un court instant avant de prendre la parole.

— C'est très aimable à vous de vous joindre à moi, Votre Grâce. Pour être parfaitement franc avec vous, je n'étais pas très enjoué à l'idée de devoir user de la force pour vous sortir du palais, menottes aux mains. Ç'aurait été malvenu, et ce n'est pas l'image que j'ai envie de donner aux chaînes de télévision qui braquent toutes leurs caméras sur nous en ce moment.

Philippe tourna la tête pour poser le regard au loin, sur la foule de journalistes près de l'hélicoptère. Il esquissa un sourire forcé en agitant la main dans leur direction. Réprimant un soupir, Jean-Louis conclut que son ravisseur avait arrangé la présence de la presse pour couvrir cet événement particulier : la capitulation de son règne express. Et Philippe faisait le beau pour les caméras.

Si les rôles avaient été inversés, il aurait probablement agi de manière similaire.

— Avez-vous renoncé à revendiquer le trône ? s'enquit Philippe.

— Ni officiellement ni publiquement. J'étais justement en train de discuter avec mes conseillers lorsque vous êtes arrivé. Je n'ai pas eu le temps de m'exprimer devant les Français. J'imagine que vous vous doutez du pourquoi.

— Vous faites certainement référence à la conversation téléphonique interceptée par nos services. Il est désormais indiscutable que vos prétentions se basaient sur un édit invalide et une lignée illégitime. D'où ma venue à Avignon pour m'entretenir avec vous et essayer de trouver une solution pacifique à toute cette affaire. Je ne vous ferai pas de concession, étant donné que j'ai clairement l'avantage dans cette situation, mais puisque vous êtes venus à ma rencontre, je vais au moins écouter ce que vous avez à proposer.

Jean-Louis réfléchit un instant. De toute évidence, Philippe ignorait encore que Sabine avait pris les rênes ; même lui, le duc, avait encore du mal à se mettre dans la tête que sa propre épouse l'avait trahi. Mieux valait garder cette carte sous le coude et la dévoiler au bout moment.

— Il me reste encore un élément que vous désirez, Philippe : une renonciation pacifique du trône. Je vous l'accorderai en échange de votre pardon et de votre clémence envers mon équipe. Ils ont agi sur mes ordres et ne méritent pas d'être punis.

— Quand vous dites « mon équipe », est-ce que vous incluez votre épouse et Hana Sinclair dans le lot ? Je suis curieux de connaître leur rôle à vos yeux.

— Le cas de mademoiselle Sinclair est clair : elle n'a jamais officiellement intégré mon équipe et était ici contre son gré. Elle s'est réfugiée à mon hôtel pour échapper aux violences qui avaient lieu à Paris et je l'ai amenée à Avignon avec moi, mais elle ne s'est jamais montrée déloyale envers la République. Quant au Vatican, j'ai demandé au pape de bénir mon ascension sur le trône, mais il n'a pas donné suite. Visiblement, ce fut une sage décision de sa part.

— Et votre femme ? insista Philippe.

Le duc se tut un instant, l'air pensif.

— Concernant Sabine, c'est un peu plus complexe. J'ai appris récemment qu'elle avait agi en mon nom sans que je le sache, mais je crains de ne pouvoir vous en dire plus, compte tenu de notre mariage et des privilèges de confidentialité qui en découlent.

Philippe sourit à son ancien adversaire.

— Je meurs d'envie d'en savoir plus, mais je reconnais que vous vous êtes comporté en vrai gentleman, avec honneur et dignité, et pour cela, je vous dois le respect. Étant donné que vous avez tenté de faire tomber le gouvernement élu démocratiquement, même si ce fut pendant un court laps de temps, j'ai bien peur de devoir vous arrêter. Je vous saurai gré de bien vouloir vous adresser publiquement à celles et ceux qui vous ont manifesté leur soutien.

« Nous allons vous installer un pupitre et un micro, et vos paroles seront retransmises en direct par la presse. Mais avant cela, je vais demander à ce que l'on vous ramène à l'intérieur pour que vous puissiez avertir votre équipe et vos conseillers. Les personnes qui décideront de sortir du palais dans les minutes qui suivront seront interrogées, mais sans suite.

— Ah, je crains qu'il n'y ait un petit problème, reprit le duc, gêné. Je suggère que l'on commence par le discours, car voyez-vous, je doute qu'on me laisse rentrer.

Le bureau de presse de Philippe avait installé le pupitre au milieu des jardins du Palais des papes, avec les hautes flèches de l'édifice en arrière-plan.

Flanqué de deux militaires, qui étaient là tant pour donner l'impression que le duc était protégé que pour s'assurer qu'il ne s'enfuirait pas, Jean-Louis se tenait fièrement sur l'estrade. Il balaya l'assistance du regard un instant avant de prendre la parole.

> Chers Français, chères Françaises,
>
> Je me tiens aujourd'hui devant vous, en toute humilité. J'ai récemment revendiqué le trône de notre chère patrie à la lumière de découvertes archéologiques indiquant que j'étais votre souverain légitime, et en réponse aux bouleversements politiques qui secouent notre nation.
>
> Mais hier, j'apprenais que de nouvelles recherches invalidaient cette prétention, tant du côté de l'édit d'Avignon que de la lignée royale. C'est donc avec un profond regret et une vive déception que je me vois contraint de renoncer à ma revendication du trône et de...

— Bla, bla, bla..., l'interrompit la voix de Sabine, amplifiée par les enceintes du micro portatif qu'elle tenait à la main, debout sur le portique du palais.

Vêtue d'une jupe-short noire en cuir d'agneau signée Christian Dior, elle portait sur la tête une couronne d'or

noir dont les pointes oxydées scintillaient au soleil au-
dessus de sa longue chevelure d'ébène. Une cape noire
bordée de fourrure de panthère lui tombait sur les épaules.
Derrière elle, une trentaine de gardes en uniforme se
tenaient au garde-à-vous, leurs fusils étincelants prêts à
faire feu.

— Pathétique ! lança-t-elle après un silence théâtral.
Quel triste petit duc brisé ! Comme dit l'adage, ne confiez
jamais à un homme le travail d'une femme.

Toutes les caméras s'étaient tournées vers Sabine, bien
plus intéressées par la mer de noir qui l'entourait – sans
parler de l'effet spectaculaire de son interruption – que par
les excuses de Jean-Louis sous son auvent.

— Cher peuple de France, je suis votre reine ! Je l'étais
quand mon dégonflé d'époux est monté, un bref instant,
sur le trône, et je le demeure aujourd'hui de mon plein
droit, car je suis une Valois, de la maison royale des Valois,
branche de la maison Capet.

Tournant son attention sur Philippe, elle pointa un
doigt accusateur ganté de noir vers lui.

— Philippe, je vous laisse vingt-quatre heures pour
retirer vos troupes de ma propriété. Si vous refusez
d'obtempérer, vous découvrirez bien vite que je possède
des atouts que ni vous ni mon mari n'auriez jamais pu
imaginer.

Elle pivota pour faire face aux caméras.

— Venez, mes chers… Sortez de l'ombre et montrez au
monde combien vous aimez votre Reine noire.

Elle tourna alors les talons pour retourner dans le
palais et se hâta de rejoindre le centre de commandement
improvisé.

— Allumez toutes les grandes chaînes de télévision

françaises, Graham. Je veux voir mes sujets descendre dans la rue pour moi.

~

PHILIPPE SE TOURNA VERS JEAN-LOUIS.

— Avez-vous la moindre idée de quoi elle parle ?

— Probablement de sa ligne de vêtements. Elle compte un grand nombre d'abonnés sur les réseaux sociaux et s'imagine influenceuse de mode. Je suppose qu'elle pense que ses followers vont la soutenir dans sa folie.

— Et c'est probable ?

Jean-Louis leva les yeux au ciel.

— Pas le moins du monde. Mes sources affirment qu'elle est la risée de l'Internet, une véritable caricature. Sur certains sites, on se moque ouvertement d'elle : une enfant de riche pourrie gâtée, complètement déconnectée de la réalité, qui se croit fashionista. La plupart de ses abonnés la suivent pour se marrer, mais elle est persuadée qu'ils lui vouent une véritable adoration et qu'ils lui obéiront au doigt et à l'œil, ce dont je doute fortement. Il paraît qu'elle n'a pas vendu une seule de ses créations hors de prix depuis un moment et que ses pièces ne font qu'encombrer les galeries qu'elle paie pour exposer son travail. Honnêtement, j'ignore où elle trouve tout cet argent. J'ai coupé les vivres de sa petite entreprise de mode il y a longtemps. Elle a dû trouver un mécène excentrique qui aime financer les causes perdues. Vous l'aurez deviné : nous ne sommes pas un couple classique et notre mariage a été arrangé pour satisfaire nos familles respectives et perpétuer notre sang noble.

— Compris. Ma tâche ici est terminée. Je m'en retourne à Paris, conclut Philippe. Vous serez prochainement convoqué pour répondre de vos actes, Jean-Louis, mais puisque vous vous êtes montré coopératif, je veillerai à ce que la justice soit clémente avec vous.

Dans le Palais des papes, Graham Halsey – propriétaire et commandant de BlackCloud, l'entreprise de sécurité privée qui s'était un temps acoquinée avec les Chevaliers de l'Apocalypse, et au sein de laquelle on le connaissait sous le nom de code « Nimbus », accueillit la reine Sabine après son discours sur le balcon.

— Vous avez été magistrale, Sabine, s'extasia-t-il, sans grande sincérité.

Il avait suivi la retransmission de CNN jusqu'à ce que le message « Problème technique » s'affiche à l'écran, lorsque quelques poignées d'ados en tenue gothique étaient apparues devant les centres commerciaux des grandes villes.

— Merci, Graham. Je vais demander à mon responsable de communication d'envoyer le prochain e-mail dans quelques minutes pour organiser les manifestations, comme prévu. Vous imaginez un peu ? Une foule de gens en noir qui descendent dans les rues de toutes villes de France pour soutenir mon règne. Ce pourrait être une couverture idéale pour votre prochaine mission.

— Oui, j'y ai pensé. Mais si je puis me permettre une question : pourquoi avoir choisi le noir ? Non pas que la couleur ne vous aille pas à merveille, je m'interroge simplement sur la raison de ce choix comme couleur royale.

— Le noir, mon cher Graham, a toujours été associé à la rébellion et à la mélancolie, deux états d'esprit que partagent aujourd'hui tous les Français. Symboliquement, le noir est clair et sans équivoque : il exprime certitude et autorité. Il porte en lui le pouvoir et la théâtralité, le mystère, le raffinement et la solennité. Et n'oubliez pas que la veuve noire, célèbre pour son appétit sexuel cannibale, est l'araignée la plus dangereuse de toutes.

Halsey pâlit à cette image crue et changea rapidement de sujet.

— Vous avez déclaré dans votre discours accorder vingt-quatre heures à Philippe pour évacuer. Pensez-vous vraiment qu'il va obtempérer ?

— Il ne faut jamais réagir conformément aux attentes de l'adversaire, Graham. Je veux que vous lanciez les attaques dès les premières manifestations. Frappons au moment où ils s'y attendront le moins et avant que Philippe ne fasse pirater nos communications.

— Il en sera fait selon vos désirs, dès que le prochain versement aura été effectué. La guerre coûte cher, vous savez. Ces drones valent au moins un million d'euros pièce.

— C'est de l'argent bien dépensé, Graham. Philippe sait désormais que nous sommes armés, résolus, et qu'il ne faut pas nous sous-estimer.

Sabine fit signe à l'un de ses assistants assis à la table de réunion. L'homme se pencha, sortit de sous sa chaise une mallette argentée Halliburton et l'ouvrit, avant de la faire pivoter vers Graham Halsey, révélant des piles de pièces d'or anciennes, soigneusement emballées sous un plastique transparent.

— J'espère que ceci suffira à récompenser les efforts

que vous avez fournis jusqu'à présent, et les prochains à venir.

Bouche bée devant tant de richesses, Graham s'empressa d'acquiescer.

— Absolument, Votre Majesté. Je vous remercie pour votre générosité. Nous nous tiendrons prêts à agir selon vos ordres.

TRENTE-QUATRE

N'ayant pas réussi à accéder au jet d'Armand, l'aéroport ayant été réquisitionné par les forces de Philippe pour faire venir des troupes supplémentaires à Avignon, Marco, Michael, Karl et Lukas se rabattirent sur le garage.

Leur équipement de plongée étant toujours dans la soute, Karl décida d'en louer. Il appela son magasin habituel à Rome qui lui recommanda une boutique à Marseille, et lui assura qu'il ferait passer le message pour que le propriétaire évite de poser des questions indiscrètes. La cité phocéenne n'était qu'à une heure de route, mais la circulation était telle qu'ils ne furent de retour à Avignon que quatre heures plus tard.

Toute l'équipe se retrouva sous les arbres du camping de l'île de la Barthelasse, sur la rive faisant face au palais, pour se changer et enfiler leur combinaison. Puis, ils rampèrent jusqu'à la plage sous couvert de la végétation pour planifier leur entrée dans le château.

— Bon, commença Karl en sortant une carte de la région, puisqu'on est tous des plongeurs expérimentés, je vous épargne les consignes de base. Je plongerai en premier, avec une corde que Marco suivra. Si je tire une fois, tu t'arrêtes et tu me donnes du mou. Deux fois, et tu tires doucement sur la corde. Trois fois : c'est une urgence. Tu me sors de là si tu y arrives. Sinon, tu remontes à la surface et tu retournes sur la terre ferme, sur la rive nord.

« On va fonctionner par paires. Marco est avec moi. Michael et Lukas forment la deuxième équipe. Ils suivront la corde à trois mètres derrière Marco, Michael en premier et Lukas en second. L'eau est probablement boueuse et on ne pourra pas utiliser de lampes tant qu'on ne sera pas suffisamment profond, sinon on risque de se faire repérer. Il faudra donc commencer à plonger tant qu'il fera encore jour.

« À première vue, la caverne qui mène aux catacombes était autrefois sous l'eau. Si l'on veut faire sortir Hana, il faut qu'on trouve une connexion naturelle ou un conduit suffisamment spacieux qui nous permettrait de passer sous les jardins et d'atteindre le sous-sol du château. Pour l'instant, tout ce qu'on peut faire, c'est explorer les lieux et espérer. Tout le monde est prêt ? Chacun a son partenaire ? Alors, c'est parti.

Karl s'immergea et se mit à battre des palmes en tirant la corde en polyester jaune, sa lampe braquée devant lui pour scruter l'eau trouble. Il se dirigea vers la rive sud, où le Rhône virait vers l'est, qui n'était que le prolongement des falaises de calcaire abruptes surplombant le rivage.

En partant à l'ouest du palais, Karl remonta le fleuve jusqu'à repérer une crevasse dans la paroi, assez large pour que deux plongeurs y passent côte à côte, et d'où provenait un courant perceptible.

Il s'y engagea et bientôt, un plafond se forma au-dessus de sa tête : il était entré dans un tunnel. À mesure qu'il avançait, la crevasse se resserra. Au bout d'une centaine de mètres, il remarqua un tuyau de quinze centimètres qui se terminait dans le plafond et rejetait de l'eau. Quelques mètres plus loin, un autre tuyau équipé d'une grille aspirait le fleuve : visiblement une conduite d'aspiration.

Ils devaient se trouver sous la station de pompage des jardins. Karl poursuivit son chemin, non sans avoir d'abord jeté un coup d'œil derrière lui pour vérifier que Marco allait bien. Ce dernier leva le pouce, puis se retourna pour s'assurer que Michael suivait.

Le prêtre lui fit signe que tout se passait à merveille, puis regarda par-dessus son épaule, mais Lukas n'était plus là. Il tira trois fois sur la corde pour prévenir la tête du cortège de l'urgence.

Quand Karl sentit les trois à-coups, il fit aussitôt demi-tour et rebroussa chemin. Marco le laissa passer, puis le suivit.

Arrivé à hauteur de Michael, Karl nota l'absence de Lukas. Sa gorge se serra ; l'idée de le perdre lui glaça le sang. Son cœur s'accéléra. Puis, il aperçut son partenaire qui remontait du fond du tunnel boueux. Il respira un grand coup pour se calmer et se promit de parler à Lukas plus tard : un plongeur aussi expérimenté que lui aurait dû savoir qu'il ne faut jamais lâcher la corde.

Lorsque Lukas les rejoignit, Karl lui adressa une mimique interrogatrice et un regard inquiet, les paumes tournées vers le haut. Lukas pointa du doigt une déchirure dans sa combinaison, au niveau de la jambe, pour lui faire comprendre qu'il s'était malencontreusement accroché. Il fit signe que tout allait bien et Karl lui serra l'épaule en retour, avant de lever le pouce en direction de Michael et Marco, et de reprendre la tête du groupe.

Au fil de leur avancée, la crevasse s'élargit peu à peu. Le plafond s'éleva tant et si bien au-dessus d'eux qu'il disparut dans l'obscurité, et le courant se fit plus faible. Finalement, au bout de quatre cents mètres, Karl leva sa lampe vers ce qui semblait être la surface de l'eau.

Il remonta prudemment et balaya les environs de son faisceau, sans retirer son détendeur, au cas où l'air serait vicié. Ses compagnons émergèrent à leur tour et inspectèrent les lieux. Ils se trouvaient au milieu d'un petit lac souterrain. Au-dessus d'eux, à dix mètres de hauteur, le plafond voûté de la caverne était constellé de stalactites scintillantes.

Dans la paroi latérale de la grotte, une porte soutenue par une base en béton avait été creusée. Elle devait bien avoir une centaine d'années, à en juger par la serrure à l'ancienne, et se dressait à un peu plus d'un mètre au-dessus de l'eau. On y accédait par quelques marches en pierre submergées. À en croire les démarcations sur les murs, la surface du lac avait été bien plus haute, par le passé, et avait même atteint l'encadrement de la porte. La rive était jonchée de vieilles caisses et de coffres qui avaient pris l'eau plus d'une fois.

Toute l'équipe flottait au milieu du lac, la tête à peine sortie de l'eau, lorsque la porte s'entrouvrit, laissant passer un rayon de lumière. Personne ne bougea. L'eau autour d'eux était aussi calme qu'une mer d'huile.

Une lampe torche apparut dans l'entrebâillement de la porte qui s'ouvrit un peu plus et éclaira les caisses sur la rive. La silhouette imposante de la nourrice se dessina.

— Margot ? Margot, tu es là ? lança-t-elle dans un murmure qui résonna en écho sur les parois de la caverne. Je te jure que si je t'attrape ici, tu seras punie, jeune fille !

Karl, Lukas et Michael étaient retournés sous l'eau, le plus lentement possible pour ne pas créer d'ondulations, mais Marco n'était pas totalement immergé. Les yeux au-dessus de la ligne de flottaison, derrière son masque de plongée, il resta là, à observer, en battant doucement des palmes pour ne pas s'enfoncer, tout en retenant sa respiration pour ne pas que les bulles d'air remontant à la surface ne trahissent sa présence.

Partagé entre son désir de revoir Margot – tout en espérant qu'elle ne s'attirerait pas d'ennuis – et celui de ne pas se faire prendre dans le faisceau de la lampe de la nounou, il patienta.

Après un soupir contrarié, la femme marmonna quelque chose dans sa barbe et tira la porte derrière elle, puis repartit d'où elle était venue. Marco expira enfin et de grosses bulles éclatèrent bruyamment à la surface, bientôt suivies de celles de ses compagnons, qui avaient eux aussi retenu leur respiration et venaient de remonter.

Une fois certains qu'ils ne risquaient plus d'être découverts, les hommes montèrent sur la rive et ôtèrent leur combinaison qu'ils cachèrent derrière les caisses. De leurs sacs, ils sortirent des vêtements noirs secs, qui n'étaient pas sans rappeler les tenues de l'équipe de sécurité de la reine.

Puis, tout le monde se regroupa autour de la porte, l'oreille tendue.

Silence complet.

À voix basse, Karl récapitula le plan. Ils remonteraient tous ensemble jusqu'au rez-de-chaussée, puis se sépareraient en deux groupes. Michael irait avec Marco ; Lukas resterait avec Karl. Ils fouilleraient d'abord l'hôtel du palais, puis la résidence principale, à la recherche d'Hana.

— Avancez avec naturel, comme si vous étiez à votre place, leur conseilla Karl. Avec un peu de chance, ils penseront qu'on fait partie de l'équipe de sécurité.

Marco confia à Michael une radio et une oreillette, pour rester en contact.

— Si jamais tu te fais capturer et que tu ne peux pas parler, appuie trois fois sur ce bouton. C'est le signal d'urgence. On fera notre possible pour t'aider si ça arrive. Tiens-nous au courant de ta position, et on en fera de même.

Armés de petites lampes torches militaires à multiples niveaux de luminosité, ils s'engagèrent dans l'escalier en éclairant tout juste pour voir où ils mettaient les pieds. Les marches avaient été creusées dans le calcaire des centaines d'années auparavant et remontaient en colimaçon.

L'équipe finit par arriver sur un petit palier : à droite, une porte ; à gauche, l'escalier continuait de monter. Ils éteignirent leurs lampes pendant que Marco collait l'oreille contre le battant.

Aucun son ne lui parvint. Il souleva le loquet et poussa doucement la porte. De l'autre côté, il fut accueilli par un noir le plus complet. Il ralluma sa lampe sur la luminosité la plus basse et braqua son faisceau devant lui, ce qui lui permit de reconnaître les sarcophages et les niches des catacombes qu'ils avaient déjà vus.

Il s'accroupit et pénétra dans la salle.

Soudain, une lumière s'alluma à côté de lui et remonta sur son visage. Une voix de femme poussa une exclamation terrifiée, suivie d'un cri strident. Marco bondit vers elle et lui plaqua une main sur la bouche. De peur, elle s'évanouit dans ses bras, et il la rattrapa avant qu'elle ne s'écroule par terre, puis l'adossa au mur.

Tout le monde s'était figé. Le cri de la dame allait-il attirer des gardes ?

Ils patientèrent quelques secondes, mais personne ne vint. D'un geste rapide, Marco sortit un collier de serrage de sa poche pour lui lier les chevilles et les poignets, lui fourra un tissu roulé en boule dans la bouche et sécurisa le tout autour de sa tête à l'aide d'un autre collier pour la bâillonner.

Il était debout devant elle lorsqu'un bruit se fit entendre dans son dos. Pivotant brusquement sur ses talons, il braqua son arme devant lui et vit une petite silhouette émerger de derrière un sarcophage.

— Bonjour, fit la voix hésitante de Margot. Qu'est-ce que vous faites là ? Vous êtes des soldats ? C'est vous qui avez encerclé le château ?

Elle fit un pas en arrière.

— Non, non, Margot, s'empressa de répondre Michael d'une voix aimable. C'est nous. Tu te souviens ? Je suis le père Michael.

— Ah oui, c'est vrai ! Pourquoi vous êtes revenus ? Vous allez faire du mal à papa et maman ? demanda-t-elle d'un ton craintif.

— Non, Margot. On ne va faire de mal à personne. Mais il ne faut pas que les autres sachent qu'on est là, sinon ils risqueraient de nous faire du mal à nous. Notre amie est retenue prisonnière à l'étage. On est venus pour la secourir. Tu n'aurais pas vu une jolie dame, plutôt grande, avec de longs cheveux bruns ?

La fillette eut une moue pensive.

— Non, répondit-elle. Mais il y a plein d'inconnus qui

dorment au troisième étage de l'hôtel. Elle est peut-être avec eux.

— Tu crois que tu pourrais nous montrer où c'est ?

— Je peux, mais maman dit que je n'ai pas le droit d'y aller. Et puis, il y a plein de soldats là-haut, maintenant.

Michael échangea un regard avec ses compagnons. Leur plan risquait d'être compromis s'ils tentaient de libérer Hana.

— C'est ta maman, là-bas ? demanda Michael en désignant la femme inconsciente.

— Non, c'est ma nounou. Elle est venue parce que je me suis cachée ici. Je l'aime pas, elle est toujours méchante avec moi. Vous avez bien fait de l'attacher. Parfois, elle m'enferme dans ma chambre et j'ai pas le droit de sortir, mais je passe par la fenêtre pour descendre ici.

Michael remarqua que l'enfant cachait quelque chose derrière son dos.

— Qu'est-ce que tu as là, Margot ?

La fillette leur montra un ours en peluche portant un collier fait de disques d'or martelés.

— C'est Ursa, mon meilleur ami. Il joue avec moi quand je viens ici, pour pas que j'aie peur de la reine.

— *La reine ?* Quelle reine ?

— Celle qui est morte, dans la boîte. Vous savez, là où on s'est rencontrés la première fois.

— Et si on retournait la voir ? proposa-t-il.

Margot prit la main que Michael lui tendait et guida le groupe jusqu'au tombeau royal.

— Comment tu as trouvé cet endroit, Margot ? lui demanda-t-il quand ils furent arrivés.

— Un jour, je suis venue rendre visite à mon grand-père, et Ursa et moi, on a remarqué que la boîte était ouverte, alors on a regardé dedans, et c'est comme ça qu'on a vu les marches. On n'est pas descendus tout de suite, mais Ursa est courageux, alors il a dit qu'on pouvait y aller. En bas, il y a plein d'or et de diamants. Vous voulez que je vous montre ? Ça ne fait plus peur, maintenant.

Margot se faufila dans le sarcophage et se mit à descendre les marches taillées dans le calcaire. Michael la suivit jusqu'à la salle souterraine.

Cette fois, il prit le temps d'observer la pièce et découvrit avec stupeur plusieurs coffres en bois pourri dans un coin : six d'entre eux étaient vides, mais deux débordaient de pièces d'or, bijoux, calices et colliers de perles. Aux yeux de Michael, cela ressemblait à un véritable trésor de pirate.

Sur une chaise devant la table, au centre de la salle, un gros ours en peluche arborait un épais bracelet en or à un bras, des gantelets en or à chacun de ses pieds et un petit casque à cornes sur la tête.

— Désolée d'être partie aussi vite l'autre jour, Roi Teddy. J'ai ramené des invités pour le thé, annonça Margot d'une voix enfantine à sa peluche.

Un à un, les autres membres de l'équipe descendirent dans la pièce et restèrent figés devant l'incroyable butin qui se dressait devant eux, étincelant sous le faisceau de leurs lampes.

— C'est forcément en rapport avec le trésor mentionné par le pape Clément V, partagea Michael face à leurs mines ébahies. Et les coffres vides, là, sont sans doute ce qui a financé la campagne diabolique de Sabine.

— Regardez-moi ça…, murmura Lukas, émerveillé face à tant de richesses.

— Oui, oui, c'est magnifique, intervint Marco avec empressement, mais j'aimerais qu'on se concentre sur notre mission. On s'occupera des coffres plus tard. Pour l'instant, il faut retrouver Hana.

Michael s'agenouilla près de la fillette.

— Merci de nous avoir montré ton salon de thé secret, Margot. Il est temps pour nous d'aller chercher notre amie. Tu as dit que tu ne pouvais pas entrer dans l'hôtel, mais est-ce que tu peux nous montrer comment y accéder ?

— D'accord, mais il ne faut rien dire à maman.

— Comment s'appelle ta maman, ma puce ?

— Elle s'appelle Sabine. C'est la reine de France.

TRENTE-CINQ

M argot conduisit toute l'équipe jusqu'à la porte du rez-de-chaussée, en haut des marches, et colla son oreille au battant quelques secondes avant de murmurer :

— Il y a peut-être de nouveaux gardes. Certains sont gentils, mais la plupart sont méchants. Ne bougez pas de là, je vais voir si la voie est libre et regarder où ils sont postés. Maman leur a ordonné de me laisser tranquille du moment que je reste dans le château. Attendez-moi, je reviens.

Marco entrouvrit la porte et, après avoir vérifié que personne ne se trouvait de l'autre côté, Margot se faufila par l'interstice, puis tout le monde redescendit dans la caverne sombre en attendant le retour de la fillette.

PEU APRÈS, la porte se rouvrit, et la petite silhouette de Margot apparut à contre-jour. Elle leur fit signe de remonter et ils sortirent un à un. Un long couloir aux murs de pierre s'étendait de part et d'autre de la porte.

— Ne faites pas de bruit, leur intima Margot avant de pointer un doigt sur la gauche. De ce côté, c'est l'église, mais vaut mieux qu'on aille dans l'autre sens. C'est le chemin des domestiques. On passera devant les cuisines et le salon avant de sortir dehors, là où arrivent les livraisons. Après ça, vous devrez prendre l'ascenseur de service jusqu'au troisième étage de l'hôtel. C'est là que papa et maman font dormir les invités.

« Je ne sais pas dans quelle chambre elle est, votre amie, et j'ai pas le droit de monter là-haut. Il y a des gardes qui surveillent les camions, et d'autres à côté du portail, mais je pense pas qu'ils vous verront si vous prenez l'ascenseur.

Les quatre hommes, vêtus de noir comme le personnel de sécurité du château, emboîtèrent le pas de Margot d'un air assuré. Une fois devant la porte, Marco se tourna vers la fillette.

— Tu as été très gentille avec nous, Margot ! Tu es une jeune fille très courageuse et très intelligente.

Un grand sourire éclaira le visage de l'enfant devant le compliment de ce beau soldat. Visiblement, elle n'avait pas l'habitude qu'on la félicite. La pauvre ne recevait certainement pas beaucoup d'affection et d'attention de la part de ses parents, tous deux très occupés par leur vie publique. Jean-Louis et Sabine faisaient probablement passer leur carrière avant leur fille, reléguant le rôle de parent à la nounou qui, à en croire la petite, n'était pas très gentille.

— Écoute-moi bien, Margot. Je veux que tu ailles te réfugier dans un endroit sûr. Pourquoi pas avec Ursa et le roi Teddy dans la salle au trésor. Restes-y un moment, d'accord ? Les choses risquent de devenir dangereuses. Je ne voudrais pas que tu sois blessée.

— Mais je veux rester avec vous ! Je serai sage et je ferai pas de bruit. Promis !

— Non, mon ange. Tu seras plus en sécurité en bas. Mais si on trouve notre amie au troisième, on redescendra pour te dire au revoir.

Contrariée, Margot fit la moue, mais elle finit par obtempérer et tourna les talons en direction de la caverne. Marco la regarda s'éloigner jusqu'à ce qu'elle ait disparu de sa vue.

— Hé, champion ! Reviens parmi nous, lança Karl en lui administrant une grande tape dans le dos. On a du boulot.

— Hein ? Oh, c'est vrai. Allons-y.

Marco poussa la porte, qui s'ouvrit sans résister, et analysa la situation. Un camion était garé sur le quai de chargement. Deux gardes fumaient, adossés au capot du véhicule, pendant que leurs collègues, postés devant le portail, surveillaient la rue. Personne ne regardait dans leur direction. Le vieil ascenseur de service se trouvait de l'autre côté de la zone, après le camion.

— Bon, chuchota Marco. Je vais appeler l'ascenseur. S'il y a des gens dedans quand il s'ouvre, on les repousse à l'intérieur, on ferme les portes et on les maîtrise.

Il plongea une main dans son sac pour en sortir le silencieux de son fidèle Glock 19, qu'il vissa sur le canon, avant d'enclencher la visée holographique.

— Je prends la tête. Si on doit abattre quelqu'un, laissez-moi tirer en premier avec mon silencieux. Il faut s'efforcer de rester discrets. Mais si ça part en vrille, vous avez carte blanche.

Il ouvrit la porte et ils traversèrent à la hâte l'espace les séparant de l'arrière du camion. Marco s'approcha et appuya sur le bouton pour appeler l'ascenseur. Les chiffres au-dessus de leur tête indiquèrent trois, puis deux, puis un. Les portes s'ouvrirent dans un chuintement... sur un responsable de la sécurité en uniforme noir, une casquette vissée sur le crâne et un bloc-notes à la main.

Marco le prit par surprise et lui rentra dedans de plein fouet, projetant l'homme au fond de l'ascenseur dans un bruit sourd, une main plaquée sur sa bouche pour l'empêcher de crier. Michael, Karl et Lukas entrèrent à leur tour. Le premier appuya sur le bouton du troisième étage et les portes se refermèrent lentement, pendant que les deux autres se jetaient dans la mêlée pour maîtriser le garde, lui agrippant chacun un bras et une jambe. Optant pour un étranglement frontal, Marco saisit les revers de la veste de l'homme et enfonça ses poings contre son cou, juste au-dessus des artères carotides.

Le garde se débattit pendant une minute avant de s'évanouir. Comme il faisait à peu près la même taille que Marco, le Français lui vola son haut et sa casquette, et les enfila, avant de s'emparer de sa radio et de son bloc-notes. Karl et Lukas lui attachèrent les mains, les genoux et les chevilles à l'aide de colliers de serrage, et le laissèrent dans un coin de l'ascenseur.

Le bloc-notes que Marco avait subtilisé au garde indiquait la répartition des chambres des « invités », et Hana n'était pas la seule personne retenue à cet étage. Plusieurs membres du personnel du duc y étaient également hébergés, probablement contre leur gré, supposa Marco.

— Michael, tu as ton col romain avec toi ?

Sans même lui demander pourquoi, le prêtre fouilla

dans son sac et en sortit l'objet en question, qu'il attacha autour de son cou.

— Bon, voilà le plan : Hana est dans la chambre 304. À en croire ce bloc-notes, il y a un garde posté à chaque extrémité du couloir, et l'ascenseur se trouve en plein milieu. Je vais escorter Michael jusqu'à la pièce où est retenue Hana, et on dira aux gardes qu'il est venu lui administrer les derniers sacrements avant que la reine ne la fasse exécuter pour espionnage. Après ça, on entre, on récupère Hana, et si les gardes nous posent des questions, on les neutralise.

Il se tourna vers Karl et ajouta :

— Vous deux, vous attendez ici et vous surveillez leur fréquence radio. Si jamais il s'y dit quelque chose d'utile, prévenez-moi. Bloquez l'ascenseur au troisième étage avec les portes ouvertes. On reviendra aussi vite que possible.

MICHAEL OUVRIT la porte et remonta le couloir en compagnie de Marco.

Le garde du fond les aperçut et s'approcha d'eux. Un bref coup d'œil par-dessus son épaule confirma à Marco que le gars posté à l'autre bout du couloir restait planté là, sans leur prêter attention.

Ils arrivèrent devant la porte d'Hana en même temps que le garde soupçonneux. Une attache et un cadenas avaient été montés sur le battant pour verrouiller la chambre de l'extérieur.

Le type de la sécurité leur décocha un regard méfiant.

— Je te connais pas toi. Tu es qui ? Qu'est-ce que tu fiches ici ? demanda-t-il à Marco. Et qu'est-ce qu'il vient faire là, le curé ?

— Je ne suis pas là pour répondre à tes questions à la

noix, rétorqua Marco d'un ton autoritaire. Le prêtre est venu pour donner les derniers sacrements à la fille avant que la reine ne la fasse exécuter pour espionnage. Maintenant ouvre la porte, qu'on puisse effectuer notre travail.

— Mouais, va falloir que je vérifie ça, marmonna le garde en saisissant sa radio.

Au même instant, Marco sortit la sienne, celle appairée à l'unité que Lukas et Karl avaient avec eux dans l'ascenseur. Il appuya sur le bouton « Talk ».

— Poste de contrôle, je suis devant la chambre 304 avec le prêtre. Vous pouvez demander au garde d'ouvrir la porte ?

Il se tourna vers le type.

— C'est quoi, votre code ?

— Sec-12.

— C'est Sec-12, ajouta Marco dans son talkie-walkie.

La voix de Karl répondit via la radio subtilisée au responsable, désormais inconscient.

— Sec-12, ici le poste de contrôle. Autorisation accordée. Ouvrez la chambre 304. Terminé.

— Ici Sec-12. Bien reçu. Terminé.

L'homme sortit alors un trousseau de clés de sa poche et farfouilla un instant pour trouver celle marquée « 304 ». Il déverrouilla le cadenas, tourna la poignée et poussa la porte.

Debout de l'autre côté, Hana fut surprise de voir ses amis entrer.

— Marco ? Michael ? Qu'est-ce que vous…, commença-t-elle avant que Marco ne puisse lui faire signe de se taire.

Entendre la prisonnière appeler les inconnus par leur prénom confirma les soupçons du garde. Il s'empressa de porter sa radio à sa bouche et appuya sur le bouton pour appeler des renforts, mais Marco le poussa dans la chambre et l'envoya valser contre le mur. Sonné par le choc, l'homme mit un moment à se rétablir, et Marco en profita pour se baisser et lui envoyer un coup d'épaule dans l'aine. Profitant de son élan, il souleva le garde sur son épaule et le fit basculer en arrière. Le type atterrit sur le dos et Marco accompagna sa chute. Il retomba de tout son poids sur le torse de l'homme qui en eut le souffle coupé.

Le Français saisit le talkie-walkie.

— Attendez-vous à recevoir de la visite, annonça-t-il à Karl.

Sans perdre de temps, il sortit un collier de serrage de son sac et attacha les poignets de l'homme au montant du lit. À cet instant, la radio du garde grésilla.

— Centre de commande à Sec-12. Répondez.

Quelques secondes de silence s'ensuivirent.

— Centre de commande à Contrôle. Confirmez.

Marco saisit la main d'Hana pour l'écarter de Michael, qui l'avait éloignée de la porte quand le garde était entré.

— On y va. Ils ne vont pas tarder à se rendre compte que des inconnus ont utilisé leur fréquence.

La voix reprit, inquiète.

— Sec-10, est-ce que vous avez Sec-12 en visuel ?

Un homme répondit :

— Sec-10 à Centre de commande. Négatif. La dernière fois que je l'ai vu, il était en train de parler au prêtre et au responsable dans le couloir.

— Responsable Sec-2, vous me recevez ?

Aucune réponse.

— On est repérés, déclara Marco. Faut partir !

Quand le garde à l'autre bout du couloir vit Marco,

Hana et Michael sortir de la chambre, il se mit à courir vers eux.

— ARRÊTEZ ! ordonna-t-il.

Marco sortit son Glock de derrière son dos juste au moment où le garde passait devant l'ascenseur encore ouvert.

Soudain, une main jaillit de la cabine et frappa le garde à la gorge. L'homme s'effondra en suffoquant, les mains sur le cou. Karl le tira dans l'ascenseur et le ligota, laissant à Marco, Hana et Michael le temps de les rejoindre.

— On décampe ! lança Marco. Petit changement de programme : on reprend le passage de service, on descend dans les catacombes par l'escalier et on débouche sur la rue. Si jamais il y a quelqu'un, on continue à descendre et on replonge dans le lac pour ressortir par le Rhône. Je ferai du bouche-à-bouche avec Hana.

Hana eut d'abord l'air perplexe, puis paniquée.

— On va faire du quoi ?

— Ça va aller, t'inquiète pas, la rassura Marco.

Soudain la radio grésilla et une voix s'écria : « Code rouge ! Code rouge ! Équipe d'intervention à Hôtel 3. Sécurité injoignable. »

Michael appuya frénétiquement sur le bouton du rez-de-chaussée, comme si cela pouvait faire descendre l'ascenseur plus vite. Moins de trente secondes plus tard, les portes s'ouvrirent dans un chuintement et toute l'équipe se précipita vers la sortie qui débouchait sur la zone de livraison. Des cris provenant du portail leur parvinrent.

Une fois à l'intérieur, ils remontèrent le passage menant à l'escalier au pas de course et étaient presque arrivés lorsque la porte du quai de chargement s'ouvrit.

— Arrêtez ! hurla une voix inconnue dans leur dos.

Puis, Marco entendit ce qu'il redoutait le plus : des coups de feu.

Il plongea en avant pour forcer tout le monde à se plaquer contre le sol. Quand le groupe atterrit, il roula sur le côté en dégainant son Glock et se retourna pour affronter leur ennemi. Assis, les jambes écartées devant lui, face à la porte, il vit deux gardes, l'un à genoux, l'autre debout. Tous deux pointaient leur arme dans sa direction.

Ils tirèrent, mais sous l'effet de l'adrénaline, ils manquèrent leur cible, et les balles passèrent au-dessus de leurs têtes. Un œil devant le viseur holographique de son pistolet, Marco plaça le point rouge sur la poitrine de l'homme qui se tenait à genoux et pressa la détente. Le type s'effondra.

Marco mit ensuite en joue son collègue debout, qui avait cessé de tirer et regardait son camarade. Le garde baissa son arme et saisit son compagnon par le bras pour le traîner à l'abri sur le quai de chargement. Marco le laissa partir ; il ne représentait plus aucune menace.

Quand il se retourna vers ses amis, il vit que Karl et Lukas aussi avaient dégainé et s'étaient agenouillés, prêts à tirer, protégeant Michael et Hana qui étaient accroupis derrière eux.

Marco se redressa sur ses pieds.

— Allez, faut pas traîner !

Ils rejoignirent l'escalier et dévalèrent les marches quatre à quatre, Karl et Lukas en tête, suivis par Hana et Michael, pendant que Marco assurait leur protection à l'arrière.

Une fois sur le premier palier, Karl ouvrit lentement la porte et jeta un coup d'œil dans les catacombes. Ne voyant ni lumière ni mouvement, il prit la tête et tourna à gauche en direction du passage, au bout duquel se trouvait la sortie.

Dans leur dos, les bruits de pas précipités de plusieurs personnes se rapprochèrent.

— Vite ! Courez ! ordonna-t-il à la hâte. Michael, Hana, vous passez devant. Je vais me poster près des tombeaux pour les distraire et détourner les coups de feu. Karl, dès que Michael et Hana seront sortis, toi et Lukas, vous me couvrez pour que je puisse vous rejoindre. Après, faudra foncer vers la rue. Si on repart à la nage, autant se dessiner une cible sur le front.

Karl hocha la tête.

— Compris.

Le commando alla se placer à côté des sarcophages et s'accroupit de sorte à avoir vue sur la porte d'où débouleraient leurs ennemis. Quelques instants plus tard, une escouade de quatre gardes armés de redoutables HK416 fit irruption.

Marco sut immédiatement que ces hommes étaient mieux entraînés que les gardes qu'ils avaient rencontrés au troisième. Employant une tactique intelligente, ils firent un crochet en entrant et pénétrèrent dans la pièce en binômes : un premier groupe partit sur la gauche, l'autre sur la droite, chacun couvrant son secteur, et tous se mirent à fouiller les lieux à la recherche de leurs cibles.

Ils aperçurent Michael et Hana lorsque ceux-ci atteignirent la porte de sortie, et s'apprêtaient à ouvrir le feu, mais Marco visa la tête du commandant et tira. L'homme s'écroula.

Karl et Lukas envoyèrent à leur tour quelques balles supplémentaires en direction des hommes, avant de se précipiter vers la porte, penchés en avant pour éviter la riposte.

Les trois gardes restants s'accroupirent derrière les tombeaux. Les nombreux coups de feu échangés dans la caverne résonnaient encore en écho sur les parois, et le Glock de Marco étant équipé d'un silencieux, ils n'avaient aucune idée d'où se trouvait leur adversaire.

Faisant des fuyards leur priorité, deux des gardes coururent vers la porte du fond, tandis que le troisième se penchait sur le corps désormais sans vie de son camarade. Marco recula lentement, sans jamais baisser son arme, au cas où quelqu'un d'autre se trouverait dans les parages.

Il venait d'atteindre l'avant-dernier sarcophage lorsqu'une petite tête apparut derrière l'un des tombeaux à proximité de la porte.

Margot !

À peine l'eut-il remarquée que Marco sprinta vers elle, paniqué, en arrosant de tirs le garde le plus proche. Une fois à sa hauteur, il souleva la fillette de terre et fonça vers la porte menant à l'escalier.

Là, il déposa Margot et lui ordonna de rentrer chez elle au plus vite. Terrorisée, l'enfant obéit sans discuter et partit en courant.

Marco descendit les marches à la hâte et franchit la porte donnant sur le lac. Il saisit sa bouteille d'oxygène, enfila son gilet de stabilisation et sauta dans l'eau.

GRAHAM HALSEY ÉTAIT en train de s'époumoner dans le talkie-walkie qu'il tenait à la main lorsque Sabine Micheaux pénétra dans la salle de réunion.

— Qu'est-ce qu'il se passe, Graham ? voulut-elle savoir.

— Des intrus se sont infiltrés dans le palais, apparemment via un tunnel sous le Rhône qui relie les catacombes souterraines au fleuve. J'aurais bien aimé être mis au courant de l'existence de ce lac avant qu'on se retrouve dans cette situation.

— Est-ce que vous avez réussi à les capturer ou les mettre hors d'état de nuire ?

— Non. Ils ont pris la fuite. L'un d'eux est repassé par le lac pendant que les autres s'échappaient à pied.

— Je vous ordonne de rattraper ces gens, Halsey ! Ne me décevez pas !

— J'ai bien peur que les troupes de Philippe ne nous en empêchent. Il y a encore toute une escouade, dehors. On est encerclés. À mon avis, c'était un raid de commandos qui cherchaient des points d'entrée. J'ai demandé à ce qu'on renforce les…

Halsey s'interrompit brusquement pour écouter la radio, puis se tourna vers la reine.

— Les gardes postés sur le toit ont vu des gens déboucher des catacombes dans la rue ; ils ont été récupérés par les hommes de Philippe. La journaliste était parmi eux. Apparemment, c'était une opération de sauvetage.

Le visage rouge, Sabine bouillonnait de rage. Elle baissa les yeux au sol un moment pour réfléchir.

— Préparez nos troupes au combat. Nous partons en guerre !

TRENTE-SIX

L es hommes de Philippe qui surveillaient les barricades braquèrent leurs armes à l'approche des quatre personnes.

— Stop ! Arrêtez ! Qui êtes-vous ? exigea de savoir l'un des soldats.

Michael, Hana, Karl et Lukas ralentirent et avancèrent en marchant, les mains en l'air.

— Ne tirez pas ! Je suis le père Michael Dominic. On est là au nom du pape Ignace à la demande du ministre de la Culture, Laurent Valois. Je vous présente mes collègues, Hana Sinclair du journal *Le Monde*, et les sergents Dengler et Bischoff, de la Garde suisse du Vatican. Nous sommes en mission.

L'homme baissa un regard soupçonneux sur les pistolets de Karl et Lukas, rangés dans un étui à leur ceinture.

— Mon père, vous pouvez passer avec la demoiselle, mais les messieurs vont devoir nous confier leurs armes.

À contrecœur, Karl et Lukas s'exécutèrent, avant de

rejoindre Michael et Hana dans la zone protégée au-delà du Palais des papes.

Lorsqu'ils se mêlèrent à la foule de badauds et de journalistes venus observer l'événement, de l'autre côté des barricades, une vague de reporters et de cameramans déferla sur eux pour leur demander comment ils avaient réussi à s'extirper des griffes de la fameuse Reine noire.

Voyant un collègue de TF1, Hana prit la parole.

— Maintenant que le duc s'est rendu, Sabine Micheaux est persuadée qu'elle a sa place à la tête du pays, mais si vous voulez mon avis, c'est une revendication ridicule. Après tout, seul Pierre Valois a été élu démocratiquement, et il est encore Président de la République.

ALLONGÉ DANS SON LIT, encore en proie au vilain rhume qui le tourmentait depuis trop longtemps maintenant, le Saint-Père regardait CNN International sur le poste de télévision dans sa chambre, qui retransmettait en direct les événements chaotiques en cours en France.

Nick avait insisté pour que le pape Petrini se repose et il avait annulé tous les rendez-vous du souverain pontife pour la journée. Assis sur une chaise à côté de la couche, l'assistant réorganisait l'emploi du temps des prochains jours sur son ordinateur et répondait parfois aux questions de Sa Sainteté.

Les informations n'ayant fait aucune mention des demandes qui lui avaient été envoyées et dont il ne s'était pas encore occupé – la première venant de Philippe Valois et la seconde de Sabine Micheaux, qui tous deux exigeaient que le Vatican bénisse leur règne – Petrini décida d'appeler Ian Duffy pour se renseigner sur les activités de Michael.

— Bonjour, Ian. Savez-vous où se trouve le père Dominic ?

Sachant pertinemment que le pape avait ordonné à Michael de ne pas voler au secours d'Hana, Ian se tortura les méninges à la recherche d'une explication plausible pouvant justifier son absence, mais il ne pouvait pas mentir au souverain pontife.

— Votre Sainteté, Michael... je veux dire, le père Dominic était bien là, mais il est retourné en France pour essayer d'aider Hana. Cela dit, je suis sûr qu'il s'occupe également des affaires du Vatican sur place..., ajouta-t-il d'une voix incertaine, sans grande conviction.

Petrini soupira.

— Merci pour votre franchise, Ian. J'aurais dû m'y attendre, malgré mon avertissement. Passez une bonne journée.

Au moment où il relevait la tête vers les actualités, il vit Hana Sinclair qui répondait aux questions du reporter de TF1, au milieu d'une foule de personnes, Michael, Karl et Lukas à ses côtés. Le cœur du pape bondit de joie ; Michael allait bien.

Néanmoins, quand Hana eut terminé de discuter avec le journaliste, il vit deux soldats s'approcher d'elle et escorter la jeune femme, Michael, ainsi que les gardes suisses jusqu'à une tente militaire à proximité. Que se passait-il ? Et où était passé monsieur Picard, le garde du corps d'Hana engagé par Armand ?

Le Saint-Père ne pouvait pas intervenir dans les affaires politiques internes de la France, mais il demanda tout de même à Nick de se renseigner discrètement sur la situation de la petite équipe. Peut-être pourrait-il user de son influence d'une autre manière pour leur venir en aide.

Il ferma les yeux, joignit les mains sur ses genoux et

adressa une prière silencieuse au Seigneur pour leur protection.

DANS LE CENTRE de commandement de fortune du Palais des papes, la Reine noire était furieuse et ne cessait de reprocher à Graham Halsey, le fondateur de BlackCloud, de ne pas avoir su éviter l'infiltration de Michael et de sa clique, ni capturer les intrus.

— Comment cinq personnes ont-elles pu causer autant de dégâts, Halsey ? Prenez vos responsabilités, à la fin ! Nous ne pouvons pas laisser Philippe et ses alliés s'imaginer qu'ils peuvent pénétrer nos défenses quand ça leur chante sans en subir les conséquences.

— Je suis d'accord, Votre Majesté, mais ils m'ont semblé étrangement invincibles, comme si quelqu'un de l'intérieur les avait aidés. Comment ont-ils pu se repérer dans le château aussi facilement, et surtout, comment ont-ils su où était hébergée la journaliste ? C'est à n'y rien comprendre.

Sabine s'assit dans un fauteuil à oreilles Louis XIV bleu clair joliment tapissé pour réfléchir.

— Graham, combien de drones nous reste-t-il à Paris ?

— Au moment où je vous parle, nous pouvons lancer dix drones de combat télécommandés.

— Et les dix peuvent transporter des explosifs ?

— Oui. Ils sont tous opérationnels, confirma Halsey, visiblement mal à l'aise en voyant où la reine voulait en venir.

— Est-ce que vous connaissez la localisation de Philippe ? Êtes-vous capable de me dire où il se trouve à tout moment ?

— Dans une certaine mesure, oui. Aux dernières

nouvelles, il était à l'Élysée. Nos espions disent qu'ils ne l'ont pas vu sortir. On peut donc supposer qu'il y est encore.

Halsey aurait presque pu voir les méninges de Sabine tourner dans son cerveau. Quel que soit le plan qu'elle élaborait, ce qui l'inquiétait le plus, c'était la riposte qui suivrait. Ses mercenaires de BlackCloud ne pourraient jamais faire face à toute la puissance de l'armée française, et il craignait que ses hommes – et toute son entreprise par la même occasion – ne s'en retrouvent décimés.

— Pensez-vous qu'il y ait plus d'une dizaine de portes entre son bureau et son emplacement réel ? poursuivit Sabine d'une voix songeuse.

Comment aurait-il pu le savoir ? Sabine commençait à lui taper sur les nerfs, mais il fut bien obligé de répondre.

— Difficile à dire, mais j'imagine que non.

— Alors voici ce que vous allez faire…

Au palais de l'Élysée, Philippe Valois était sur le point de sortir dans la cour pour monter à bord d'un hélicoptère afin d'aller prendre connaissance des dégâts causés par les manifestants.

Si la majorité des supporters de la soi-disant reine de France s'était montrée pacifique, un groupe d'anarchistes et de casseurs avait sauté sur l'occasion pour semer le chaos. Les vitres de nombreux bâtiments officiels avaient été brisées et certains furent même incendiés.

À une centaine de mètres au sud de la cour, en vol stationnaire à cent cinquante mètres au-dessus du sol, un drone hexacoptère i9 armé surveillait la scène en silence grâce à son téléobjectif. Les images étaient retransmises en direct à l'opérateur installé à l'arrière d'une camionnette blanche garée à proximité. Quand le pilote vit Philippe et ses gardes du corps sortir du bâtiment, il contacta Avignon via sa radio. L'attaque était lancée.

Plusieurs soldats se dispersèrent et examinèrent le ciel à la recherche de drones avant que l'hélicoptère ne décolle, pendant que Philippe restait dans l'embrasure de la porte, en attendant qu'on lui donne le feu vert.

Soudain, un léger bourdonnement se fit entendre et s'intensifia à mesure que l'i9 fonçait vers Philippe. Les troupes ouvrirent le feu sur le drone, mais le petit appareil en mouvement était difficile à atteindre et les balles manquèrent leur cible. Le personnel de sécurité tira Philippe par le bras à l'intérieur du bâtiment et forma un cordon humain autour de lui pour le protéger.

Le drone franchit les portes grandes ouvertes, ralentit et pivota pour balayer le couloir de son objectif, tel un rapace traquant sa proie. Deux membres de l'escorte restés derrière visèrent et touchèrent le drone. Mais l'appareil explosa, causant d'importants dégâts matériels au niveau de l'entrée. Les deux agents de sécurité furent projetés en arrière et finirent leur course dans le mur.

D'autres soldats à l'extérieur se précipitèrent dans le palais pour secourir leurs collègues et les victimes. La force de la détonation avait fait siffler les tympans de toutes les personnes présentes ; c'est pourquoi personne n'entendit le deuxième hexacoptère arriver et s'introduire dans le bâtiment. L'engin vira immédiatement à droite et fila le long du couloir, en direction de Philippe.

L'équipe qui avait volé à son secours ouvrit de nouveau le feu sur le drone, mais l'appareil accéléra, et avec lui, sa charge mortelle. L'une des balles finit par toucher une pale du drone qui s'écrasa au sol et explosa à l'impact, tuant deux gardes et en blessant plusieurs autres.

Profitant du chaos, un troisième drone kamikaze pénétra dans l'édifice et remonta le couloir en survolant les corps inertes des soldats. Suivant la trace des deux premiers engins, il traquait Philippe.

Arrivé au coin du corridor, le drone prit à gauche. Deux commandos au bout du passage l'aperçurent et dégainèrent, mais dans la panique, leurs tirs partirent dans tous les sens. Ils tirèrent jusqu'à ce que l'appareil soit presque à leur niveau.

Le pilote du drone appuya sur le bouton de détonation à distance et l'ogive explosa juste devant eux, abattant les soldats et détruisant les doubles portes qu'ils protégeaient.

Un quatrième drone derrière celui qui venait de s'autodétruire arriva à son tour, tourna à gauche à l'intersection et se dirigea vers l'escalier désormais visible de l'autre côté de ce qui avait été des doubles portes.

Devant l'écran de son ordinateur, le pilote de l'i9 était concentré. L'image se mit à grésiller et à sursauter à mesure qu'il descendait dans le souterrain. Il poursuivit sa traque et se retrouva face à une nouvelle porte fermée.

Il s'approcha le plus possible et fit sauter la charge explosive.

Un cinquième i9, qui avait suivi son jumeau et patientait en haut de l'escalier, descendit à son tour, franchit l'ouverture béante et tourna sur lui-même à la recherche de Philippe.

Une épaisse fumée créée par l'explosion et les débris désormais en feu envahit peu à peu le champ visuel. Entre la visibilité réduite et le signal brouillé, le pilote de l'hexacoptère ne voyait plus où aller. Le drone resta en position stationnaire un moment, ses six pales en carbone faisant tourbillonner des volutes grises autour de lui. Puis, une brève image d'un couloir sur la droite apparut à l'écran, et avec elle deux silhouettes : la première tenait un extincteur à la main, la seconde, un fusil. Le pilote envoya le drone kamikaze dans leur direction, et les deux hommes eurent beau tenter de se replier en s'échappant par une porte dans leur dos, l'appareil explosa, les fauchant tous les deux.

Petits, mais meurtriers, les i9 télécommandés de la reine étaient en train de décimer les troupes de Philippe.

De nouveaux soldats furent rapidement déployés dans la cour, pendant que d'autres se rendaient à l'armurerie pour se munir de fusils à pompe. Une fois dehors, ces derniers ne tardèrent pas à abattre les drones restants qui se dirigeaient vers l'entrée, évitant ainsi des dégâts supplémentaires.

BIEN EN SÉCURITÉ dans la pièce souterraine sécurisée, Philippe décrocha le combiné de la ligne directe réservée à ce genre d'urgence et appela le général André Bélanger.

— Général, nous sommes attaqués par des drones armés qui ont pénétré dans le palais ! À peine en a-t-on détruit un qu'un autre prend la suite. Ils se rapprochent chaque fois un peu plus de ma position dans la salle blindée. Il faut que ça cesse ! Je vous ordonne de prendre d'assaut le Palais des papes. Envoyez les bombes lacrymogènes, tout de suite ! Faites-les sortir de là !

∾

LA PREMIÈRE CHOSE que la reine entendit fut un bruit de verre brisé, suivi d'un sifflement caractéristique.

— Tout le monde descend ! s'écria Sabine. Interdiction de sortir. Nous serons en sécurité dans les catacombes. Graham ! Sortez votre radio et ordonnez à vos hommes de revenir à l'intérieur. L'unique accès au sous-sol se fait par le couloir de service qui débouche sur le quai de chargement. Que quelqu'un récupère des serviettes mouillées dans les cuisines sur le chemin. Nous scellerons les portes une fois que tout le monde sera arrivé.

L'équipe de la reine et les gardes de BlackCloud parvinrent presque tous à rejoindre le corridor à l'arrière de l'édifice, non sans tousser et s'étouffer sous l'effet du gaz lacrymogène qui se répandait dans tout le bâtiment. Heureusement pour eux, les fenêtres au premier étage du vieux château étaient rares et étroites, et il n'était pas aisé de lancer des projectiles au travers.

Au rez-de-chaussée, il était plus facile de respirer. Certains atteignirent seulement la cour centrale, mais comme elle était ouverte, le gaz se dissipa dans les airs.

Bien vite, l'obscurité et le silence enveloppèrent les villes d'Avignon et de Paris. Dans les deux camps, on se retira pour panser ses plaies en attendant que le soleil se lève.

TRENTE-SEPT

De longues volutes de fumée gris foncé s'élevaient au-dessus du palais de l'Élysée à l'horizon. Debout devant la fenêtre de la chambre d'hôpital de son père, Laurent Valois était trop fatigué pour se soucier de ce que fabriquait son frère. Il venait de passer les dernières heures à faire les cent pas dans les couloirs de Saint-Louis en espérant que son père sortirait du coma.

Les médecins lui avaient dit que Pierre partait, et vite, et qu'il était temps pour les amis et les membres de la famille qui le souhaitaient de venir faire leurs adieux. Le Président avait été transféré dans l'unité de soins palliatifs de l'établissement médical, en attendant l'inévitable.

De son côté, Laurent savait qu'il était temps de passer un coup de fil – plusieurs, en fait, mais un en particulier était devenu urgent : celui à Armand de Saint-Clair, le plus vieil ami, et le plus cher, de Pierre Valois.

Bien que Laurent ait redouté cet appel pour toutes les émotions mutuelles qu'il engendrerait à coup sûr, Armand sembla prendre la nouvelle plutôt bien. Après tout, ce n'était pas une surprise, loin de là. Quelques semaines plus tôt, le baron avait échangé quelques mots avec son ami aux funérailles de Jacqueline, et il avait parfaitement conscience du poids de cette perte sur l'état de santé déjà déclinant de Pierre, qui avait empiré des suites de l'empoisonnement.

Laurent lui affirma que, puisque Philippe avait cloué tous les avions au sol et restreint les vols commerciaux au-dessus de l'espace aérien français, il s'arrangerait pour que le baron fasse le trajet depuis Genève par le TGV Lyria.

Les trains fonctionnaient encore : Philippe n'avait pas osé les mettre à l'arrêt, eux aussi. Le baron arriverait à l'heure prévue le lendemain.

ARMAND DE SAINT-CLAIR se préparait à quitter la Suisse lorsque son téléphone sonna. C'était Marco qui l'appelait pour lui faire son rapport. Il avait réussi à trouver Hana dans le Palais des papes et à la libérer des mains de la duchesse, mais ils avaient été séparés pendant leur fuite.

Elle, Michael, Karl et Lukas se trouvaient actuellement sous la protection des troupes de Philippe à Avignon, mais à en croire la taille du convoi qu'il avait vu quitter le poste de commandement, peu après que ses quatre compagnons soient sortis de la tente militaire, il supposait que tout le monde devait présentement se trouver en route pour Paris.

Armand promit de contacter ses sources en France pour voir s'il pouvait en apprendre plus sur la situation et de rappeler Marco pour lui transmettre de nouvelles instructions. Mais, juste au cas où, Marco devait se tenir prêt à se rendre à Paris par ses propres moyens.

Tout en préparant sa valise pour son voyage du

lendemain, le baron entendit de nouveau son portable sonner. Sa secrétaire répondit pour lui et lui amena le combiné dans son bureau.

— J'ai l'assistant du Saint-Père au téléphone pour vous, Monsieur le baron, annonça-t-elle.

— Armand de Saint-Clair à l'appareil. J'écoute.

— Bonjour, Monsieur le baron. Veuillez patienter. Je vous mets en contact.

Quelques secondes plus tard, la voix du pape Ignace se fit entendre au bout du fil.

— Mon vieil ami. Comment vas-tu ?

— Je fatigue, comme nous tous, Enrico. Les années commencent à peser lourd sur mes vieux os.

— Sur les miens aussi. J'ai un rhume qui ne me lâche pas depuis des semaines. J'espère qu'il n'aura pas raison de moi. Je me suis toujours imaginé un départ bien plus héroïque.

— En parlant de ça, as-tu entendu la nouvelle, pour Pierre ?

— Oui, c'est pour cela que je t'appelle. Laurent m'a téléphoné après avoir discuté avec toi. J'aurais aimé pouvoir me libérer, sincèrement, mais impossible de quitter mon bureau. Il y a peut-être un moyen, cela dit. On verra. Transmets-lui tout mon amour et ma bénédiction en mon nom, Armand, et si Pierre est assez lucide quand tu vas le voir, demande à Laurent de nous mettre en contact. J'aimerais lui parler une dernière fois. C'est le moins que je puisse faire, après plus de soixante-dix ans d'amitié.

— Bien sûr. J'y veillerai. J'ai eu des nouvelles de Marco, le garde du corps que j'emploie pour protéger Hana. Il a dit que Michael et deux gardes suisses ont réussi à la libérer des griffes de la duchesse – je refuse de l'appeler « reine ». Ils ont été séparés pendant leur fuite, et Hana et les autres ont été récupérés par les troupes de Philippe. Marco pense qu'ils sont en route pour Paris. J'ai demandé à ce qu'on se renseigne sur leur situation. J'attends que l'information remonte jusqu'à moi.

— Oui, j'avais compris plus ou moins la même chose aux infos. J'ai vu Hana et Michael franchir les barricades de Philippe en direct.

Armand fit une courte pause.

— Enfin bref, je m'envole bientôt pour la France. Peut-être réussirai-je à convaincre les têtes brûlées de se calmer.

— À ce propos, j'ai refusé de reconnaître la légitimité de Sabine et de Philippe en tant que souverains de France. Aux yeux du Vatican, le Président du pays libre qu'est la France, et que nous nous sommes tous les trois battus corps et âme pour protéger, est celui qui a été élu démocratiquement : Pierre Valois. Je te soutiens entièrement dans tes efforts de négociation pour trouver une solution qui, de préférence, permettra de les destituer tous les deux.

— Alors je m'en remets à tes prières, car j'en aurai bien besoin.

— Que la bénédiction divine soit avec toi, mon ami. Tous mes vœux de réussite.

QUELQUES HEURES PLUS TARD, une infirmière vint trouver Laurent dans le couloir.

— Monsieur, le Président est réveillé et vous demande.

Laurent se hâta de regagner la chambre et s'assit au chevet de son père.

— Laurent ? Combien de temps j'ai dormi ? questionna Pierre d'une voix pâteuse.

— Tu as été admis il y a deux semaines, papa, et tu es dans le coma depuis.

— Où est ton frère ?

Laurent détourna les yeux vers la fenêtre, ne sachant comment annoncer la nouvelle.

— Il s'est passé beaucoup de choses depuis que tu es tombé malade, tu sais. Philippe doit probablement être à l'Élysée en ce moment, mais il faut que tu saches qu'il se comporte en dictateur.

— C'est absurde, voyons ! Qu'est-ce que c'est que cette histoire ? Raconte-moi tout.

Le fils du Président lui relata l'ascension du duc sur le trône suite aux découvertes archéologiques faites à Notre-Dame, la réponse autoritaire de Philippe et le renoncement à la couronne de Jean-Louis.

Il lui expliqua que la duchesse s'était depuis autodéclarée reine de France, qu'elle siégeait au Palais des papes et que des échauffourées avaient eu lieu entre les forces de Philippe et celles de Sabine. À en croire les derniers reportages de CNN, le duc, puis la duchesse, et maintenant les soldats français avaient retenu la petite-fille d'Armand de Saint-Clair en otage. Elle semblait accompagnée du père Dominic et de deux gardes suisses.

— Oh, et Armand passera te voir demain.

— Qu'est-ce que tu as fait pendant tout ce temps, mon garçon ?

— Je suis resté ici, papa. Toute la journée, tous les jours. J'ai dormi dans le fauteuil, là-bas, j'ai mangé à la cafétéria et je me suis douché dans la salle de repos des médecins. Le fait que tu sois Président m'a donné droit à quelques privilèges. Je continue de gérer le ministère à distance pour maintenir un semblant d'ordre dans ton gouvernement, malgré les agissements de Philippe. L'armée ne peut pas s'occuper de tout. J'ai fait tourner la machine du mieux que j'ai pu en ton absence.

Des larmes embuèrent les yeux de Pierre.

— Oh, Laurent, mon garçon. Je vous ai mal jugés, toi et ton frère. Je m'en rends compte, maintenant. Je suis tellement désolé. Les compétences de commandement que j'ai vues chez Philippe lui sont montées à la tête. Il a dépassé tout ce que je l'imaginais capable de faire, et j'ai conscience, désormais, de sa soif de pouvoir. J'espérais que le poids des responsabilités tempérerait son avarice, mais j'avais tort.

« Et toi, à qui je n'avais jamais accordé beaucoup de mérite, tu es resté à mes côtés et tu as fait preuve d'un véritable sens du devoir, celui d'un homme qui se place au service du peuple. Je te revaudrai ça, mon fils. Il n'est pas trop tard.

Laurent essuya une larme.

— Tu ne me dois rien, papa. Seuls ton amour et ta reconnaissance me suffisent.

— Non, Laurent. Il faut remettre les choses en ordre tant qu'il en est encore temps. Que disent les médecins ? Est-ce que je vais guérir, maintenant ?

Laurent sentit ses yeux s'embuer. Il s'était attendu à cette question, mais y répondre était atroce.

— Non, papa… Ils ont changé ton traitement. Tu es passé en soins palliatifs. Ton corps n'a plus la force de se battre. Ils te donnent encore quelques jours, une semaine tout au plus. Je suis tellement désolé.

Laurent éclata en sanglots et se pencha vers son père en lui prenant la main.

— Allons, allons, mon garçon, le réconforta le vieil

homme en attirant son fils contre lui. Je suis bientôt prêt à aller rejoindre ta mère. Elle me manque plus que tout, et j'ai vécu une vie longue et glorieuse, pleine d'aventures. Je n'emporte pas beaucoup de regrets avec moi, si ce n'est de ne pas avoir reconnu tes talents et tes accomplissements plus tôt. Mais, comme je te le disais, il n'est pas trop tard pour réparer cela.

CHAPITRE

TRENTE-HUIT

L e lendemain, sous une pluie battante, Armand arriva à la gare du Nord, accompagné de son garde du corps et de son valet, Frédéric, qui, après avoir récupéré les bagages du baron, se mit en quête d'une voiture de location pour les emmener à l'hôpital, puis à l'hôtel Charles Cinq.

Quand Armand parvint à Saint-Louis, il ne fut pas conduit dans la chambre de Pierre, mais dans la chapelle de l'établissement, où il trouva Pierre, assis dans un fauteuil roulant.

Laurent était avec lui, tout comme une douzaine d'hommes bien bâtis en costume, postés de part et d'autre de la pièce et devant les portes. Armand s'avança et s'agenouilla près de son vieil ami.

— Pierre, comme ça me fait plaisir de te voir ! Qu'est-ce qu'il se passe, ici ?

— Armand, mon cher, assieds-toi. Nous commencerons quand tout le monde nous aura rejoints.

Les portes de la chapelle s'ouvrirent avec fracas et

Philippe Valois pénétra dans la salle d'un pas confiant, à côté du général André Bélanger et de deux officiers armés.

— Père ? Qu'est-ce que c'est que ce bordel ? clama-t-il. J'ai reçu un message urgent m'ordonnant de venir sur-le-champ parce que tu étais mourant, et je te trouve ici, dans la chapelle ? À quoi rime tout ce cirque ?

— Ne me parle pas comme ça, jeune homme, rétorqua Pierre d'une voix claire et ferme. Je suis content que tu sois venu ; cela me facilitera la tâche.

— Messieurs, veuillez arrêter Philippe et ses compagnons.

Sans la moindre hésitation, les douze hommes en costume dégainèrent une arme de sous leur veste et mirent Philippe et son équipe en joue.

Le responsable de la sécurité sortit une paire de menottes de sa poche.

— Philippe Valois, sur ordre du Président de la République française, et en ma qualité de chef du groupe de sécurité de la présidence, je vous place en état d'arrestation pour sédition. Général, messieurs, ajouta-t-il en se tournant vers Bélanger et les deux officiers, il en va de même pour vous.

Fous de rage, les deux agents voulurent sortir leur arme, mais les gardes les encerclèrent aussitôt et leur passèrent les menottes. Ils cessèrent de résister lorsque Bélanger leur ordonna de se rendre. Le général et les deux officiers furent invités à s'asseoir dans la chapelle, chacun sous la surveillance d'un agent.

Choqué, Philippe refusa de céder.

— Père ! Comment oses-tu faire une telle chose à ton propre fils ? Tu n'as pas le droit.

— Vraiment ? Et pourquoi ? Parce que tu as eu le culot de prendre la tête du gouvernement en te comportant comme un petit dictateur ? Sache que cette époque est terminée, Philippe. Laurent, fais entrer la presse.

Laurent ouvrit la porte et demanda à ce qu'un cameraman et un reporter de TF1 se joignent à eux. Déjà briefés, les deux professionnels s'installèrent dans un coin de la chapelle.

— Tout le monde est prêt ? Alors commençons.

Une fois derrière le pupitre – fortement appuyé contre ce dernier, mais bien debout – Pierre se tourna vers la caméra.

> Françaises, Français,
>
> Je m'adresse à vous aujourd'hui en ma qualité de Président de la République élu démocratiquement. Les récents événements m'obligent à préciser haut et fort qu'aucun individu ne peut, de sa seule autorité, restaurer la monarchie en France. Notre gouvernement moderne repose avant tout sur le consentement du peuple, et ce n'est pas pour rien que la Révolution française a eu lieu.
>
> Pendant ma convalescence, j'ai souhaité remettre l'État entre des mains que je croyais capables, et c'est avec une grande tristesse que je dois admettre que je me suis fourvoyé dans mon jugement. Cela prend fin aujourd'hui.
>
> Je vais, dès à présent, mettre en place une commission indépendante chargée d'enquêter sur les actions de mon fils, Philippe Valois, ainsi que sur celles du duc et de la duchesse d'Avignon. Cette commission bénéficiera de tous les pouvoirs nécessaires pour engager des poursuites contre tout acte ayant pu constituer un crime ou un délit à l'encontre de notre République.
>
> J'appelle également ma nièce, Sabine Micheaux née Valois, que certains prénomment la « Reine noire », à se rendre immédiatement. Elle n'a pas plus de légitimité à

prétendre au trône que moi, et en tant que doyen de la maison Valois, je rejette et révoque toute prétention de sa part.

Enfin, je vais convoquer de nouvelles élections présidentielles, et je remettrai ma démission au moment de l'investiture de mon successeur, qui aura été élu démocratiquement par le peuple de France.

Mes chers compatriotes, l'heure est venue de tourner définitivement la page des temps difficiles que nous avons traversés et d'avancer ensemble vers un avenir meilleur. Je vous souhaite une bonne soirée. Vive la République et vive la France.

Une fois le discours terminé, les soignants ramenèrent Pierre dans sa chambre, accompagné de la moitié des membres de la sécurité, pendant que deux d'entre eux surveillaient Bélanger et sa clique.

Les autres escortèrent Philippe à l'extérieur de l'hôpital, puis retournèrent récupérer le général Bélanger et ses officiers. Ils venaient à peine d'entrer dans la chapelle qu'un drone hexacoptère vint s'écraser au sol par les vitraux et explosa.

Le personnel hospitalier se précipita avec des extincteurs pour maîtriser les flammes, mais il était trop tard. Malgré les efforts des médecins et des infirmières sur place, le général, ses deux officiers et l'un des agents de sécurité perdirent la vie, et plusieurs autres furent blessés.

PLUS TARD, lorsque Laurent se rendit au chevet de son père pour lui rapporter les récents événements et dresser l'état des lieux des pertes humaines, Pierre se tourna vers Armand d'un air grave.

— J'ai comme l'impression que Sabine nous a donné sa réponse. Notre tâche est loin d'être terminée.

Le baron était sur le point de lui répondre lorsqu'un membre de la garde présidentielle fit irruption dans la chambre.

— Pardonnez-moi, Messieurs. Il y a un certain Marco Picard qui se présente comme le chef de la sécurité de monsieur le baron. Je le fais entrer ?

Pierre et Armand hochèrent la tête et Marco apparut.

— Ah, Marco, commença Armand. Dommage que vous n'ayez pas été là quand Philippe a reçu le châtiment qu'il méritait, mais je suis content de vous voir.

Il se tourna vers Pierre avant de continuer.

— J'ai une idée…

CHAPITRE

TRENTE-NEUF

Le Président Valois nomma un nouveau ministre de l'Intérieur plus conciliant, qui ordonna aux troupes françaises de mettre fin au siège du Palais des papes et de se retirer de leurs positions autoritaires un peu partout en France. Seule une présence militaire minimale fut maintenue à Avignon, de quoi garantir un retour à la démocratie dans le calme. Une force d'intervention rapide se tenait prête à agir, au cas où des troubles persisteraient. Restait la question de la Reine noire.

Michael, Hana, Karl et Lukas furent libérés et conduits à l'hôpital Saint-Louis, où ils s'entretinrent un moment avec Pierre, Armand et Laurent. Les premiers échanges tournèrent autour de ce qu'Hana avait vécu auprès du duc, et surtout de la duchesse, car le Président et le baron étaient désireux d'en apprendre plus sur Sabine afin de cerner ses intentions, mesurer ses points forts et déceler toute faiblesse pouvant être utilisée à leur avantage.

Pierre nomma Armand de Saint-Clair envoyé spécial

présidentiel et lui conféra les pouvoirs nécessaires pour négocier une résolution pacifique avec Sabine.

Mais Armand avait un plan, qu'il avait exposé à Marco avant que Michael et les autres n'arrivent.

PIERRE VALOIS APPELA sa nièce pour la prévenir qu'il lui envoyait un arbitre pour trouver une solution à cette impasse, proposition que la Reine noire accueillit avec mépris.

— S'il ne vient pas pour m'annoncer votre résignation en ma faveur, alors il perd son temps, car je ne céderai jamais la couronne qui me revient de droit, railla-t-elle d'un ton moqueur. Mais je vous en prie, faites-vous plaisir. Cela aura au moins le mérite de renouveler mon lot d'otages.

— Sabine, mon émissaire arrive pour proposer une trêve. Il bénéficie de l'immunité diplomatique et j'ose espérer que vous le laisserez passer, lui ainsi que son escorte, sans le mettre en danger. Sinon, vous regretterez de ne plus avoir affaire à Philippe.

Fort de son aura de héros de guerre et de ses distinctions antérieures, sans parler de son statut actuel dans la société, Pierre jouissait d'une admiration telle que Sabine savait que manquer de respect un homme pareil ne ferait qu'aliéner une partie de ses partisans. Au fond d'elle, elle avait toujours redouté cet oncle puissant, consciente qu'il ne bluffait jamais. Philippe s'était peut-être comporté comme un tyran, mais Pierre était un soldat et un homme d'État d'expérience, pas quelqu'un que l'on provoquait impunément. Certes, elle se considérait comme une force de la nature, mais pas de la trempe de Pierre Valois, et elle le savait.

— Voyons, tempérez vos ardeurs, mon oncle. J'ai dit que je le recevrai et je lui garantirai un sauf-conduit, à lui et à ses compagnons. Vous avez ma parole, pour ce qu'elle vaut.

Le lendemain matin, un cortège motorisé sous protection militaire quitta Paris en direction d'Avignon pour aller rencontrer la prétendante au trône. Hana et Marco étaient montés avec Armand, tandis que Michael, Karl et Lukas voyageaient à bord de l'un des SUV d'escorte.

Pendant les sept heures que dura le trajet, Armand passa son temps au téléphone, occupé par une transaction financière qui devait absolument être conclue avant sa rencontre avec Sabine.

Assis sur la banquette arrière de la limousine Klassen Range Rover blindée, Hana et Marco discutaient à voix basse et rattrapaient le temps perdu depuis leur séparation.

Touchée par tout ce que Marco avait entrepris pour la protéger, allant jusqu'à tenter de la sauver alors qu'il n'en avait pas les moyens, Hana se sentait coupable d'avoir agi sans rien dire à personne, au point de les mettre tous les deux en danger, une contradiction qu'elle n'arrivait toujours pas à réconcilier avec son besoin d'indépendance. L'indépendance était une chose, mais pas de là à commettre une imprudence. Et Marco, elle le savait, luttait lui-même contre ce conflit, engendré par sa volonté de la prémunir du danger et sa possessivité, deux émotions nées de son amour pour elle.

Parvenus à une impasse dans leur conversation – avec Marco qui exigeait qu'Hana se montre conciliante dans les rôles qu'il entendait jouer dans sa vie – ils passèrent le reste du trajet en silence, regardant chacun de leur côté par la fenêtre. Armand perçut la tension entre eux et lança un regard interrogateur à sa petite-fille. Hana soupira, puis vint s'asseoir près du vieil homme et posa la tête sur son épaule en fermant les yeux, comme elle le faisait lorsqu'elle était enfant, cherchant dans ce geste muet le réconfort d'autrefois.

Déjà mélancoliques, ses pensées dérivèrent vers son parrain bien-aimé qui se mourait sur son lit d'hôpital, à quelques jours de la fin. Combien de temps lui restait-il encore avec lui ? Bercée par les vibrations de la voiture, elle commença à s'assoupir et entendit son grand-père murmurer quelque chose au téléphone... à propos de l'armée, ou peut-être du pape...

Peu avant leur arrivée à Avignon, le cortège motorisé quitta l'A6 et fit une halte dans la petite commune de Rochefort-du-Gard, pour laisser à l'unité de sécurité le temps de se préparer à la rencontre et à une éventuelle confrontation.

Marco, Karl et Lukas se joignirent au reste de l'équipe présidentielle mandatée par Pierre pour accompagner Armand. Une partie de l'escouade enfila une tenue militaire noire, avec un gilet pare-balles, un fusil FAMAS et une cagoule qui leur couvrait la tête et le visage. Le reste opta pour un costume classique sombre et un long manteau assorti, sous lequel se cachait un HK MP5SD équipé d'un silencieux.

Une fois parés, ils parcoururent rapidement la courte

distance qui les séparait de la cour du Palais des papes. Ne rencontrant aucune résistance, ils descendirent de leur véhicule et le personnel de sécurité se déploya pour former un cercle protecteur autour des émissaires.

Sur le portique se tenaient des agents de BlackCloud, lourdement armés. Armand grimpa les marches, mais fut stoppé par le commandant en chef.

— Je suis désolé, Monsieur, mais je ne peux pas vous laisser entrer armés en présence de Sa Majesté. Vos hommes doivent laisser leurs fusils ici ou rester dehors.

Armand le dévisagea d'un air amusé, mais avec assurance.

— Je comprends vos ordres. Cependant, vous constaterez que vos dispositions ont changé. Je vous invite à contacter vos supérieurs… et je ne parle pas de votre reine. Prenez tout le temps qu'il faudra.

Déconcerté, mais conciliant, le commandant porta son poignet à sa bouche pour s'exprimer dans le micro dissimulé dans sa manche.

— Direction de la sécurité, ici Sec-2. A-t-on reçu de nouveaux ordres concernant l'émissaire présidentiel envoyé pour rencontrer la reine ?

Il écouta la réponse dans son oreillette, la tête inclinée sur le côté, d'abord confus, puis visiblement gêné. Sa conversation terminée, il s'adressa à Armand de Saint-Clair avec un nouveau respect.

— Toutes mes excuses, Monsieur le baron. Vos hommes peuvent vous accompagner tels quels. Je vous prie de bien vouloir me suivre.

Et il conduisit toute l'équipe dans la grande salle de réception du palais. Là, sur un trône doré ostentatoire qui avait servi de siège aux papes de l'époque médiévale, se tenait Sabine Micheaux, la Reine noire, drapée dans sa couleur stygienne et flanquée de deux gardes debout sur l'estrade. Plusieurs autres mercenaires étaient postés dans la salle, chacun armé d'une carabine M4.

La jeune Margot était assise sur une marche, à côté de la reine, son ours en peluche Ursa sur les genoux, et observait avec fascination les visiteurs venus rendre hommage à sa mère.

Armand s'approcha. À sa gauche, Marco portait une cagoule dissimulant ses traits. Et pourtant, Sabine le trouva grand, athlétique et mystérieusement séduisant. Karl se tenait à sa droite, suivi d'Hana et Michael, et enfin Lukas. Les deux gardes suisses avaient eux aussi le visage caché. Derrière eux, le reste de l'escorte patientait.

— C'est donc le grand Armand de Saint-Clair que l'on a choisi comme émissaire. J'aurais dû m'attendre à ce que mon oncle vous envoie, vous, un autre pantin passé de mode de sa collection.

— Nul besoin de proférer des insultes, Sabine. Et puisque vous avez manifestement décidé d'abandonner toute forme de politesse, je vais aller droit au but. Vous pourchassez une chimère. Votre prétention au trône n'a aucune légitimité et votre oncle exige que vous démissionniez immédiatement et honorablement, pour le bien de la France.

« Pourquoi ? Parce qu'en tant que Valois aîné du nom, si la monarchie devait être restituée, votre oncle pourrait revendiquer la couronne avant vous, à supposer qu'il le souhaite. Tant qu'il vit, légalement, vous ne pouvez pas vous prétendre reine de France et vous ne serez jamais reconnue comme telle.

« Deuxièmement, le pape a reconnu Pierre Valois

comme Président légitime, plaçant ainsi derrière lui tout le pouvoir et la majesté du Vatican, sans parler de l'État de droit de la République française. En conséquence, si vous refusez d'abdiquer, vous serez excommuniée de la Sainte Église. Et même si cela vous importe peu, à vous personnellement, je doute que vos partisans, principalement catholiques, soient de votre avis.

Reconnaissant sur le visage de Sabine une obstination prévisible, Armand abattit l'une de ses dernières cartes.

— Et ce n'est pas tout. J'ai encore une déclaration à vous faire. Deux, en réalité, mais la première doit être révélée au grand jour.

Il se tourna vers l'homme à sa gauche et hocha la tête. Marco retira sa cagoule, dévoilant ses traits.

— Premièrement, la question du père de Margot, annonça Armand.

— Marco ? s'écria Sabine en se levant, furieuse. C'est une honte ! Nous avions un accord !

SANS RÉFLÉCHIR, Sabine lança un regard furibond d'abord à Margot, puis à Marco. Sous le feu de la colère maternelle, l'enfant bondit vers sa mère.

— Pardon, maman. Je ne voulais pas désobéir, je te le jure. Mais le monsieur a été gentil avec moi, dans les catacombes. Ne sois pas fâchée contre lui.

— Cet homme n'est personne pour toi, mon ange. Ne fais pas attention à lui !

— Au contraire, Margot, interrompit l'intéressé d'une voix affectueuse. Je suis ton père. Tu es ma fille.

Sous le choc, Hana lui décocha un regard incrédule.

— Ta quoi ?

— Je t'expliquerai plus tard, murmura-t-il en lui lançant un air implorant.

Armand intervint pour mettre fin au malaise.

— Je sais bien que l'adultère est presque un sport national en France, mais je suis d'avis que ses dirigeants doivent au moins préserver un semblant d'éthique. Sans compter qu'il y va du bien de l'enfant. Imaginez un peu si ce scandale devait être rendu public. Il n'en tient qu'à vous, Sabine. Cette histoire peut encore se terminer en toute discrétion.

— Marco! Nous avions un accord! Un secret! Comment oses-tu revenir sur ta parole?

— Tes choix m'y obligent, Sabine. Tu n'es clairement plus dans ton état normal. Je t'ai vue basculer du côté obscur, ces dernières semaines, et je ne laisserai pas ma fille pâtir de ta folie et de tes délires de grandeur. Qu'est-ce qui t'est passé par la tête, bon sang?

Le visage de la Reine noire se tordit de fureur, laissant éclater toute l'ampleur de sa psychose.

— Gardes! s'écria-t-elle. Arrêtez-les sur le champ! Qu'on les emporte hors de ma vue.

Les mercenaires se dressèrent au garde-à-vous, leurs talons claquant sur le sol et leur fusil contre le torse... mais ne bougèrent pas.

Sabine regarda autour d'elle, perturbée.

— Qu'est-ce que vous attendez? Vous avez entendu ce que j'ai dit? Arrêtez-les tout de suite!

Graham Halsey, le dirigeant de BlackCloud, qui patientait jusque-là dans un coin de la pièce, s'avança sur un signe de tête d'Armand.

— Pardonnez, Votre Grâce, mais nous n'arrêterons personne aujourd'hui, hormis vous, car voyez-vous, mon entreprise vient tout juste d'être rachetée, et le nouveau propriétaire a décidé de retirer ses troupes.

— *Le nouveau propriétaire ?* De quoi parlez-vous ? J'ai passé un contrat exclusif avec BlackCloud. Vous êtes sous mes ordres !

— Tous les contrats précédant l'acquisition ont été viciés au moment du transfert de propriété. Je crains que vous ne soyez obligée de renégocier vos contrats avec la direction.

— Et de qui s'agit-il ?

Armand décocha un regard qui en disait long à la Reine noire.

— C'est moi, Sabine. J'ai acheté BlackCloud ce matin même, et je peux vous dire que j'ai été généreux avec Graham Halsey, ici présent. Ces hommes travaillent pour moi, désormais, et je ne suis pas d'humeur à renégocier vos contrats. Monsieur Halsey, si vous voulez bien nous faire l'honneur.

— Volontiers, Monsieur le baron, acquiesça l'intéressé en se tournant vers deux recrues de confiance. Veuillez placer la duchesse en détention provisoire.

— Non ! Vous ne pouvez pas me faire ça ! couina Sabine avant de sauter de l'estrade pour se précipiter vers Marco, le visage déformé par la rage. C'est ta faute ! Tu as monté ce coup contre moi ! Je te le ferai payer, Marco Picard, même si c'est la dernière chose que je dois faire de ma vie.

— J'aurais préféré que les choses se terminent autrement, Sabine, je vous l'assure, poursuivit Armand. Mais vous vous êtes mise dans le pétrin toute seule. Vous serez confiée au tribunal présidentiel le temps de l'enquête et des poursuites pour répondre de vos actes.

Il prit son téléphone dans sa poche et lut le message qui s'affichait à l'écran, puis se tourna vers Karl et Lukas.

— Faites-la sortir. Son moyen de transport vient tout juste d'arriver.

Margot se précipita vers sa mère en criant :

— Non ! Maman ! Maman ! Ne pars pas !

Deux gardes se mirent en travers de son chemin pour l'empêcher de rejoindre Sabine.

— Laissez-la lui dire au revoir, ordonna Armand. Elle ne reverra peut-être pas sa mère avant un long moment. Il va falloir qu'on trouve quelqu'un pour s'occuper d'elle, en attendant de savoir ce qu'il adviendra de Jean-Louis et de Sabine.

Marco s'interposa.

— Je peux veiller sur elle. C'est ma fille, après tout.

Hana lui décocha un regard amusé, un petit sourire narquois aux lèvres.

— On a des choses à se dire, toi et moi.

QUARANTE

Hana resta étonnamment calme lorsque Marco la prit à part dans un coin du palais. Les bras croisés, elle le fixa du regard.

Marco grimaça, les sourcils froncés. Par où commencer ? Comment lui annoncer la nouvelle ?

— Quand j'étais dans l'armée, ma dernière mission consistait à assurer la sécurité de hauts dignitaires. C'était un poste à faible risque, que l'on confiait généralement aux commandos entre deux épisodes dangereux. Une pause, en quelque sorte.

« J'ai été affecté à la protection du foyer du duc d'Avignon, et en particulier celle de la duchesse, puisque monsieur était fréquemment en déplacement. Il y a huit ans, le duc était déjà une figure importante en politique, et lui et sa famille faisaient souvent l'objet de menaces. Il passait la plupart de son temps à Paris pendant que son épouse restait seule à Avignon.

« Elle n'était pas sans savoir le nombre de conquêtes féminines qu'il trouvait à Paris. Et elle avait des sources, des amis haut placés, qui l'informaient des faits et gestes de son mari. Elle en a donc conclu que si son époux prenait des maîtresses, elle se permettrait les mêmes libertés.

« Sabine est une véritable ninja de la séduction, dont elle maîtrise l'art sur le bout des doigts. Et à l'époque, elle était encore plus agressive qu'aujourd'hui. Pas le genre de femme à accepter un refus, et j'étais son employé.

« Je n'avais personne dans ma vie, et après une longue période de déploiement en Afghanistan, l'homme solitaire que j'étais… Tu imagines bien : un soldat français, une femme esseulée, beaucoup de temps ensemble. Pas besoin de te faire un dessin. On a eu une relation et, quelques mois plus tard, on a appris qu'elle était enceinte. Le duc n'était pas tout le temps absent non plus ; l'enfant pouvait être le sien.

« Des tests ADN ont été réalisés en secret a posteriori. Les résultats n'ont pas été communiqués au duc, bien sûr, mais il s'est avéré que Margot était ma fille.

Hana écoutait en silence, respectueuse et compréhensive. Marco poursuivit.

— Sabine a contacté mon chef. Personne ne voulait d'un scandale sur le dos. J'ai renoncé à mes droits parentaux et signé un accord de non-divulgation en promettant de ne jamais remettre les pieds à Avignon et de ne jamais entrer en contact avec Margot. J'ai quitté l'armée peu après, erré un ou deux ans entre des jobs dans la sécurité et des missions officieuses pour les services secrets français, lorsqu'ils avaient besoin d'un pion sacrifiable qui leur permettrait de nier toute implication.

« Puis, on m'a mis en contact avec ton grand-père et il m'a offert un emploi. Il a fait ce qu'il faut dans ces cas-là et enquêté sur mon passé. C'est comme ça qu'il a découvert des choses que même moi j'ignorais, y compris mon lien avec Margot. Il est au courant depuis le début. Toutes les informations qu'il détient sur moi suffisent à l'assurer de ma loyauté, si je ne veux pas qu'il les fasse fuiter. Et c'est pour cela qu'il me fait confiance, au point de me confier ta sécurité.

« Mais il ne s'attendait probablement pas à ce que je tombe amoureux de toi. Donc tu vois : même si je l'avais voulu, je n'aurais pas pu t'en parler.

— Mais Marco, au point où on en était tous les deux dans notre relation, tu aurais dû m'en informer.

— *Au point où on en était ?* répéta-t-il, incrédule. Tu veux dire quelque part dans les limbes entre le mec que tu as, mais dont tu ne veux pas, et celui que tu veux, mais que tu ne peux pas avoir ? As-tu la moindre idée de ce que c'est d'essayer d'empêcher la femme que tu aimes de courir après de faux espoirs ? Après une chimère ? J'ai été forcé de demander à Michael de prendre ses distances pour me laisser une chance.

— Ne me dis pas que tu as fait ça !

— Si ! Je t'aime. Tu le comprends, ça ? Mais maintenant, j'ai aussi des responsabilités envers Margot. On pourrait former une famille. N'est-ce pas ce que tu souhaites ?

Quand il eut terminé sa tirade, Hana resta là, pantoise, stoïque. Seule une larme coula le long de sa joue.

— Je suis contente que tu aies trouvé un nouvel amour dans ta vie, Marco, mais j'ai besoin de réfléchir à tout ça. C'est trop d'un coup, pour moi.

— Je dois y aller, répondit-il d'un ton abattu, mais résolu. J'aimerais bien continuer à parler avec toi de tout ça. Est-ce qu'on peut se voir autour d'un café une fois de retour à Paris ?

— Bien sûr, accepta Hana qui devinait déjà le sujet qu'il voulait aborder. Rendez-vous à Paris, alors.

DÉCOURAGÉ, Ian fixait l'écran de son ordinateur portable, assis dans la cafétéria du Vatican. Teri, qui passait par là pendant sa pause, un cappuccino à la main, s'approcha de lui en le voyant abattu.

— Coucou, Ian. Tu en tires une tête. On dirait une erreur 404. Qu'est-ce qui t'arrive ?

— Oh, salut, Teri. Je me creuse la tête depuis des lustres sur cette lettre codée du pape Clément à l'évêque de Notre-Dame, celle qu'on a retrouvée à Uzeste, mais je n'arrive pas à la décoder.

— Je peux regarder ?

— Fais-toi plaisir.

Teri examina la page sur laquelle s'alignait une série de lettres et d'espaces d'environ deux cents signes de longueur.

— Qu'est-ce que tu as tenté jusqu'à présent ? s'enquit-elle.

— L'autre lettre utilisait un cryptogramme numérique à double substitution assez inhabituel, puisqu'il reposait à la fois sur les heures et les degrés correspondant à des lettres. Je me suis donc dit que celle-ci n'était probablement qu'un simple chiffrement par substitution alphabétique. Le code César était déjà connu, à l'époque de Clément, et les scribes du Vatican maîtrisaient aussi bien ce dernier que les systèmes numériques. Mais visiblement, le scribe de Clément était en avance sur son temps, et très inventif. J'ai créé un programme qui a testé toutes les variantes possibles du code César, mais rien n'a fonctionné. J'ai pensé à utiliser un chiffrement polyalphabétique, mais il y a beaucoup trop de combinaisons. Sans compter qu'ils n'ont pas fait leur apparition avant au moins une centaine d'années plus tard. En plus, il faut une clé, que je n'ai pas.

— Qu'est-ce que tu sais d'autre ? l'interrogea Teri. Il y avait des indices dans la première correspondance ?

— Peut-être. Elle était adressée à l'évêque et contenait les dernières confessions du pape. Il y précise que le reste du trésor est caché dans l'église, rappelle à l'évêque qu'il lui a envoyé un sermon et que son scribe a les moyens de le décoder. Mais je n'ai ni le sermon ni l'outil nécessaire.

— C'est tout. Il ne parle pas d'une clé ?

— Attends… je crois bien que la confession mentionnait une clé, ou plutôt un vers-clé dans le sermon, qui se trouverait dans l'Évangile de Matthieu. Tu penses qu'il pourrait s'agir de ça ? Un extrait de Matthieu au sujet d'un trésor ?

— Le verset 20 du chapitre 6 de Matthieu dit « amassez-vous des trésors dans le ciel ».

Ian s'en retourna à son ordinateur portable et se mit à taper sur le clavier.

— Il me faut la version en latin. Il l'a peut-être écrite dans cette langue.

« Dans un code polyalphabétique, on utilise le code César, soit un chiffrement par décalage, où pour chaque lettre, la clé indique comment indexer les roues, puis on encode ou décode la lettre, selon ce que révèle l'indexation. À l'époque, c'était indéchiffrable sans la clé. Et il est probable que la clé et le courrier aient été expédiés séparément, pour éviter que quelqu'un ne mette la main sur les deux en même temps. C'est visiblement ce qu'a fait le scribe du pape, en mettant la clé dans le sermon et en envoyant le message chiffré avec Florian. Voyons ce que ça donne avec le passage de Matthieu comme clé…

Ian pianota sur les touches un instant à la vitesse de l'éclair. Il approchait du but et il le sentait.

— Ça a marché ! s'exclama-t-il avec jubilation en se tournant vers Teri, un sourire rayonnant sur le visage. Le message dit « Je sçay ce que vous avez fait du tresor. Nombres 4:11. Priez que nul ne le sçache, et que le roy Philippe n'en soit point informé. Cachiez-le mieulx. Genese 11:4. »

Ian chercha les versets correspondants sur Internet.

— Le Livre des Nombres parle d'un autel d'or recouvert d'un drap bleu et de peaux de taissons.

— Et celui de la Genèse, ajouta Teri, dit « bâtissons-nous une ville, et une tour de laquelle le sommet soit jusqu'aux cieux ».

Stupéfaits, ils échangèrent un regard. Ian fut le premier à s'exprimer.

— Tu crois qu'il pourrait y avoir un autel d'or dans la tour de Notre-Dame ?

— Plus maintenant, non. La flèche a été détruite dans l'incendie. Je ne me souviens pas qu'on y ait découvert un autel pendant les travaux de restauration.

— On devrait quand même en parler à Michael.

QUARANTE-ET-UN

L e duc et la duchesse d'Avignon, tout comme Philippe Valois, ayant été placés en détention, et le Président Pierre Valois étant toujours en vie, lucide et, grâce à l'aide de Laurent, aux commandes du gouvernement, toute l'équipe put pousser un soupir de soulagement.

Ces derniers jours, seules quelques manifestations sporadiques avaient secoué Paris, et la police avait réussi à contenir la situation sans nécessiter l'intervention de l'armée.

Armand, son valet Frédéric, Michael, Hana, Marco, Karl et Lukas avaient décidé de passer leur dernière nuit à Avignon à l'hôtel du Palais des papes, et se trouvaient présentement dans la salle à manger de la propriété pour célébrer leur victoire autour d'un dîner préparé par le chef de l'établissement, Lucien Boudreaux. Encore inconnu du grand public, Boudreaux espérait décrocher sa première étoile Michelin et, conscient de la présence de prestigieux invités ce soir-là, il avait concocté un festin digne d'un roi.

Grands crus et fromages affinés avaient été sortis de la cave. Au menu : steak tartare, confit de canard, viande de gibier et saumon méditerranéen, accompagnés d'asperges récoltées dans la région, de fougasse, de salade et, pour le dessert, un sorbet à l'abricot, spécialité provençale.

Après le repas, chacun regagna sa chambre, exténué, mais soulagé que le pire soit derrière eux.

LE LENDEMAIN MATIN, Michael était en train de plier bagage pour rentrer à Paris lorsqu'il reçut un appel de Ian.

— C'est au sujet de la lettre qu'on a retrouvée dans la manche de Florian de Got. Apparemment, elle contenait des indices parlant du trésor caché dans la cathédrale de Notre-Dame. Le message codé mentionne des passages de la Genèse et des Nombres, que j'ai décodés à l'aide de références tirées de l'Évangile selon Matthieu.

« Les passages de Matthieu et de la Genèse citent tous deux le ciel : Matthieu dit d'y amasser des trésors, tandis que la Genèse parle d'une tour dont le sommet atteindrait les cieux. Dans le Livre des Nombres, il est question d'un autel d'or, recouvert d'un drap bleu et enveloppé de peaux de taissons. Mais, à vrai dire, je n'ai pas la moindre idée de ce que tout cela signifie.

« Oh, et en ce qui concerne le trésor d'Avignon, reprit-il, une partie du butin se trouverait dans les catacombes, ou en tout cas serait accessible via une crypte où nul homme ne dort, située dans ces dernières. Pour l'autre, ça se passe une fois de plus dans la Genèse, plus exactement le verset où Dieu sépare les eaux au-dessus de la terre de celles en dessous. Je ne vois pas non plus ce que ça veut dire.

— Ce que tu me racontes là est très intéressant, Ian,

répondit Michael, soudain animé. Le trésor qu'on a trouvé grâce à Margot repose sous le tombeau d'une reine de Navarre, ce qui correspondrait parfaitement à une « crypte où nul homme ne dort ». Donc, ça se tient. Et puis, il y a un lac souterrain sous les catacombes, ce qui ressemble à ce que tu viens de décrire.

— Il va falloir qu'on demande à Laurent Valois comment son ministère entend traiter cette affaire. Ce trésor relève sans doute du patrimoine culturel français ; c'est du moins ce qu'il ne manquera pas de soutenir. Mais, puisqu'il a appartenu au pape Clément V, qui l'aurait acquis dans le cadre de ses fonctions ecclésiastiques, l'Église considérera peut-être qu'il doit lui revenir. Mais laissons cette dispute aux gens concernés.

« ENTRE-TEMPS, je vais demander à Armand de poster quelques gardes sur place pour protéger les catacombes, en attendant que le ministère de la Culture envoie ses équipes. Je suggère que l'on rentre à Paris et que l'on prenne rendez-vous avec l'archevêque.

LE LENDEMAIN MATIN de leur retour à Paris, Michael et Hana allèrent assister à la messe dominicale à l'église Saint-Germain-l'Auxerrois, dans le 1er arrondissement, qui accueillait les fidèles de Notre-Dame en attendant que celle-ci soit restaurée.

Conformément à leur arrangement organisé par téléphone, ils prirent un taxi pour se rendre au domicile du cardinal Gauthier, archevêque de Paris, à onze heures.

Traditionnellement, les archevêques de Notre-Dame de

Paris vivaient à côté de la cathédrale, mais une centaine d'années plus tôt, il avait été décidé qu'une résidence spéciale leur serait réservée dans l'ombre des Invalides, ce complexe militaire du XVIIe siècle, devenu musée et ultime demeure de Napoléon Bonaparte.

L'archidiocèse de Paris, l'un des plus vieux du pays, chapeautait plus d'une centaine de paroisses en Île-de-France. Et le bureau de Gauthier, dans un superbe palais, reflétait parfaitement l'opulence de son diocèse, avec ses meubles anciens et ses pièces démesurées.

Ce genre de démonstration ostentatoire de grandeur avait toujours mis Michael mal à l'aise, qui voyait dans tout ce faste une renonciation à l'injonction du Christ de combattre le désir contre nature de l'homme pour l'amoncellement de richesses, et de se prémunir de ces tentations. Mais, à de rares exceptions près, les quelque deux cents princes de l'Église s'étaient chacun si bien habitués à vivre dans de somptueux environnements et à jouir de positions prestigieuses que c'était devenu la norme pour la plupart des cardinalats à travers le monde.

— Merci de nous recevoir, Votre Éminence, commença Michael. Comment se passent les travaux de restauration, avec toutes ces manifestations en ville ?

— On a renvoyé la plupart des ouvriers chez eux ces deux dernières semaines, en espérant que la tempête nous épargne, et fait appel à du personnel de sécurité, mais les barrages de Philippe Valois ont tenu les gens à l'écart de l'Île de la Cité, ce qui nous a permis d'éviter le pire. Mais dites-moi, qu'est-ce qui vous amène, père Dominique ? Et je vois que vous êtes accompagné de mademoiselle Sinclair ?

— J'ai pensé que vous aimeriez savoir ce qu'il est ressorti des lettres du pape Clément. Visiblement, le trésor découvert à Avignon serait d'origine nordique. Les parchemins révèlent aussi que le roi Philippe IV avait eu connaissance de l'existence de ces richesses et qu'il en avait conservé une partie. Le reste fut divisé en trois portions, dont deux furent transportées à Avignon, tandis que la dernière serait restée ici, à Notre-Dame de Paris. Auriez-vous par hasard une idée de ce qu'il en est advenu ?

Le cardinal marqua une pause, avant d'opter pour une digression qui ne répondait pas vraiment à la question.

— Pour tout vous dire, nous avons réinhumé Florian dans la crypte sous les fondations, et au cours du processus, nous avons découvert d'autres salles souterraines. Les analyses chimiques ont révélé des traces d'or, de bois, de laine et de corne. Ces pièces étaient vides, mais elles ont pu servir à cacher le trésor dont vous me parlez. Hélas, il n'en reste plus rien, du moins pas ici.

Circonspect, Michael jeta un regard à Hana avant de poursuivre.

— Peut-être, mais mon équipe a réussi à déchiffrer l'autre lettre, celle que Florian portait dans sa manche en arrivant ici. Il avait reçu pour instruction de la faire décrypter par le scribe alors en résidence ici, à l'aide d'une variante sous forme de roue du code César, dont cet homme avait connaissance, et d'une clé dissimulée dans un sermon que le pape avait envoyé à l'évêque.

— Voilà qui est très intéressant, marmonna Gauthier, le regard fuyant. Je suis désolé, mais nous n'avons aucune archive de sermons remontant à une date aussi lointaine. Je crains de ne pas pouvoir vous aider sur ce point. Mais je peux me renseigner auprès du secrétaire diocésain pour savoir si une roue de décryptage existe encore, auquel cas, elle est peut-être exposée dans un musée.

— Ce n'est pas nécessaire à ce stade, même si je suis

curieux de savoir si une telle roue a réellement existé, car notre technologie informatique nous a permis de reproduire la fonction de la roue en question. Trouver la clé, en revanche, ne fut pas une mince affaire. La seconde lettre enterrée avec le pape Clément contenait des indices qui nous ont permis de la deviner.

Gauthier inclina la tête sur le côté.

— Vous êtes en train de me dire que vous savez où se trouve le trésor ?

— En quelque sorte, oui. On se demandait s'il nous serait possible d'examiner la flèche ?

Le cardinal s'adossa dans son siège avec un sourire suffisant.

— Comme vous le savez, mon père, la flèche a été détruite dans l'incendie. Et même si elle ne l'avait pas été, ce ne serait plus la même que celle du XIVe siècle. La flèche originelle a été construite entre 1220 et 1230, puis démontée en 1786 car elle tombait en morceaux. Une nouvelle a été érigée vers 1860, et ce, jusqu'au récent incendie. Celle que vous recherchez a donc disparu depuis près de deux cent quarante ans. Tout ce qui aurait pu y être caché a dû être découvert au moment du démontage, si ce n'est avant.

— Je vois. Puisque la flèche n'a pas survécu, savez-vous s'il y a déjà eu un autel aménagé en son sein ?

— Grand Dieu, non. Elle a été bâtie, à la base, pour servir de clocher complémentaire, même si, pour une raison encore inconnue à ce jour, la cloche en a été ôtée. J'ignore s'il y a eu une chapelle dans la flèche à un moment donné, mais j'en doute fortement.

— Votre Éminence, cela vous dérange si on fait un petit tour des lieux ? On aimerait jeter un coup d'œil aux chapelles.

— Nous comptons pas moins de vingt-quatre chapelles et autels dans la cathédrale. Vous cherchez quelque chose en particulier ? Peut-être pourrais-je vous aiguiller.

Les réactions du cardinal n'ayant pas échappé à Michael, ce dernier préféra se montrer prudent.

— Oh, ce n'est pas grand-chose, juste une vague description trouvée dans la lettre, une histoire de tour dressée vers le ciel et d'un trésor qui y serait stocké. J'ai pensé que le reste du trésor était peut-être dans la flèche, puisqu'elle est au plus près des cieux, mais il a peut-être été déplacé quand elle a été démontée, sans même qu'on ne se rende compte de quoi il s'agissait à l'époque.

— La quasi-totalité de l'église est interdite au public, sauf au personnel de restauration et aux ouvriers du chantier. Le risque d'effondrement n'est pas encore totalement écarté. Je suis sûr que vous comprendrez, conclut Gauthier en esquissant un sourire teinté d'impatience, avant de croiser les bras sur sa poitrine pour signifier la fin de leur entretien.

Michael ne répondit pas, et les deux hommes se toisèrent en silence en attendant que l'autre fasse le premier pas. Au bout de quelques secondes, le cardinal poussa un soupir.

— Mais je me ferai un plaisir de vous accompagner dans les zones ouvertes à la visite, bien entendu.

La limousine de l'archevêque les conduisit tous les trois de l'hôtel des Invalides à Notre-Dame de Paris, où ils enfilèrent chacun un casque de chantier avant d'entrer.

Le cardinal Gauthier leur fit visiter l'église, tout en leur parlant de l'histoire de la cathédrale et des plans de restauration des chapelles, dont plusieurs étaient déjà en mauvais état avant l'incendie. Malgré l'œil attentif de

Michael, il ne remarqua rien qui correspondait à la description contenue dans la lettre.

Finalement, Michael et Hana prirent congé, remercièrent l'archevêque d'avoir pris de son temps pour leur montrer les lieux, puis sortirent de l'édifice.

— Nous ne saurons peut-être jamais ce qu'il est advenu du trésor, dit Michael. Et si on allait déjeuner, comme on se l'était promis, il y a quelques semaines ?

Hana sourit.

— Excellente idée.

Debout sur les marches de la cathédrale, Anton Gauthier les regarda s'éloigner, puis remonta dans sa limousine pour rentrer chez lui.

De retour à son bureau, il ferma la porte et la verrouilla pour éviter qu'on ne le dérange. Seulement alors, il ouvrit une porte cachée derrière une bibliothèque murale. De l'autre côté se trouvait une chapelle personnelle.

Et à l'intérieur de celle-ci, un autel doré enveloppé dans un tissu bleu retenu par du cuir de cuir de chèvre.

Construit en or presque massif, à partir du trésor original fondu, il n'était pas bien grand, mais bien plus lourd que tout autre autel et absolument magnifique.

De part et d'autre se dressaient deux candélabres dorés, et sur l'autel, de hauts chandeliers assortis. Au-dessus, un tableau de la Vierge Marie tenant l'Enfant Jésus resplendissait dans un cadre d'or délicatement ouvragé.

L'archevêque Gauthier s'agenouilla sur le prie-Dieu de velours, dont l'acajou sculpté gémi sous son poids. Et il pria.

Il pria pour que le trésor secret de Notre-Dame de Paris demeure à jamais caché, connu de lui seul et de nul autre.

QUARANTE-DEUX

Fidèle à sa parole, le Président Pierre Valois entreprit aussitôt les démarches nécessaires pour organiser des élections présidentielles dans les plus brefs délais. Malgré la concurrence de quelques candidats moins connus issus de différents partis, Laurent Valois s'imposa rapidement comme favori : on saluait son dévouement envers son père, sa gestion exemplaire du patrimoine culturel français et le courage dont il avait fait preuve durant la récente crise. Il remporta la victoire haut la main.

Ayant eu la joie de voir son fils accéder à la présidence, mais avant la cérémonie d'investiture, Pierre Valois s'éteignit paisiblement dans son sommeil à l'hôpital Saint-Louis, entouré de Laurent et de son vieil ami, le baron Armand de Saint-Clair.

Les funérailles de l'ancien chef d'État furent empreintes d'une profonde solennité. Venus en masse pour voir le cortège, des milliers de Français reconnaissants applaudirent et pleurèrent au passage du corbillard noir tiré par des chevaux.

Le pape Ignace avait discrètement fait le trajet jusqu'à Paris à bord du jet d'Armand, escorté d'un petit groupe de Gardes suisses en civil. Sa présence n'avait pas été rendue publique, et les rares personnes qui le reconnurent dans la foule, vêtu d'un sobre costume sombre, furent stupéfaites de le voir ainsi rendre hommage à son ami dans la plus grande discrétion. Même la presse respecta son geste et s'abstint de le déranger. Ce jour-là, il n'était pas le pape, mais l'homme que la Résistance française avait connu sous le nom de code « Achille », membre du réseau clandestin du Maquis, au sein de l'équipe Hugo aux côtés de Pierre et d'Armand.

Lorsque le cortège atteignit le cimetière du Montparnasse, trois Mirage Dassault de l'armée de l'Air française fendirent le ciel dans un tonnerre assourdissant au-dessus des têtes. L'un d'eux s'éleva seul vers les hauteurs pour rendre hommage à Pierre Valois, qui faisait ses adieux à l'équipe Hugo et à la France.

CE SOIR-LÀ, dans une allocution spéciale diffusée sur TF1, Laurent Valois s'adressa à la nation et au monde en tant que nouveau Président de la République française.

> Vous avez entendu bien des éloges à propos de mon père aujourd'hui, de son rôle dans la Résistance pendant la Seconde Guerre mondiale, de ses longues années au service de l'État et de son mandat de Président de la République. Il a toujours fait de son amour de la France et de son peuple une priorité.
>
> Je l'aimais profondément, et son absence laisse un vide

incommensurable en moi et en nous tous. J'espère être digne de l'exemple qu'il nous a donné.

Françaises, Français, nous avons traversé des épreuves difficiles, ces dernières semaines. Des temps de peur et d'incertitude, que des extrémistes, radicaux de tous bords, ont su exploiter pour mieux diviser. Et quand les gens ont peur, ils sont prêts à tout céder – argent, pouvoir et libertés – à quiconque promet d'apaiser ces craintes.

Ces voix fanatiques ont été amplifiées sur Internet et sur les réseaux sociaux, mais aujourd'hui, je veux porter une autre voix : celle de tous les autres, celle du centre. Je vous entends. Je vous entends tous, et je vous connais. Je connais le peuple de France, pas seulement la classe aisée qui va à l'opéra et au ballet, mais aussi les classes moyenne et populaire, qui jouent au football dans nos parcs, se promènent dans nos forêts et nagent dans nos mers et nos rivières. Même les plus démunis qui vivent sous un pont. Je vous connais tous, et je vous le dis : le pire est désormais derrière nous.

Aujourd'hui, nous posons la première pierre pour rebâtir notre avenir, un avenir fondé sur la modération. Chacun d'entre vous y aura sa place. Chaque voix sera entendue et mesurée à l'aune de la raison.

À ceux qui voudraient fermer nos frontières aux hommes et aux femmes qui cherchent ici une vie meilleure, je rappelle notre histoire, car nous venons tous d'ailleurs. Il fut un temps où nous n'étions pas Français, mais Celtes et Gaulois, Goths et Wisigoths, Angles et Saxons, ou encore Étrusques. Néanmoins, nous ne pouvons ouvrir nos frontières sans discernement. C'est pourquoi il faut rester vigilants et nous assurer que celles et ceux qui choisissent la France contribuent à la société, pour le bien de tous.

À ceux qui voudraient priver les plus modestes du soutien de l'État, je rappelle que nous avons tous été pauvres un jour, et qu'il est de notre devoir d'aider les plus démunis. La France vous tendra la main, et en retour, vous l'aiderez à grandir.

N'oublions pas non plus que le travail est une valeur, une fierté. Oui, nous avons besoin du libre-échange et de marchés ouverts, mais pas d'un capitalisme sans règles ni conscience.

Je vous exhorte donc, tous autant que vous êtes, à avancer ensemble, unis, sur le chemin du juste milieu, car c'est là que se trouve l'avenir de la France.

JEAN-LOUIS MICHEAUX, duc d'Avignon, resta en détention plus longtemps que prévu pour déterminer dans quelle mesure il avait eu connaissance des agissements de son épouse en son nom, en particulier les attentats terroristes et incitations à la manifestation, avant d'être relâché et de regagner sa demeure.

Lorsqu'il découvrit que Sabine l'avait trompé et qu'il n'était pas le père de Margot, le duc perdit tout intérêt pour l'enfant et ne s'opposa pas à ce que Marco assume désormais la responsabilité de la petite.

À l'issue d'un procès éclair, Sabine Micheaux fut condamnée à dix ans de prison pour trahison, sédition et plusieurs autres crimes. La seule occasion qu'elle aurait de voir sa fille, si tant est qu'elle en exprime le souhait, serait à travers la vitre d'un parloir.

BIEN QU'IL éprouve une réelle affection pour la petite Margot et qu'il se soit engagé à subvenir à ses besoins du mieux possible, Marco comprit rapidement qu'il n'était pas fait pour être père à plein temps. Sans compter que ses obligations envers Armand de Saint-Clair l'obligeaient à se tenir prêt à sauter dans un avion à tout moment et à porter une arme, deux conditions incompatibles avec l'éducation d'un enfant. Il pourrait toutefois la voir aussi souvent qu'ils le désireraient tous les deux.

Il inscrivit Margot dans un pensionnat catholique pour jeunes filles à Paris, non loin de son nouvel appartement à Ménilmontant, dans le 20e arrondissement, un quartier vivant au charme bohème et aux petites ruelles pavées où l'on trouvait de nombreux studios d'art. Là, il pourrait passer du temps avec sa fille, quand il le pourrait, et apprendre, peu à peu, à devenir père.

COMME PRÉVU, Marco invita Hana à prendre un café. Ils se donnèrent rendez-vous, un après-midi, à la brasserie Le Procope, près des bureaux du *Monde*, et commandèrent un café crème. Se doutant de l'issue de cette conversation, Hana ne parvenait pas à regarder Marco dans les yeux.

Ce fut lui qui finit par briser la glace.

— On ne peut pas continuer comme ça, tous les trois, Hana. L'un de nous trois doit s'éloigner.

Et voilà, les mots avaient été posés, là, sur la table de la terrasse, dans cette ruelle pavée baignée de soleil. Hana se tourna vers lui à contrecœur, une expression douloureuse, honteuse et à la fois déterminée sur le visage.

— Je suis tellement désolée, Marco. C'est terriblement injuste pour toi. Pour nous tous, d'ailleurs. Je n'arrive pas à faire la paix avec mes émotions et je me retrouve dans une situation impossible. J'ai des sentiments pour toi, tu le sais, mais… Tu devines la suite.

— Michael est un homme bien, répondit Marco. L'un des meilleurs types qu'il m'ait été donné de rencontrer dans ma vie. Mais il est prêtre ! Il est là, ton dilemme, Hana. J'imagine que j'ai ma part de responsabilité, dans cette histoire. Tu étais sous ma protection ; c'était ma mission. Et la règle d'or dans mon métier, c'est de ne jamais s'acoquiner avec la cliente, encore moins tomber amoureux d'elle. Alors, en attendant que tu fasses ton choix, et même si tu n'y parviens pas, je dois prendre mes distances.

Prendre mes distances… Encore ces mots, songea-t-elle amèrement.

Sans attendre de réponse, Marco poursuivit.

— Je vais rester à Paris avec Margot et tu partiras pour Rome. Avec l'accord de ton grand-père, je me débrouillerai pour te trouver un remplaçant. À moins que tu ne penses qu'on sera capables de gérer la situation malgré les sentiments, auquel cas, je peux continuer à te servir de garde du corps. Armand est au courant. Il comprendra, quoi qu'il arrive.

— C'est une bonne chose que tu restes pour Margot, le félicita Hana. Elle a besoin de toi. Je doute qu'elle ait reçu beaucoup d'amour dans sa vie, et nous savons tous deux que tu peux lui en donner. Quant à moi, maintenant que le calme est revenu à Paris, je n'ai plus vraiment besoin de protection. Et puis, tu sais bien combien j'aime mon indépendance. Mais j'ai décidé d'accepter cette mutation à Rome, donc je prépare mon déménagement. Si mon grand-père estime encore nécessaire de me fournir un garde du corps, j'aimerais que ce soit toi, Marco, si tu t'en sens capable. Ça dépend de toi. Je te laisse le choix. Dans tous les cas, j'aimerais qu'on reste amis. Tu crois que c'est possible ?

— Ah, ces fameux mots qu'aucun homme ne veut entendre dans un moment pareil, répondit Marco, les yeux rougis en esquissant un sourire forcé. Mais oui, restons amis. Amis pour la vie.

AYNT OFFICIELLEMENT ACCEPTÉ le poste qu'on lui proposait à Rome, Hana fit ses cartons, rendit son logement parisien et s'installa dans un modeste appartement de Rome, au dernier étage d'un immeuble surplombant le Tibre, dans le charmant quartier populaire de Trastevere, au sud du Vatican. Le soir, elle pouvait se promener dans les ruelles animées et admirer les maisons historiques, longer le fleuve ou s'attarder à la terrasse d'un café. Elle y avait déjà un ami dans la Ville éternelle. Et elle s'en ferait beaucoup d'autres.

ÉPILOGUE

Quand Michael rentra à Rome après ses exploits en France, il trouva Ian Duffy et sœur Terri attablés autour d'un cappuccino dans la cafétéria du Vatican, en pleine discussion sur le décryptage des codes.

— Tiens, ça tombe bien. Je voulais vous remercier pour votre précieux soutien, ces dernières semaines. Votre travail, même dans les coulisses, est absolument inestimable, et je n'aurais jamais réussi sans vous.

Il plongea une main dans son sac à dos et en sortit deux boules à neige rouge et bleu, renfermant une reproduction miniature de Notre-Dame de Paris.

Ian secoua la sienne pour faire tomber la neige sur la cathédrale.

— Merci, chef, mais tu n'aurais pas dû. La prochaine fois, on viendra avec toi, ne serait-ce que pour s'assurer de revenir avec de meilleurs souvenirs !

— Au fait, demanda Teri, qu'est-ce qu'il est advenu du trésor de Clément V ? Tu l'as trouvé au Palais des papes ?

— Le peu qu'il en restait, oui. Je crois que la majeure partie de ce qui a été découvert à Avignon a servi à renflouer l'empire de mode en faillite de Sabine et à financer ses ambitions politiques. Le reste appartient probablement à la famille Micheaux ou à l'Église. Laurent va gérer cette affaire. Quant à la portion qui aurait dû se trouver à Notre-Dame de Paris, qui sait? Elle y est peut-être encore, quelque part. On ne le découvrira sans doute jamais.

Assis parmi les ruines du mont Palatin, Michael et Hana contemplaient les plus anciens vestiges de Rome, avec la ville en arrière-plan. Il faisait un temps étonnamment doux pour un début d'automne, et ils s'étaient arrêtés à un camion de glaces pour s'offrir un *gelato* italien artisanal, avant de se poser à l'ombre d'un des grands pins qui parsemaient le paysage antique.

Perdus dans des pensées non dites, ils laissèrent le silence les envelopper.

Hana sourit. Michael leva les yeux de sa crème glacée à ce moment et croisa son expression malicieuse. Il rougit et lui sourit en retour. Après un instant, il prit la parole d'une voix calme.

— Bon, autant te le dire franchement : je suis désolé pour ce qu'il s'est passé à Notre-Dame, il y a quelques semaines. J'espère que tu ne m'en tiendras pas rigueur. J'avais cru que si tu envisageais d'accepter ce poste à Rome, c'était pour passer plus de temps avec moi. Tu me manquais. Mais après le dîner, Marco m'a pris à part et m'a demandé de prendre mes distances, de lui laisser une chance avec toi. Il m'a sauvé la vie plus d'une fois, alors je lui devais bien ça. Et puis, je voulais te voir heureuse.

Michael s'arrêta, incapable de continuer. Il cacha son embarras derrière son *gelato*.

— Tu as raison : je voulais accepter cette mutation pour passer plus de temps avec toi et pour qu'on habite plus près l'un de l'autre, répondit Hana avec candeur. Mais au même moment, Marco m'a appelée pour me passer un savon parce que j'étais sortie seule sans le prévenir. Il était devenu très protecteur. J'imagine qu'avec toutes ces émeutes à Paris, c'était justifié, mais il peut se montrer jaloux, parfois. Il ne m'a pas dit qu'il t'avait demandé de prendre du recul et il ne m'avait pas parlé de Sabine et Margot non plus. Je l'ai découvert quand on est allés arrêter la duchesse. J'ai cru que tu ne voulais plus qu'on soit amis et je n'arrivais pas à comprendre pourquoi. Marco m'a menti. Et d'une certaine façon, toi aussi.

— Je sais. Il m'avait demandé de ne pas t'en parler. Il se doutait probablement de ta réaction. Je suis vraiment désolé. Ce n'est pas ce que je voulais.

— Je te pardonne, Michael. S'il y a bien une chose que j'ai apprise, ces derniers jours, c'est que je ne suis plus certaine de savoir ce que je veux. Mon travail va changer. Paris va changer, en espérant que ce soit pour le mieux. Marco a un enfant ! Ça, je ne m'y attendais pas. On s'est séparés, lui et moi. Il va rester en France avec Margot et je vais commencer mon boulot à Rome. On a décidé de rester amis et il est possible qu'il me serve encore de garde du corps, si la situation l'exige, mais entre nous, c'est fini. Et je ne sais pas ce que ça veut dire, pour toi et moi.

— Je vais être franc avec toi, Hana, et je le serai toujours à partir de maintenant, quoi qu'il arrive : j'ai des sentiments pour toi. Des sentiments qu'il m'est difficile de réconcilier avec ma profession de prêtre. Tu n'imagines pas à quel point le baiser qu'on a échangé dans les Archives m'a bouleversé. Mais moi aussi, ces dernières semaines, j'ai beaucoup cogité sur mon avenir, et pour l'instant, je n'ai pas encore trouvé ma voie avec certitude. J'ai l'impression d'être entre deux mondes. Je ne suis pas prêt à m'engager. J'ai besoin d'y réfléchir sérieusement. C'est ce que j'avais l'intention de t'annoncer autour d'un déjeuner, quand on s'est donné rendez-vous à Notre-Dame, avant que les choses ne partent en vrille.

— Je m'en doutais. Moi aussi, j'ai des sentiments pour toi, mais je ne pourrais pas vivre avec l'idée de t'avoir détourné de ta vocation. Je m'en voudrais terriblement. Je sais à quel point ton sacerdoce compte pour toi et j'ai un profond respect pour tes vœux. Tu as raison : la situation est trop instable, pour le moment. Cela dit, je suis contente qu'on ait pu mettre les choses à plat. Je m'en serais voulu de t'avoir éloigné de moi. Tu comptes trop à mes yeux pour que je me risque à perdre ton amitié.

— Pareil. Alors… qu'est-ce qu'on fait, maintenant, toi et moi ?

— Je propose qu'on redevienne de bons amis, comme avant, des amis qui se parlent franchement et qui éclaircissent les choses avant de pousser la France au bord de la guerre civile. Après ça, qui sait ?

Ils échangèrent un regard empli de tendresse, avec cette complicité propre aux amis proches. Hana se pencha vers lui, enroula ses bras autour de ses épaules et lui déposa un doux baiser sur la joue.

— Je suis persuadée que nos chemins ne se sont pas croisés par hasard. Il nous faut juste prendre le temps de découvrir ce que l'avenir nous réserve.

Elle se redressa, lui ébouriffa les cheveux et sourit.

— J'ai toujours eu envie de faire ça, avoua-t-elle.

Michael rigola, puis passa une main dans sa tignasse pour la remettre en place.

— Attention, si tu continues comme ça, c'est moi qui vais devoir te demander de prendre tes distances.

Hana lui administra une petite tape dans l'épaule et ils éclatèrent tous deux de rire.

FICTION, FAITS, OU FUSION ?

De nombreux lecteurs m'ont demandé de faire la part des choses entre la réalité et la fiction dans mes livres. En général, j'aime bien partir de figures historiques et d'événements réels, et m'appuyer dessus de manière créative, mais la majeure partie de ce que j'écris est historiquement exacte. Dans ces lignes, permettez-moi de passer en revue certains chapitres qui pourraient soulever des questions, en espérant que cela puisse aider ceux qui s'interrogent.

SPOILER : Si vous préférez préserver l'illusion de l'histoire telle qu'elle est présentée dans le livre, mieux vaut vous arrêter ici et ne pas lire ce qui distingue la réalité de la fiction.

GÉNÉRALITÉS

Comme dans tous mes livres, les véhicules, les trains, les aéroports, les horaires des transports, les restaurants (et leur menus), les lieux, les fuseaux horaires et la durée des trajets sont conformes à la réalité. Dans la limite du raisonnable, les événements ont lieu en temps réel, dans de véritables lieux et entourés de bâtiments et de commerces existants. Les villes, rues, paysages et édifices – ainsi que leur apparence intérieure et extérieure – où qu'ils se trouvent, sont dépeints avec autant de justesse que l'ont permis nos recherches. Nos fidèles lecteurs disent souvent qu'au cours de leurs voyages, ils aperçoivent des endroits mentionnés dans ces ouvrages, ce qui rend leur expérience de lecture d'autant plus réaliste et agréable.

L'heure, en Europe, est habituellement décrite au moyen du système vingt-quatre heures, conformément aux usages militaires de l'armée américaine. Par exemple, aux États-Unis, nous avons tendance à dire trois heures, en précisant parfois qu'il s'agit de l'après-midi, tandis qu'en Europe (et dans d'autres régions), il est plus courant de parler de quinze heures. La plupart de nos lecteurs étant basés aux États-Unis, dans la version anglaise de ce roman, l'heure est indiquée selon la coutume, sauf lors des manœuvres de type militaire. J'en appelle donc à l'indulgence de mes amis en Europe et des lecteurs tout autour du monde qui lisent ce livre en anglais. Dans la version française, l'heure a été adaptée pour correspondre à l'usage qui est fait en France.

Le lecteur attentif aura remarqué que ce tome est le premier dans lequel j'utilise le prénom de Michael plutôt que son nom, Dominic, lorsque je fais référence au personnage principal. Ce changement a été mis en place sur demande du lectorat (oui, je tiens compte de vos commentaires).

PROLOGUE

L'intégralité de la première scène est entièrement factuelle. Le roi Philippe IV fut un monarque avisé, qui tint la papauté d'une main ferme tout au long de son règne.

Bien que le pape Clément V soit effectivement décédé du lupus et qu'il ait bien eu un frère nommé Florian de Got, la scène qui est décrite dans le prologue est fictionnelle.

Mélange de faits et de fiction, Jérôme Baudette est un protagoniste imaginé, tandis que le navire anglais, le *Shoreham*, en revanche, a bien existé – même s'il n'a pas coulé dans la mer Celtique, mais dans la baie de Widemouth, en Cornouailles du Nord.

Les informations relatives aux morts respectives du pape Clément, du roi Philippe et des fils de ce dernier sont exactes, y compris le passage de la couronne à la maison Valois, ce qui n'a aucun lien avec Pierre Valois, mon personnage de longue date et Président de la France, mais s'intègre à merveille dans l'histoire. Hasard, préméditation ou intervention divine ? À vous d'en juger.

Il s'avère que, lors des travaux de restauration de la cathédrale Notre-Dame de Paris en 2022, les archéologues ont effectivement mis à jour un tombeau de plomb, jusque-là inconnu, datant du XIVe siècle. Ils ont également trouvé une nouvelle fosse sous celui-ci, mais la « découverte » d'un autre cercueil, tout comme celle des parchemins, est entièrement tirée de mon imagination.

CHAPITRE 4

Le roi Louis XIV, communément surnommé le Roi-Soleil, a bien tenu la vedette dans des dizaines de ballets pendant son règne et participé au développement de l'héritage culturel français, qui perdure encore aujourd'hui en soutenant des projets de nature artistique.

Comme l'explique Laurent Valois, la fosse inférieure dans le sous-sol de Notre-Dame de Paris a été découverte en 2022, lors de la construction d'un échafaudage de trente mètres de haut, érigé pour rebâtir la flèche détruite par l'incendie de 2019. Les archéologues ont aussi trouvé un sarcophage de plomb datant du XIVe siècle et une fosse plus profonde sous le sol de la cathédrale, tel que décrit dans ces lignes. La crypte de Jérôme Baudette, quant à elle, est fictionnelle et a été ajoutée pour les besoins du récit.

CHAPITRE 5

La description de la reconstruction de Notre-Dame est le fruit de multiples sources combinées, mais elle reste véridique. Le projet a été achevé en 2025.

Si la raison de cette étrange coutume demeure encore inconnue à ce jour, l'on plaçait bien des feuilles de buis dans les cercueils des figures religieuses et de l'élite sociale au Moyen Âge pour préserver la tête des défunts.

C'est vrai : tous les papes offrent un anneau gravé aux cardinaux qu'ils élèvent, symbolisant ainsi le renouvellement de leurs vœux de loyauté envers l'Église, une tradition qui remonte au moins au pape Innocent III.

CHAPITRE 10

Si le Vatican possède bien un large éventail de laboratoires spécialisés dans la restauration du papier, du bois, de la pierre, du métal, de la céramique, des tableaux, des mosaïques, des tapisseries et du textile, le

« Laboratoire de restauration et d'authentification » est un amalgame fictionnel de plusieurs d'entre eux. On ignore si les Archives apostoliques renferment et utilisent vraiment des techniques de tomographie à rayons X, mais il est avéré que les Sœurs franciscaines missionnaires de Marie gèrent le Laboratoire de restauration des tapisseries et des tissus.

CHAPITRE 13

Le projet VADNA, ou « le Vatican et l'ADN d'antan », est une invention.

CHAPITRE 14

La description de l'Université Sapienza à Rome et de ses anciens étudiants est véridique. La faculté possède bien un laboratoire de biologie génétique et moléculaire, même si la représentation de son intérieur est tirée de mon imagination.

Si la discussion prolongée sur l'ADN et ses processus d'analyse sont tous authentiques, l'opération VADNA et le travail sur l'ADN des saints ne le sont pas (du moins, autant que je le sache).

CHAPITRE 17

Le tombeau du pape Clément V, tel qu'il est montré sur la photographie, est bien évidemment authentique, tout comme l'est la description de l'église de la Collégiale Notre-Dame d'Uzeste, également connue sous le nom de Notre-Dame d'Uzeste, en France.

CHAPITRE 18

La *pastoralis praeeminentiae* est la bulle papale ayant autorisé l'arrestation des chevaliers de l'ordre des Templiers et la saisie de leurs biens.

CHAPITRE 20

Philippe IV n'a pas eu de quatrième fils nommé Robert ni de petits-enfants répondant aux noms de Henri et Hugh. En revanche, le règne et la généalogie de ses autres descendants existent tels que décrits dans ce chapitre.

CHAPITRE 24

Le Palais des papes est le château ayant accueilli la papauté à Avignon pendant soixante-sept ans et est principalement décrit conformément à la réalité, à quelques exceptions près. Les portes bleu-gris dans la falaise sous les jardins se trouvent bien à cet endroit.

CHAPITRE 30

La microtomographie est une technologie stupéfiante relativement récente, utilisée pour lire les parchemins roulés et autres documents « inaccessibles ». Il est fort probable que le Vatican s'en serve pour ses travaux d'archivage.

Guillaume de Baufet a bien été évêque de Paris en 1314.

CHAPITRE 31

La sixième brigade légère blindée de France a bien son siège à Nîmes et possède des véhicules blindés de combat d'infanterie pour le transport des troupes.

NOTES DE L'AUTEUR

Traiter des questions de théologie, de croyances religieuses et de l'interprétation fictive d'événements bibliques historiques peut parfois s'avérer ardu.

Je demande à tous les lecteurs de considérer cette histoire pour ce qu'elle est : une œuvre de pure fiction, qui a poussé à partir des graines plantées par les nombreuses traditions orales et les registres historiques, du moins ceux dont nous avons connaissance aujourd'hui.

Outre le désir de raconter un récit captivant, je n'ai aucun autre objectif sous-jacent, et je respecte l'intégralité des croyances, de l'agnosticisme au zoroastrisme, et tout ce qui se trouve entre les deux.

∽

Merci d'avoir lu *L'affaire d'Avignon*. J'espère que cette histoire vous a plu et, si ce n'est pas déjà le cas, je vous invite à vous pencher sur la trilogie des *Chroniques de Madeleine* – qui comprend *Le secret de Madeleine*,

Le reliquaire de Madeleine et *Le voile de Madeleine* – en attendant avec impatience la sortie des prochains tomes mettant en vedette les mêmes personnages – ainsi que quelques nouveaux – dans la série des *Archives secrètes du Vatican*.

Quand vous aurez un moment, je vous invite à poster un commentaire sur Amazon, Goodreads, Facebook ou autre site de votre choix. Les critiques sont cruciales pour le succès d'un livre, et j'espère que *Les Chroniques de Madeleine* et *Les Archives secrètes du Vatican* vivront et divertiront les lecteurs pendant longtemps encore.

Vous pouvez laisser votre avis en vous rendant sur la page Amazon du roman (https://garymcavoy.link/d1K5). Si jamais le lien ne fonctionnait pas, ouvrez simplement la page de *L'affaire d'Avignon* et faites défiler vers le bas jusqu'à la section des avis. Merci infiniment !

Si vous souhaitez me contacter pour quelque raison que ce soit, envoyez-moi un e-mail à gary@garymcavoy.com. Pour en savoir plus sur mon compte ou sur mes livres, et pour recevoir des offres exclusives à l'occasion, n'hésitez pas à consulter mon site Web www.garymcavoy.com/fr/, où vous pouvez vous inscrire à ma newsletter.

Avec toute mon amitié,

Gary McAvoy

REMERCIEMENTS

Mes remerciements tout particuliers aux pilotes Mike Phillips et Peggy Phillips pour leur aide dans la justesse des communications de contrôle aérien dans certaines parties de ce livre, ainsi qu'à Greg McDonald pour avoir rendu notre collaboration possible.

À notre inestimable équipe de bêta-lecteurs, dont les observations sur l'histoire et les retours constructifs contribuent sans cesse à perfectionner un texte, avec une mention spéciale à Ben Cheng, Don Reiter, Lisa Knapp Treon et Donna Marie West.

Comme toujours, un immense merci à ma formidable éditrice Sandra Haven-Herner pour ses recommandations toujours pertinentes et ses améliorations précieuses du manuscrit.

Et enfin, un grand merci à ma merveilleuse traductrice française, Sarah Chanteau, qui apporte une telle subtilité et une telle grâce à sa langue maternelle pour cette édition.

CRÉDITS

www.ingramcontent.com/pod-product-compliance
Lightning Source LLC
Chambersburg PA
CBHW060412030726
47495CB00003B/537